Solicite nosso catálogo completo, com mais de 400 títulos, onde você encontra as melhores opções do bom livro espírita: literatura infantojuvenil, contos, obras biográficas e de autoajuda, mensagens espirituais, romances, estudos doutrinários, obras básicas de Allan Kardec, e mais os esclarecedores cursos e estudos para aplicação no centro espírita – iniciação, mediunidade, reuniões mediúnicas, oratória, desobsessão, fluidos e passes.

E caso não encontre os nossos livros na livraria de sua preferência, solicite o endereço de nosso distribuidor mais próximo de você.

Edição e distribuição

EDITORA EME
Caixa Postal 1820 – CEP 13360-000 – Capivari-SP
Telefones: (19) 3491-7000 | 3491-5449
Vivo (19) 9 9983-2575 ℗ | Claro (19) 9 9317-2800
vendas@editoraeme.com.br – www.editoraeme.com.br

Dineu de Paula
(Pelo espírito Inácio)

A redenção de um LÁZARO

Capivari-SP
– 2020 –

© 2019 Dineu de Paula

Os direitos autorais desta obra são de exclusividade do autor.

A Editora EME mantém o Centro Espírita "Mensagem de Esperança" e patrocina, junto com outras empresas, instituições de atendimento social de Capivari-SP.

2ª reimpressão – dezembro/2020 – de 13.001 a 14.000 exemplares

CAPA | André Stenico
DIAGRAMAÇÃO E PROJETO GRÁFICO | Marco Melo
REVISÃO | Letícia Rodrigues de Camargo

Ficha catalográfica

Inácio (Espírito)

A redenção de um lázaro / pelo espírito Inácio; [psicografado por] Dineu de Paula – 2ª reimp. dez. 2020 – Capivari-SP: Editora EME.
320 pág.

1ª ed. out. 2019
ISBN 978-85-9544-126-2

1. Espiritismo. 2. Intercâmbio espiritual. 3. Mediunidade.
I. TÍTULO.

CDD 133.9

Sumário

Prefácio 9
Prólogo 11
Mosteiro 13
Primo Tiago 23
A vida na fazenda 29
Rosa 35
A doença 43
O inesperado 49
A volta do filho pródigo 59
Dom Hernani 73
O casamento 79
Visita aos pais 85
Gravidez ou doença? 93
Após o parto 103
De volta para casa 115
Lucas e a vida no mosteiro 123
O resgate de Lucas 133
O destino de Lucas e Alberto 147
A Santa Inquisição 155
O julgamento 163

Peregrinação por igrejas 171
Novo emprego 181
Estância dona Ana 187
Hospedando padre Manoel 199
A conduta de Matias 209
Dona Mercedes, a curandeira 221
As visitas de Matias 233
A volta de João Cristiano 241
A cura de Angélica 253
Nova fuga 261
A vizinhança 269
Comportamento suspeito de Ester 277
A doença contagiosa 285
O barracão 295
Os ensinamentos de Jesus 303
A redenção 311

Para minha mãe, dona Zulmira, a pessoa mais forte que conheço, com admiração e afeto.

Prefácio

TRATA-SE DE NARRATIVA emocionante de história transcorrida na Espanha no final do século XIV e início do século XV, quando, atendendo a interesses políticos e religiosos escusos e vergonhosos, a Inquisição surgiu com toda força nesse país.

Esse ambiente sombrio, pesado e difícil serviu de estímulo para que nosso amigo Inácio fizesse reflexões e tomasse decisões que iriam mudar sua vida, vivenciando oportunidades de se encontrar e principalmente encontrar o amado mestre Jesus dentro de si.

Dolorosas experiências forjaram em seu imo valores que o levaram a entender o verdadeiro significado do amor. Aprendeu que o caminho da redenção é árduo, porém traz a paz, tesouro almejado por todos.

A leitura dessa narrativa seguramente proporcionará ao leitor oportunidade de reflexão e consideração sobre o que realmente é importante na vida.

Espírito Irmão Justus, pela médium Ilda Garcia Kolling.

Prólogo

Eu me envolvia em um amplo manto para seguir aquele homem.

A mando dos sacerdotes, eu o acompanhava discretamente em suas movimentações.

Dissimulado e muito bem pago, deveria reunir elementos para perdê-lo.

Fazia anotações do que ouvia, procurando detalhes comprometedores.

Via-o e ouvia-o nas praças e nos descampados.

E gradualmente a magia daquele homem ia exercendo seu fascínio sobre mim.

Era como um encanto a que eu procurava resistir: seu sorriso, suas tiradas sábias, seu semblante sereno, o céu que havia em seus olhos...

Eu sofria ao ouvi-lo, pois ia ficando com a alma desnuda, ciente de minhas misérias.

Ah, o encanto daqueles eventos, quantos espetáculos grandiosos!

Como não se espantar, como não amar aquele homem?

Verbo terrível, luminoso, que desvendava as consciências.

A indiferença era impossível: era preciso amá-lo ou odiá-lo, em sua grandeza.

Mas amá-lo não era um ato inconsequente: trazia perdas imediatas demais, com uma recompensa longínqua.

Eu gostava de minhas vantagens, de meus prazeres e corrupção.

Poderia me sujeitar às punições e ao desvalimento em homenagem ao ideal que entrevia naquele semblante?

Eu nem o entendia direito, era antes fascinado por sua presença majestosa e serena.

Ah, aqueles olhos!

Mais de uma vez pensei vê-los cravados em mim e me senti desnudo e pequeno, em minha mesquinharia.

Infelizmente para mim, tentei resistir ao encanto do homem sublime da Galileia.

Mal sabia que esse encanto perduraria por séculos como um desassossego, uma ardência, um chamado...

Ele me mostrou o céu e eu preferi o inferno de minha consciência então leviana e corrupta.

Fiz o meu trabalho sujo, entreguei meus escritos.

Segui-o envergonhado ainda um tempo.

Acabei me convencendo de que era um louco, um perversor dos costumes, que poria a perder nossa civilização.

Contudo, não suportei acompanhar os lances finais.

Com meus lucros, afastei-me para conviver com o desassossego de minha consciência.

Resisti muito ao encanto daquele olhar, que persistiu como uma imagem em meu coração.

Rebelei-me com o convite ao desprendimento, tive raiva de quem tentou segui-lo de forma indigna.

Esta é a história do que precisei viver para finalmente aceitar o encanto, render-me a ele, deixar que me libertasse e transformasse.

Ainda hoje mantenho meu manto, isso para que eu sempre recorde a oportunidade luminosa que passou por mim.

Séculos correram até eu aceitá-la.

Capítulo 1

MOSTEIRO

COMO SEMPRE, EU acordei muito cedo. Embora fosse muito jovem, contando apenas 17 anos, tinha imensa dificuldade para dormir. Meu sono costumava ser leve e torturado. Era como se eu fugisse de algo que dormitava em meu íntimo.

Levantei-me antes de todos e saí para o jardim que minha mãe mantinha bem-cuidado. Aquele era o recanto favorito dela, o seu tesouro precioso. Dona Jandira cultivava flores que depositava religiosamente em frente a uma imagem da Virgem.

A religiosidade de minha família era impressionante, meus pais e irmãos eram todos devotos de algum santo. Naquela casa, orava-se longa e fervorosamente, faziam-se jejuns e penitências.

Enquanto eu tinha uma dificuldade imensa com tudo o que se referia à religião.

Ao ver as flores e pensar no destino que uma boa parte delas teria, lembrei que era domingo e senti um intenso desassossego. Era dia de ir à missa e logo todos se levantariam.

Durante muito tempo, tentei me furtar aos compromissos religiosos de minha família, sem o menor sucesso. De olho em mim, meu devoto pai estava decidido a não ter nenhum filho herege. Era com fervor especial que me conduzia pelo caminho que entendia ser o correto.

Ah, quão grande era meu desconforto com tudo aquilo! Detestava as ladainhas, achava-as um despropósito. Não gostava de imagens de santos e em especial tinha uma intolerância pela figura de Jesus crucificado. Parecia-me tudo uma lenda muito irritante. Um homem com os poderes que o Evangelho lhe atribuía jamais poderia ter sido rendido. Aliás, nem poderia ter existido. Era uma lenda, seguramente, mas uma lenda que me irritava.

Durante as missas, padre Afonso falava com entusiasmo dos feitos de Jesus, do significado de seus sofrimentos junto aos homens. Então, eu sentia vontade de gritar e de sair correndo. Era uma espécie de fobia que me acometia.

Eu era severo e intolerante, em especial com qualquer pessoa que se afirmasse religiosa.

Isso era um problema, pois, na Espanha da época, quem não era religioso?

Eu assumia o feio papel de censor da vida alheia, na suposição de que quem aceitasse todas aquelas lendas como verdadeiras deveria ter uma conduta angelical.

Não entendia que a angelitude é uma construção lenta. Primeiro, é preciso apaixonar-se pelo ideal, buscá-lo por entre as fraquezas humanas, para lentamente consolidá-lo.

Assim, naquela manhã de domingo eu procurei um motivo para fugir do inevitável compromisso: ir à igreja. Sabia que nada daria certo. No máximo, eu terminaria levando uma sova de dom Hernani, meu devotíssimo pai.

Pouco a pouco, conformei-me com a perspectiva de passar um tempo que me pareceria interminável dentro da igreja, ouvindo cânticos, ladainhas e o sermão.

Da parte artística eu até gostava, mas me irritava com as orações repetidas, que pareciam um despropósito. Contudo, sofria mesmo era com a leitura do Evangelho, quando a figura do Cristo parecia surgir em minha mente e crescer, poderosa, incompreensível e, a meu sentir, fantasiosa.

Aguardei que a família acordasse, como se estivesse em vias de ir para a forca. Já tinha decidido, em meu coração: quando pudesse me mandar, seria ateu. Eu detestava carolice!

Esse intento era tão firme que eu começara a trabalhar muito cedo. Se meu pai descobrisse o motivo pelo qual eu era tão interessado em negócios, ficaria imensamente triste. Eu queria sair da casa dele, da tutela poderosa que exercia sobre os filhos, para nunca mais ouvir falar em religião.

O movimento da cozinha finalmente chamou minha atenção e me dirigi para lá, tentando colocar um sorriso no rosto. Não conseguia entender por que sofria tanto ao ir à igreja. Deveria ser tranquilo, banal, como uma visita a tios velhos de quem não se gosta muito.

A união das famílias espanholas tornava essas visitas desinteressantes muito comuns, e eu a elas me submetia com tranquilidade.

Mas ir à igreja, ah, que suplício...

Com o tempo convenci-me de que era inteligente demais para acreditar em todas aquelas fantasias, que constituíam a muleta de fracos.

Contudo, meus pais eram tudo, menos fracos. Dona Jandira, minha mãe, era senhora de fibra, que criara os filhos dando provas das mais altas qualidades morais. Tudo a credenciava ao respeito e à admiração, salvo a religião, pensava eu.

Quanto a meu pai, era um comerciante íntegro e severo, escrupuloso nas contas, honesto com os empregados, respeitado por clientes e fornecedores. O epíteto de fraco não lhe assentava. Por que, então, se interessava por aquelas histórias sem sentido de homens que curavam os outros, de mortos que voltavam à vida? Eu simplesmente não entendia.

Tomei o desjejum com todos e coloquei uma de minhas melhores roupas, cuidando para não demonstrar desagrado. Todo domingo, eu sentia o olhar de meu pai sobre mim, disposto a admoestar o menor sinal de contrariedade com o que entendia ser o compromisso mais importante da semana.

Ah, que cansaço! Só de imaginar a longa cerimônia, eu ficava tenso. Quando pensava nas orações que seriam feitas em casa durante a semana, que provavelmente seria cooptado por dom Hernani para ir com ele na novena de quarta-feira, eu queria morrer...

Pouco disposto a levar broncas e reprimendas, tentei ocultar, possivelmente sem muito sucesso, o pouco entusiasmo que tinha com aquele compromisso.

Distraí-me na ida, conversando com meus irmãos, e logo estava chegando à igreja. O costumeiro desconforto cresceu em mim. Havia uma imagem imensa de Jesus crucificado que era impossível não observar logo da entrada.

Eu sempre ficava chocado ao mirar aquele espetáculo, que me parecia de gosto duvidoso, conforme o discurso arrogante de minha mente. Talvez por não ter com quem falar, tudo aquilo crescia tanto em meu íntimo.

Malgrado meu, sentia um fascínio mórbido por aquela imagem. Não gostava de vê-la, mas ficava o tempo todo voltando para ela o olhar.

Começaram os ritos e eu me esforcei para prestar atenção, ciente do olhar de meu pai sobre mim. Era praticamente um desafio para ele tornar-me um homem religioso, e estava decidido a vencê-lo. Assim, só me restava tentar esconder meu estado íntimo.

Eu chegava a ser tomado de certo desespero no correr da cerimônia, em especial quando o momento do sermão ia se aproximando. Era certo que o padre Afonso falaria longamente sobre aquela figura mítica e incompreensível: Jesus de Nazaré.

A REDENÇÃO DE UM LÁZARO | 17

Finalmente, tudo terminou e pude sair da igreja, como o faz alguém que está se afogando e busca sair da água.

Ao chegar ao ar livre, experimentei uma sensação de liberdade imensa. A religião para mim era uma espécie de cárcere, ao qual minha família me prendia.

Eu gostava de todos, em especial de minha irmã Anita, também ela imensamente devota. Diariamente, ajoelhava-se em frente à imagem da Virgem. A coitada, conforme eu a chamava em minha mente, desejava se tornar freira. Era muito menina, de modo que ainda não havia colocado seu plano em prática.

Eu sabia que meus pais não se oporiam. Ao contrário, aquele projeto causava imensa alegria em todos. Menos em mim, claro. Tinha o ímpeto de bater nela, para fazê-la tomar juízo. Mas nada podia fazer.

Minha família era amorosa e decente, tinha apenas um defeito a meus olhos: aquela loucura católica.

No correr da tarde, anunciou-se uma visita: meu tio abade. Eu o achava divertido, mais do que seria possível esperar da parte de um religioso. O problema é que, sabedor de meu desconforto com tudo o que se referia à religião, ele gostava de me colocar contra a parede, pedia minha opinião sobre assuntos teológicos na frente de meus pais. Havia nele uma ponta de diversão com aquilo, enquanto eu ficava pisando em brasas. Se fosse sincero, complicaria muito minha vida, pois meu pai ficaria ainda mais atento a minhas opiniões e desejoso de modificá-las.

Fomos todos fazer sala para a visita e, após um tempo, começou o rosário de discussões teológicas que meu tio tanto amava. Eu tentei sair em silêncio, mas não tive sucesso. Ele alçou o olhar para mim e me lançou uma de suas perguntas. Não tive recurso a não ser retornar para a sala e fazer-me de sonso, dizer que não alcançava o sentido daquelas questões. Não enganava ninguém, claro, o que complicava minha vida.

Felizmente, meus pais disseram que queriam falar a sós com meu tio, de modo que eu e meus irmãos pudemos nos retirar. Os demais saíram da sala a contragosto, pois aquele tio era mesmo apreciado. Eu, contudo, respirei aliviado.

Eu sinceramente não conseguia entender por que sofria tanto. Era só não valorizar, fazer de conta que me interessava, dar algumas respostas evasivas. Mas algo em meu íntimo se rebelava imensamente à ideia de ser hipócrita em matéria religiosa. Parecia que eu me degradava ao não ser claro, não expor minhas ideias nem me expor com clareza.

Ah, como gostaria de fazer parte de uma família normal, que não se ocupasse com tanta carolice! Aceitaria de bom grado um pai vagabundo ou desonesto, desde que não precisasse ficar naquela situação.

Tudo aquilo era muito estranho e intenso para minha pouca idade. Mas eu era mesmo intenso em tudo e naquele tema em especial. A vida me parecia pesada, sofrida, praticamente um castigo.

Após o jantar, seguiu-se a conversa habitual da família, quando de repente meus pais disseram que precisavam falar comigo a sós. Fiquei apreensivo, pois aquilo não prenunciava nada de bom. Meu tio foi rápido ao dizer que passaria à sala menor com meus irmãos, enquanto eu fiquei no ambiente, temeroso do que viria.

– Inácio, meu filho, eu e sua mãe nos preocupamos muito com você.

– O que tenho feito de errado?

– Objetivamente, nada. Você estuda e trabalha, aliás trabalha mais do que seria possível esperar. Entretanto, tem o espírito livre demais em matéria de religião.

Não consegui conter um suspiro de desalento.

– O que mais querem de mim? Vou à igreja sempre que mandam, participo das novenas e ladainhas, não me recuso a orar o rosário. Faço as penitências e os jejuns junto com a família toda.

– Filho, o problema é que você claramente detesta tudo isso e o faz com ar desgostoso, como se estivesse sendo condenado à morte.

– Então, deixem-me em paz. Não sou bandido, não roubo nem mato ninguém. Estudo, trabalho, cuido de todos os meus deveres. Isso deveria bastar!

– Não basta e você sabe disso. De que adianta o homem ganhar tudo e perder sua alma?

– Não estou perdendo minha alma!

– Mas corre o sério risco de perdê-la. Ainda hoje eu prestei muita atenção em você durante a missa. Parecia que estava no inferno, com o perdão da heresia, e não em um templo sagrado, vivendo um momento santo.

– Está bem, serei sincero: eu detesto ir à igreja, detesto essas carolices todas. Só quero viver normalmente, ser alguém decente, cuidar de minha vida!

– Eu jamais admirei um filho herege e você sabe disso!

– O que fará comigo? Irá me bater, prender no porão, deixar-me passar fome, até que eu declare meu amor pela Igreja, o papa e os santos?

– Não querido – interveio minha mãe. – Eu e seu pai pensamos que você precisa perceber a essência da religião. Para isso, um período em ambiente santo lhe fará bem.

Eu arfei em desespero pelo que aquilo anunciava.

– Como assim?

– Falamos com seu tio e ele concordou em levá-lo para passar um ano no mosteiro.

Eu senti ter recebido uma sentença de morte. Minha voz saiu esganiçada.

– O quê?

– Sim, é exatamente isso. Amanhã após o almoço seu tio o levará junto, quando retornar ao mosteiro.

– Por favor, eu não posso passar um ano enclausurado!

– Não se trata de clausura.

– Mas eles rezam o tempo todo, vivem disso e para isso!

– Engano seu. Eles trabalham, estudam, discutem teologia, dedicam-se às coisas santas.

– Por favor, qualquer coisa, menos isso! Posso ir à igreja todos os dias, nunca mais reclamarei de nada, mas isso não!

– Inácio, está decidido.

Meu pai havia dado sua decisão final e nada o faria mudar de opinião.

– Prepare sua mala, que amanhã você irá com seu tio logo após o almoço. Não precisa levar muita coisa, pois se vestirá como um noviço no tempo em que permanecer no ambiente santo.

Quase desfaleci à ideia de me vestir monasticamente, de viver assim, mergulhado em carolice, durante um ano inteiro.

Lancei um olhar de desesperada súplica a minha mãe, sem êxito. Ela entendeu meu desespero, mas concordava com meu pai: minha alma estava em risco e não havia bem mais precioso do que ela. Eu precisava ser internado em ambiente santo, até que minha heresia fosse curada.

Retirei-me praticamente sem ar. Fui para meu quarto, mas não consegui permanecer nele, pois estava sufocado. À ideia de virar religioso, sentia-me desfalecer. Saí para o jardim, mas não conseguia me acalmar.

Em meu íntimo uma fúria brotava, uma espécie de ódio contra a figura do Cristo. Ele não parava de me perseguir! Era incansável, servia-se de todos os meios e modos para me aprisionar em sua teia! Eu detestava tudo aquilo, não podia, não conseguia conceber a ideia de ficar um ano inteiro respirando religião as vinte e quatro horas do dia.

Fiquei ali, com o coração opresso e mentalmente procurando uma saída. Era como se eu fosse um condenado à morte buscando um recurso qualquer que adiasse a execução.

Pouco a pouco, uma ideia brotou em meu íntimo: eu iria fugir, escapar. Tinha um bom dinheiro guardado, fruto de meu trabalho incansável, e levaria minhas melhores roupas. Era triste deixar minha família, em especial minha doce irmã, mas eu simplesmente não podia aceitar a execução daquela sentença terrível: um ano internado em um convento.

Após tomar a decisão, senti-me tranquilizar. Tinha motivo para arrumar minha mala e deixar tudo pronto. Após, esperaria que meu irmão Lucas, com quem dividia o quarto, adormecesse, e sairia calmamente pela porta de nosso quarto, que dava para o jardim. Dali, ganharia o mundo.

Decidido, retornei para a sala, com o semblante seguramente triste, embora sereno. Minha família, toda ela já ciente do que havia ocorrido, entendeu que eu estava conformado, o que era bom para mim.

Prestei atenção em todos, observei-os em seus gestos e tons de voz, como que para guardá-los para sempre na memória. Despedi-me de todos silenciosamente. Gozei da companhia de minha família como talvez nunca na vida. Esperei que todos se retirassem. Isso não causou estranheza, ante a perspectiva de que me afastaria por longo tempo. Mas nenhum deles imaginava quão longo seria esse tempo.

Capítulo 2

Primo Tiago

Fui para meu quarto, onde meu irmão já estava deitado. Comecei a arrumar a mala, enquanto ele me observava e tentava consolar.

– Inácio, não fique triste, pois não será ruim. Um ano passa rápido. Eu gosto muito do convento: lá é sempre tão fresco, calmo e silencioso. Sinto uma paz imensa, em especial quando estou na grande capela.

Sorri tristemente e desconversei. Logo depois, deixei o quarto às escuras e esperei que a respiração de meu irmão denunciasse que ele estava dormindo profundamente.

Aguardei ainda muito tempo, temeroso do que faria e das consequências. Pensei em retroceder em meu propósito. Talvez eu conseguisse viver um ano no mosteiro. Contudo, não consegui me convencer. À ideia de vestir-me como um noviço, meu sangue ferveu e eu perdi a respiração, tomado de profundo pavor.

Finalmente, em plena madrugada, criei coragem, levantei-me, vesti-me, apanhei minha mala e olhei longamente para meu irmão, tomado de forte emoção. Ah, meu irmão querido, como eu o amava! Sentia-o como se fosse um filho meu.

Saí de casa, respirei o ar fresco e me senti reviver. Eu seria livre, nunca mais pisaria em uma igreja, nunca mais faria novenas, penitências e jejuns! Eu viveria, finalmente. Esse pensamento me fortaleceu e eu finalmente me convenci de que fazia o que era certo.

Olhando o céu, notei que havia esperado tempo demais em minha indecisão. Decidido, encaminhei-me para a rua. Sabia que precisava sair da cidade, pois meu pai me procuraria em todo canto.

Imaginava o desespero que empolgaria minha família, quando fosse constatada minha fuga. Embora nosso perene desacerto em matéria religiosa, eu sabia ser sinceramente amado por todos. Era uma pena, realmente, que aquele Cristo ficasse me perseguindo de todos os modos, servindo-se da religiosidade de meus pais para me capturar em sua teia. Mas eu seria o mais forte, eu o venceria em seu jogo. Seria livre, feliz, longe de altares e ladainhas.

Já havia feito meu plano. Meu pai tinha um primo de quem não gostava e que morava em uma cidade não muito distante. Esse primo havia sido apaixonado por minha mãe na juventude e tentara de todos os modos fazer malograr o compromisso de meus pais.

A história que me contaram o pintava como alguém indigno, capaz de baixezas para conquistar a mulher amada. Inclusive de contar mentiras, forjar traições de meu pai. Contudo, nada dera certo e meus pais terminaram por se consorciar.

Descobertos os estratagemas, o primo virara uma espécie de pária, que causara vergonha aos próprios pais. Em famílias espanholas, tinha-se o hábito de partilhar informações e de tudo decidir em conjunto.

Como eu agora trilharia caminho semelhante, ao fugir de casa e rejeitar a religião, ele parecia alguém que talvez me apoiasse.

A provável falta de caráter dele não me incomodava, inclusive porque eu imaginava que a história talvez tivesse sido exagerada. Era uma característica de nossa família certa passionalidade.

Confiante de que meu pai não me procuraria junto ao famigerado primo Tiago, eu me encaminhei para a casa dele.

Sabia que meus passos seriam sindicados, de modo que me dirigi para a estrada, disposto a fazer uma longa jornada a pé. Não podia correr o risco de ter meu destino identificado.

Havia apanhado comida, era jovem e forte, de modo que não me incomodei com a perspectiva de caminhar bastante. Contava me afastar da cidade antes que minha família constatasse o ocorrido.

O projeto parecia fácil, mas colocá-lo em prática exigiu mais de mim do que eu imaginava. Habituado à boa vida, não demorei para registrar desconforto com a caminhada que não acabava mais. Meus sapatos incomodaram, o sol queimou minha pele, o calor me fez suar, enquanto eu andava interminavelmente. Para piorar a situação, quando ouvia barulho de alguma carruagem ou cavaleiro se aproximando, eu me afastava da estrada e embrenhava na mata. Não podia correr o risco de ser identificado e mesmo apanhado por alguém que meu pai tivesse colocado em meu encalço.

Com dinheiro à disposição, pude fazer boas refeições ao longo do caminho e mesmo dormir em pousadas. Eu parecia mais velho do que era, assim não chamava, de modo particular, a atenção.

Ao cabo de vários dias, estava chegando à agitada Madri, a cidade de meu primo. Foi com alívio que vislumbrei o término de minha sofrida jornada. Apenas a esperança de liberdade me mantinha firme no intento, embora o desconforto físico cada vez maior, e que constituía uma novidade para mim.

Mas já que eu me dispunha a me afastar de minha família, era bom que ficasse forte logo. Esse pensamento me deu ânimo e eu entrei na cidade. Olhava tudo fascinado. Tanto movimento, tanta gente... Eu finalmente iria viver! Sim, pois livre da religião, seria eu mesmo, sem precisar disfarçar. Nunca mais pisaria em uma igreja! Meu peito estufou de alegria e apertei o passo.

O primo Tiago era um comerciante conhecido, de modo que não precisei perguntar muito para descobrir o endereço dele. Passava pouco das três da tarde quando cheguei à sede principal de seus entrepostos. Fiz-me anunciar como parente e pedi uma entrevista.

Não demorou e um homem de semblante sisudo, com cara de poucos amigos, apareceu. Bastou um olhar para identificar que eu era filho de meu pai, com quem parecia bastante. Ele não disfarçou a surpresa.

– Você é filho de Hernani.

– Sim, sou Inácio, o primogênito dele.

– O que faz aqui?

– Preciso falar com o senhor em particular.

Estranhando tudo aquilo, mas visivelmente curioso, ele me fez entrar em uma sala confortável, onde devia cuidar das contas de seus negócios. Sentou-se atrás de uma grande mesa e fez sinal para que também me sentasse.

– A que título seu pai o mandou aqui?

– Meu pai não sabe que estou aqui.

Fui franco com aquele primo, mas não demais. Sabia que não gostava de meu pai, mas ignorava se eventualmente não era carola como os outros parentes. Disse que havia tido um importante desentendimento com meu genitor e fugido de casa. Buscava abrigo junto a ele, em caráter sigiloso. Talvez pudesse conseguir para mim alguma colocação, se possível em algum entreposto mais distante, no qual pudesse passar um bom tempo despercebido e incógnito.

A ideia de prejudicar seu antigo rival pareceu ter agradado ao primo Tiago, que não disfarçou certa alegria com a notícia de que meu pai perdera o afeto do primogênito. Quis saber o motivo, cheio de curiosidade. Sem faltar com o respeito, cuidei de ser vago. Disse que meu pai insistia em decidir tudo de minha vida, não deixava que eu virasse homem, mantinha-me como a um menino sem juízo. Eu era ambicioso, queria trabalhar, fazer minha vida.

Claramente satisfeito, o primo Tiago rapidamente aderiu ao projeto e disse que me abrigaria. Para evitar problemas com a família, que já não gostava dele, eu deveria ficar recluso em sua casa, enquanto meu destino era decidido. Imensamente aliviado pela acolhida, concordei com tudo.

Os dias que passei na casa daquele primo foram tranquilos. Sua esposa e filhos mostraram por mim uma curiosidade moderada, possivelmente instruídos pelo chefe da família a não fazerem perguntas inconvenientes.

Com alívio, notei que a religiosidade deles era mais uma formalidade, com os inevitáveis santos pela casa e a ida semanal à igreja, da qual não precisei participar.

Longe do ambiente extremamente religioso de minha casa, eu me sentia reviver. Parecia que respirava mais fundo, que a vida finalmente sorria para mim. Eu havia me libertado de uma escravidão e estava muito feliz.

Ao cabo de alguns dias, o primo Tiago sugeriu que eu deveria ir para uma fazenda que ele tinha em vilarejo não muito distante. Eu poderia aprender a administrar o negócio com um velho intendente do local.

Tudo me pareceu muito bom. Longe de casa, sem nenhum amparo, a não ser daquele primo até ontem desconhecido, eu era grato pelo precioso auxílio que me fornecia.

Surpreendentemente para mim, o próprio Tiago se dispôs a me levar ao local. Foi assim que, certa manhã de domingo, eu me dirigia feliz para o meu novo lar, confortavelmente instalado em uma carruagem. A vida era mesmo maravilhosa!

Em minha juventude, tudo parecia uma empolgante aventura. Cheguei ao local, uma fazenda de grandes proporções, e fui apresentado ao administrador, um senhor simpático chamado Lázaro, que ali havia passado a vida toda.

Vivia com a família em uma casa muito próxima da casa grande, na qual eu fui generosamente colocado por meu primo. Apreciei muito o quarto que me destinou, disposto que estava a achar tudo perfeito.

O primo foi embora no final da tarde, após vistoriar plantações e rebanho. Acompanhei-o na atividade, sentindo-me um completo ignorante e ciente de quanto precisaria me esforçar para aprender o ofício e me tornar útil.

Mas, comparando a vida de fazendeiro, mesmo a de um roceiro, com a de um noviço no mosteiro, que eu estaria levando, um alívio imenso me invadia.

Naquela noite, sozinho na grande casa, confesso que senti falta de minha família. Um leve remorso me atingiu ao pensar em minha mãe, em Lucas e em Anita. Estava com muita raiva de meu pai para me incomodar com ele.

Contudo, era só me lembrar de que, se não tivesse fugido, a esta altura estaria em uma cela de convento, que logo o remorso passava. Eu lutava por minha vida, não podia estar errado. Do fundo do coração, sentia que enlouqueceria em poucas semanas na condição de noviço, pouco tendo a fazer a não ser atividades religiosas. Só de pensar nisso, eu me arrepiava.

Desabituado a ser só, eu saí, sentei-me na grande varanda e fiquei olhando o infinito, o céu estrelado, sentindo-me livre, leve e feliz.

Capítulo 3

A VIDA NA FAZENDA

DE REPENTE UMA voz de mulher chamou minha atenção. Uma moça estava cantando de forma belíssima, não muito longe de mim. Aquela voz me abalou de modo estranho. Senti-me desconfortável, desassossegado e com a necessidade imperiosa de encontrar a dona da voz.

Saí a andar e logo identifiquei que a cantiga se originava da casa do senhor Lázaro, o administrador do local. Cauteloso, aproximei-me, tentando me manter oculto nas sombras. Foi quando a vi: uma bela morena, com lustrosos cabelos negros, parecendo muito jovem.

Pensei: se existe a perfeição no mundo, acabo de vê-la!

Fiquei ali, encantado e torturado ao mesmo tempo pela visão da moça, por sua beleza e por sua voz cálida. Ah, que vontade imensa de me apresentar! Mas como faria isso? Eu entendia tanto de sedução quanto de assuntos de gado e colheita. Nunca havia me interessado por nenhuma mulher. Aliás, vivia apenas preocupado com minha fobia religiosa e com o desejo de ganhar dinheiro para me livrar de meus pais. Jamais me passara pela cabeça a hipótese de me lançar em algum jogo de sedução.

Não, eu era tosco demais, canhestro em excesso. De repente,

vi-me sob uma luz nova, agudamente ciente de que não tinha nada que pudesse despertar o interesse de uma mulher, ainda mais de uma mulher tão bela.

Permaneci oculto nas sombras até que a moça parou de cantar e se recolheu. Entendi que havia presenciado um sarau familiar, uma cena que talvez se repetisse periodicamente. Tomara que algum dia eu fosse convidado a participar dele!

Enfim, eu tinha uma perturbação nova: o fascínio que a bela morena imediatamente exerceu sobre mim. Tive dificuldade para dormir naquela noite, sem saber ao certo o que pensar. Será que ela se interessaria por mim? Nunca tinha pensado nisso e minha inexperiência de repente parecia uma catástrofe de grandes proporções.

Mesmo tendo dormido pouco, acordei cedo, disposto a honrar a oportunidade que me era ofertada. Surpreso com a generosidade do primo, notei que toda uma estrutura havia sido preparada para mim. A casa grande passaria a estar permanentemente aberta e uma criada que ali ia apenas ocasionalmente passaria a estar o tempo todo, cozinhando e cuidando de tudo.

Em minha ingenuidade, não atinava que meu primo via naquilo uma oportunidade de se vingar de meu pai. Ele queria roubar o afeto do primogênito de seu antigo rival. Estava disposto a investir em mim, para que eu realmente me afastasse de todos os parentes e ficasse fiel a ele.

É preciso reconhecer que o projeto estava dando certo, pois eu estava encantado com a impressionante generosidade de Tiago e o considerava o melhor dos homens.

Passei o dia inteiro ao lado do senhor Lázaro, sendo instruído a respeito de todos os detalhes da propriedade, que era rica e tinha uma produção bastante variada. Impressionei-me com tudo, sentindo mais uma vez meu completo despreparo.

Humilde o suficiente para perceber que precisava começar

em posição modesta, partilhei com o administrador minha disposição para tanto. Disse que, tão logo me inteirasse de tudo o que ali se dava, seria bom que me comportasse como um colono, participando das atividades desde a base.

O senhor Lázaro claramente aprovou meu projeto. Captando sua simpatia, tentei fazer com que falasse de sua família. Soube então que ele tinha cinco filhos e duas filhas, as quais se chamavam Rosa e Rosita. Isso não resolveu minha situação, pois permanecia sem saber o nome da cantora.

Desajeitado, não encontrei modo de perguntar quem era quem, se havia alguma que cantava. Aliás, se eu entrasse nesse tema, seguramente me entregaria. Era muito ruim para dissimular, tanto que meu pai sempre soubera o quanto eu detestava as atividades religiosas.

A vida logo entrou em uma cansativa rotina, que me agradava imensamente. Passei a me envolver com as atividades de plantação e colheita, deixando para mais tarde os cuidados com o gado.

Desabituado ao sol, queimei-me horrivelmente nos primeiros tempos, mas logo me habituei à condição. Minha pele era naturalmente morena e logo ganhei um ar saudável. Trabalhando duro no campo, também comecei a ficar mais forte, a comer mais e a dormir melhor. Eu revivia em meio às lides campestres.

Apenas uma coisa me torturava: eu não conseguia esquecer a moça, que continuava cantando de forma esporádica. Onde ela se esconderia durante o dia, que nunca a via?

Inicialmente, tentei manter certa distância de todos. Achava que, se ficasse próximo, acabaria falando demais. De algum modo, meu pai poderia saber onde eu estava e aparecer para me buscar. Aliás, eu tinha pesadelos horríveis com meu pai e meu tio chegando para me levar à força para o mosteiro, onde teria de passar o resto da vida, como penitência de minha fuga. Então, acordava suando frio. Eu realmente preferiria ser chicoteado todo dia a viver monasticamente.

Contudo, de forma gradual, embora sempre muito cauteloso, fui fazendo amizade com os demais trabalhadores. Estes notaram que eu não me comportava como proprietário, o que efetivamente não era, e trabalhava duro, o que terminou por gerar certa simpatia a meu favor.

Eu circulava por todos os locais, guardando distância apenas de um: a capela da fazenda, que ficava relativamente distante da casa grande, situada em uma vila em que residia a maioria dos trabalhadores.

Sabia que periodicamente um sacerdote aparecia para celebrar a missa, ouvir confissões, fazer casamentos, batizados e cumprir todos os ritos católicos. Nada me interessava menos do que aquilo.

Mas certa feita, enquanto estava trabalhando no campo, um rapaz comentou algo que chamou minha atenção.

– No próximo domingo, haverá missa.

Respondi com um resmungo e um aceno de cabeça.

– Nunca o vi lá.

– Não sou muito dessas coisas.

– Eu também não gosto muito, mas minha mãe faz questão e vou para alegrá-la.

Assenti com a cabeça, pois entendia muito bem a situação.

– Mas tem uma vantagem. Como aqui não há coral, a Rosa sempre canta na missa.

Uma luz brilhou à minha frente, cheia de significados.

– Quem é Rosa?

– A filha do senhor Lázaro. É a moça mais linda das redondezas e canta feito um anjo.

– Ela sempre canta na missa?

– Sim, ela é muito religiosa. Dá gosto vê-la e ouvi-la.

Não acreditei naquilo. Havia descoberto um modo de admirar a moça que não saía de meu pensamento, mas para isso teria de ir à missa. Seria possível?

Fiquei pensando naquilo a semana toda e não conseguia me decidir. O que poderia acontecer de bom se eu fosse? Eu já não conseguia parar de pensar nela, embora a tivesse visto apenas de relance algumas vezes, enquanto vigiava a casa do senhor Lázaro durante a noite. Se a visse de perto, poderia perder minha paz para sempre. Ainda que ela simpatizasse comigo, portava um defeito horrível a meus olhos: era religiosa.

Ah, que dilema terrível, parecia uma perseguição, um castigo divino.

Sofri a semana toda, sondei a casa do administrador, andei pelos campos à noite, dormi mal, comi mal, emagreci.

Acabei me decidindo. Havia fugido da casa de meus pais para não precisar participar de atividades religiosas, mas iria assistir à missa apenas pela oportunidade de ver e ouvir Rosa.

Convenci-me de que seria uma única vez, para me libertar daquela obsessão que tinha desenvolvido. Vendo-a de perto, o encanto se perderia e eu entenderia que era apenas mais uma moça como tantas outras.

Capítulo 4

ROSA

ASSIM, PELA PRIMEIRA vez de livre vontade em minha vida, no domingo eu acordei cedo, vesti-me e me dirigi à igreja. Meu desconforto era grande, mas minha curiosidade também.

Como queria ficar em lugar que favorecesse a apreciação da cantora, cheguei cedo. Experimentei o costumeiro desconforto ao me aproximar da porta da igreja, titubeei um pouco, mas entrei, impactado com as imagens de Jesus crucificado. Elas exerciam um fascínio doentio sobre mim. Não conseguia deixar de admirá-las, embora isso me fizesse um mal terrível.

Eu lá fiquei, sofrendo a costumeira tortura. Decidi fechar os olhos, para parecer que rezava, enquanto fazia de conta que estava em outro local. Pouco a pouco, a igreja foi se enchendo e a missa começou.

Abri os olhos e precisei prestar atenção ao que ocorria. Aí, notei que a família do senhor Lázaro estava no mesmo banco que eu. Ao meu lado, sentava uma moça com a cabeça coberta por um véu branco rendado. Era a mulher mais maravilhosa que meus olhos jamais haviam visto. Precisei me controlar para não admirá-la de modo acintoso, embora ela não parecesse prestar a menor atenção em mim. Senti que, se morresse ali,

Rosa não notaria o evento, salvo se fizesse muito barulho ao cair no chão.

Ela mirava o altar com evidente emoção, acompanhando os gestos e as palavras do padre com muita atenção. Aquilo foi horrível para mim. Entendi que nunca mais conseguiria esquecer aquela imagem: a pele delicadamente morena, deliciosamente rosada, cabelos e olhos negros, com aquele olhar emocionado.

De modo um tanto desconexo, senti certo ciúme de que ela não me olhasse daquele modo, mas ao altar, ao desenrolar da cerimônia.

Para piorar minha situação, em determinado momento ela se dirigiu para frente e começou a cantar. Agora, eu podia admirá-la sem precisar disfarçar: era magnífica e cantava feito um anjo, cheia de emoção. Sua voz vibrava e ela mirava o alto, evidentemente emocionada em um genuíno êxtase religioso. Ah, penitência das penitências...

Fiquei o resto da missa com a alma opressa como nunca antes na vida. Agora, não eram meus pais que me obrigavam a ir à igreja. Eu fora de livre vontade e encontrara a maior tortura de minha vida. Estava fascinado, de modo irremediável, por uma beldade morena que representava meu ideal de mulher, sem que eu jamais tivesse suspeitado de que tinha semelhante ideal. Mas a mulher perfeita era visivelmente religiosa. Se ela fosse uma prostituta, a coisa seria mais fácil para mim. Poderia perdoar e conviver com qualquer defeito, menos com aquele.

Quando a celebração terminou, saí o mais rápido que consegui e fiquei do lado de fora. O senhor Lázaro chegou perto de mim e disse, extremamente feliz:

– Meu filho, é a primeira vez que o vejo na igreja. Não sabe a alegria que isso me trouxe.

Dei um sorriso amarelo em resposta, sem saber o que dizer sem precisar mentir demais. Mas eu havia subido no conceito

A REDENÇÃO DE UM LÁZARO | 37

do administrador da fazenda, que, a partir do momento em que verificou que eu não era um herege, tomou coragem para me apresentar à família. Sua esposa e os filhos me foram apresentados um a um, até que finalmente eu me vi cara a cara com Rosa.

– Esta é minha filha Rosa. Seja sincero: ela não canta feito um anjo?

Desajeitado como nunca na vida, cumprimentei Rosa, que me dirigiu um sorriso atencioso e gentil. Pensei ter visto nela um leve estremecimento, quando nossos olhares se encontraram, mas logo concluí que me enganara. Eu estava torturado demais para poder tirar qualquer conclusão mais certeira.

O senhor Lázaro me convidou para almoçar em sua casa, desejoso de me acolher sob as próprias asas, depois de ter ficado tranquilo por minha ida à igreja. Sua esposa, senhora Ana, confirmou o convite com um sorriso simpático no rosto e não encontrei modo de recusar. Aliás, eu conseguiria recusar a oportunidade de conhecer melhor Rosa? Parecia que havia encontrado uma nova forma de tortura.

Fui com toda a família para a casa do administrador. Para minha alegria, a conversa logo se revelou fácil. Os irmãos de Rosa eram simpáticos comigo, acolhiam-me como a um parente que houvesse ficado afastado por longo tempo.

Os donos da casa se desdobraram em gentilezas, mas eu me ressentia de que as mulheres ficassem na cozinha, enquanto se desenrolava uma tranquila e alegre conversa entre os homens.

Precisei mentir, pois veio à baila a questão de por que eu estar ali, afastado de toda a minha família. Pego de surpresa pela indagação, tossi desconfortável, enquanto minha mente trabalhava rapidamente. Jamais poderia falar a verdade e não queria mentir demais. Acabei dizendo que não tinha muita afinidade com os negócios da família e, como já era um homem, havia pedido para aprender a cuidar de uma fazenda. O primo Tiago, generosamente, acolhera meu pleito. Embora meus pais não tivessem gostado muito da novidade, aquiesceram, em respeito à minha busca por felicidade.

O senhor Lázaro demonstrou compreender a situação, lançando-me certo olhar de compaixão, ao entender que eu era constrangido a buscar a felicidade longe da casa paterna. Para ele, que visivelmente vivia em completa harmonia com os seus, minha história realmente parecia triste.

Fiquei desconfortável por ter mentido, mas não tive alternativa, uma vez que queria continuar a conviver com aquela família. À parte a questão do fascínio que sentia por Rosa, eu realmente me sentia bem entre eles.

Para minha desgraça, também eles eram religiosos. Será possível que não havia nenhuma família ateia com a qual eu pudesse ter afinidade? Sempre que esse tipo de pensamento surgia em minha mente, eu sentia uma surda raiva da figura do Cristo. Ele decididamente parecia ter gosto em me perseguir.

Finalmente, o almoço foi servido. Para minha alegria e desconforto, sentei-me ladeado por Rosa e Rosita. A moça que me fascinava mantinha um ar encabulado, como se minha presença a constrangesse de algum modo. Comecei a temer que não gostasse de mim. Isso de repente se afigurou uma tragédia sem fim. Parece que suportaria qualquer coisa, menos que ela me detestasse.

Em compensação, Rosita, pouca coisa mais velha do que a irmã, me dedicava uma atenção acintosa, que me constrangia um pouco.

Era bem menos bela do que a irmã. Afinal, quem poderia se comparar àquela beldade morena? Ainda assim, Rosita tinha aparência agradável, conversava bem, era solícita.

Comecei a pensar que Rosa ficaria em silêncio a refeição toda, quando ela finalmente cravou seus magníficos olhos em mim.

– Senhor Inácio, de onde é?

A REDENÇÃO DE UM LÁZARO | 39

– Minha família é de perto de Barcelona.

– O que veio fazer tão longe?

Repeti a história que havia inventado para o pai e os irmãos dela. Repentinamente, a conversa enveredou por um caminho tortuoso.

– Ouvi falar que há belíssimas igrejas em Barcelona. O senhor costumava frequentá-las?

Gaguejei, como sempre, quando esse tipo de assunto era ventilado, mas não precisei mentir muito. Afirmei que minha família frequentava uma única igreja, com cujo pároco mantinha sólidos vínculos de amizade.

Rosa demonstrou haver entendido e achado louvável a fidelidade, mas deixou claro estranhar que alguém que morasse em uma grande cidade, ou perto dela, não frequentasse absolutamente todas as igrejas que nela existissem, não se deleitasse com esse tipo de périplo. Eu obviamente preferia visitar todos os guetos e locais de malandros, do que passear por igrejas.

Mas o tom estava dado: para além de qualquer dúvida, eu estava perdidamente apaixonado por uma moça muito religiosa. Sim, na medida em que o almoço ocorria, eu admitira o óbvio para mim. Acabara de conhecer Rosa, falara com ela meia dúzia de palavras, observara-a o máximo que pudera, e já estava apaixonado. Minha felicidade estava atrelada à existência daquela mulher. Com ela, seria feliz. Sem ela, tudo em minha vida seria cinza e sem brilho. Mas e a questão religiosa? Teria de passar a vida frequentando igrejas? A essa ideia, senti-me estremecer.

De seu lado, Rosita me requestava com uma conversação mais mundana, falava em bailes que ocorriam na região, queria saber se eu sabia dançar, como costumava me divertir. Aí pude ser sincero e afirmar que minha família era muito religiosa, que praticamente vivia para rituais e para o trabalho.

Essa informação foi bem recebida por todos. Tive a alegria de ouvir a voz de Rosa novamente.

– Seus pais virão visitá-lo em breve?

– Creio que não. Combinamos que eu ficaria aqui um bom tempo, para aprender tudo sem distrações, dedicando-me o máximo ao trabalho. Ficou a meu cargo visitá-los eventualmente. Depois que eu tudo aprender, poderei decidir se quero voltar à atividade de comerciante ou se prefiro as lides campesinas.

– Quanto tempo pretende ficar aqui?

Respondi olhando muito firmemente em seus olhos:

– Pretendo ficar o máximo que puder. Estou gostando muito. Se depender mim, creio que jamais irei embora.

Incrédulo, pensei ver Rosa corar de emoção. Seus olhos brilharam alegres, mas ela os abaixou com recato.

Por que ela era tão tímida? Já não bastava eu não ter traquejo algum? Aliás, estava surpreso comigo mesmo pelo tanto que falava entre eles. Era como se fossem meus antigos conhecidos. Sentia-me em casa, feliz, tão bem quanto sempre me sentira em minha própria casa, salvo quando em pauta as questões religiosas.

– Foi a primeira vez que o vi na igreja.

Eu já havia decidido que passaria por todas as torturas do inferno, ou melhor do ambiente de uma igreja, para ter a oportunidade de ver Rosa cantar. Aí pude responder quase com sinceridade.

– Eu nem sabia os dias e horários em que havia missa. Mas doravante pretendo ir sempre.

Se meus pais me ouvissem falar aquilo, não acreditariam. Eu passaria a ir à igreja espontaneamente. Dava para acreditar?

Uma coisa começava a me incomodar. Rosita a cada instante demonstrava mais interesse em mim e se agastava com o tempo que eu dedicava a Rosa.

O almoço terminou, retiramo-nos todos para uma sala de estar e aí Rosa se dispôs a cantar ao cravo.

Ah, que tarde de deleite! Eu podia admirá-la, saborear sua voz. Senti-me um afortunado em estar ali, junto daquelas pessoas. Mas especialmente pela presença daquele anjo sem asas. Que enlevo eu sentia ao vê-la e ouvi-la...

Mas tudo que é bom passa e chegou o momento em que entendi que estava me estendendo demais na visita. Agradeci a todos pela hospitalidade, segurei um pouco mais a mão de Rosa do que seria necessário ao despedir-me dela, mas isso foi um instinto mais forte do que eu.

Fui para casa assoviando, extremamente feliz, pensando que teria outras chances de conviver com Rosa.

Já que admitira o óbvio, que estava apaixonado, podia me permitir o luxo de sonhar que ela um dia gostaria de mim. Tentava identificar em seus pequenos recuos, sorrisos, timidez, algo que sinalizasse isso.

De uma coisa estava tristemente convencido: Rosita se empolgara por mim de algum modo, o que não era bom.

Mas e Rosa? Ela simpatizava ou não comigo? Falara tão pouco durante o almoço. Entretanto, eu pensara ver nela alguma emoção. Mas, como não a conhecia, não podia saber.

Completamente inexperiente, lidando com uma moça recatada e tímida, passei a viver um delicioso tormento. Eu caminhava para amá-la, mas ela teria algum interesse em mim?

Capítulo 5

A DOENÇA

MINHA VIDA GANHOU um novo colorido, cheio de dramas e inseguranças, mas eu era feliz como nunca.

Sempre havia o desconforto das idas à igreja, mas isso era contornado pela alegria de ver e ouvir Rosa cantar e de saber que almoçaria com ela e passaria as tardes de domingo em sua casa.

De outro lado, havia o incômodo de uma aparente competição de Rosita por minha atenção. Se eu, que não era particularmente esperto nesse setor, notava, o resto da família também o fazia.

Uma coisa me intrigava naquilo tudo: eu jamais via Rosa fora da casa dos pais, salvo no dia da missa. Já Rosita não perdia oportunidade de passar por onde eu trabalhava e conversar comigo, chamar minha atenção de todos os modos possíveis.

Eu era realmente inábil para conseguir informações sem parecer que as pedia, de modo que um dia criei coragem e perguntei diretamente ao pai das moças.

– Senhor Lázaro, haverá de me perdoar a indiscrição, mas algo me intriga.

– O quê, meu filho?

Como se vê, ele havia desenvolvido grande carinho por mim.

Todas as barreiras haviam caído quando passara a frequentar a igreja aos domingos.

– Nunca vejo Rosa fora de sua casa, salvo aos domingos na igreja.

O semblante do administrador da fazenda ficou de súbito extremamente triste, como se eu houvesse tocado em um ponto muito sensível.

– Ah, meu filho, nem me fale.

– Há algo de errado com ela?

– Rosa tem a saúde frágil. Ela cansa muito fácil, tem palpitações e suores, dificuldade para respirar. Dedica-se apenas a trabalhos de agulha, lê e pratica música. Quando caminha, costuma cansar facilmente.

– Mas ela sempre canta com tanta alegria!

– Há algo de diferente nela. A ida à igreja parece reanimá-la de algum modo. Ela tem uma energia especial para ir lá, sente-se enlevada, perto de Deus. Nunca reparou que ela desaparece um tempo logo que chegamos em casa?

Nunca havia reparado antes, mas era verdade: Rosa sempre sumia um tempo quando chegávamos da igreja. Eu nem pensara naquilo, imaginando que estava cuidando de alguma obrigação, talvez auxiliando a mãe na cozinha ou guardando alguma coisa.

– Agora que o senhor falou, reconheço: ela sempre fica um tempo longe de todos.

– Ela vai se deitar. A energia que a leva à igreja não dura muito tempo após a missa. Se reparar, ela chega em casa suando. Precisa descansar algum tempo para conseguir participar do almoço. Note como raramente fica em pé, está sempre sentada. Ela só fica em pé na igreja, enquamto canta.

Eu ia ficando perplexo com aquela história: a moça mais linda do mundo era doente!

– Mas o que ela tem?

– Consultamos vários médicos e parece que tem o coração frágil.

– O que isso significa?

– Creio que não a teremos muito tempo conosco. A qualquer momento, uma de suas crises poderá ser irreversível.

Ao dizer aquilo, seus olhos se encheram de lágrimas.

– Não será engano? Ela parece tão sadia e formosa!

– Se reparar bem, frequentemente está pálida.

Não, eu nunca reparara naquilo. Talvez porque ela costumasse ficar corada de emoção na minha frente. A esse pensamento, reconheci: eu era amado por Rosa! Uma felicidade indescritível tomou conta de meu coração. Mas logo foi substituída por uma tristeza e um temor terríveis.

– Rosa não viverá muito?

– Não há tempo definido. Cuidamos dela o máximo que podemos. Nenhuma emoção negativa, nenhum susto. Todos a tratamos com o carinho que ela merece. É a melhor das filhas.

Eu saí daquela conversa com a mente em chamas. Havia me convencido finalmente de que era amado, e sabia disso com uma certeza profunda. Entretanto, também sabia que Rosa era imensamente doente.

Seria possível algum plano ou futuro para nós? Nós poderíamos nos casar? Eu não ligava para a doença dela. Mas e se ela tivesse um filho meu? Sobreviveria ao parto? Eu jamais me perdoaria se apressasse a morte de Rosa, de algum modo.

Ciente daquilo, perdi por completo a felicidade e passei a viver torturado.

Um dia concluí que precisava falar com Rosa sobre a situação. Indaguei ao senhor Lázaro se ele achava oportuno. Ele respondeu o óbvio: a moça era conformada, por achar que a vontade divina devia sempre se cumprir. Eu aceitaria melhor qualquer outra resposta.

Vontade divina? Que a melhor e a mais bela das moças estivesse condenada a morrer jovem? Não devia nem existir um Deus, e se existia, devia ser muito ruim, para permitir aquilo.

Mas, permissão conseguida, fui para a casa de Rosa uma tarde. Não era normal eu deixar de trabalhar, mas queria falar com ela e, como sempre trabalhava muito, não havia problema em folgar um pouco. Especialmente após saber da doença da eleita de meu coração, praticamente me afogava no trabalho.

Dona Ana já sabia de minha visita, de modo que fui recebido sem surpresa. Embora eu me achasse muito discreto, seguramente todos já sabiam que amava a moça doente.

Encontrei Rosa sentada em uma poltrona, com um trabalho de agulhas no colo, esperando ansiosamente minha entrada.

– Senhor Inácio, que alegria vê-lo.

– Senhorita Rosa, a alegria é minha.

– O que o traz aqui a esta hora?

– Gostaria de conversar com a senhorita sobre um tema delicado.

Os olhos dela brilharam indagadores.

– Peço que me perdoe a intromissão, mas indaguei a seu pai a razão pela qual nunca a vejo fora de casa, salvo na igreja. Ele me explicou.

A moça me lançou um sorriso triste, mas não se fez de rogada e enfrentou o assunto.

– Já sabe que sou doente.

– Sim, sei, mas isso me parece um tanto inacreditável.

A conversa se alongou, com ela me falando de como, mal saída da infância, começara a ter importantes incômodos. Mesmo quando criança, cansava-se facilmente e tinha mal-estares sempre que se envolvia em alguma atividade mais intensa. Os irmãos a chamavam de princesa melindrosa.

Contudo, certa feita desmaiara ao subir uma escada e todos compreenderam que havia algo mais grave em sua situação.

Após um périplo por vários médicos, finalmente concluíram que ela tinha limitações irreversíveis e deveria viver com a maior calma possível.

Ela não falou, mas ambos sabíamos que ela vivia com uma espada em cima da cabeça, como se sentenciada à morte.

Estranhei toda aquela calma e minha expressão deve ter sido transparente.

– Estranha minha tranquilidade com a situação?

– Com efeito. Tudo isso me parece irreal. Fala com essa calma toda de uma doença que a impede de ter uma vida normal, de viver os sonhos comuns de toda moça.

– Ah, eu sei. Várias vezes penso como seria poder planejar um casamento, uma família, sonhar em ter um filho nos braços.

Ao dizer aquilo, ela corou, pois nossos olhos se encontraram e ficou evidente para os dois que eu deveria ser o pai daquele filho. Ela rapidamente ajuntou:

– Entretanto, penso que Jesus passou por coisa muito pior sem reclamar. Foi traído, abandonado por todos, desprezado pelo povo a quem tanto ajudou. Crucificado, permaneceu perdoando e abençoando. Perto disso, eu não sofro nada. Não posso ter alguns sonhos, mas vivo confortavelmente. Um belo dia, terei uma crise e irei encontrá-lo. Não é muito ruim.

Ao ouvir aquilo, eu sufoquei. Jesus, sempre Jesus! Ah, como eu detestava a narrativa do quanto ele sofrera e fora traído. Não conseguia entender meu desconforto, pois era algo irracional mesmo.

Como não havia para mim nada mais precioso do que o bem-estar de Rosa, silenciei meu desassossego e não argumentei que toda aquela história da Bíblia não passava de uma lenda. Eu tinha o hábito de ruminar em minha mente, de argumentar seguidas vezes, que alguém tão poderoso como Jesus era descrito, jamais poderia ter sido traído e vencido.

Ele não lia pensamentos, não sabia o que ocorria ao longe, não se desviava de armadilhas, não conhecia o fundo do coração humano? Era impossível que alguém assim fosse surpreendido. Ainda mais se tinha poder de ressuscitar mortos, podia andar sobre as águas... É claro que poderia ter até voado, se quisesse. Em minha imaginação, por vezes eu pensava vê-lo sair voando quando ia ser preso e aquilo me dava um prazer sem limites.

Em suma, eu era um mar de contradições em relação àquela figura que, gostasse ou não, estava sempre em minha mente e em meu caminho.

Ciente da doença de Rosa, passei a lhe dedicar ainda mais carinho e atenção. Era uma joia preciosa, que poderia se esfacelar a qualquer instante.

Capítulo 6

O INESPERADO

A PARTIR DE dado momento, tornou-se implícito que estávamos enamorados, embora fosse um romance sem esperança.

Até Rosita entendeu aquilo e, como amava sinceramente a irmã enferma, pareceu renunciar a seus projetos em relação a mim. Entretanto, por vezes eu a surpreendia a me lançar olhares tristes. Flagrada, rapidamente abaixava os olhos. No mais, era um fato: a alegria de Rosita parecia haver murchado de algum modo ao compreender que eu era completamente devotado à enferma.

Em dado dia, desejoso de ser mais explícito, abordei o pai da moça, em um momento de descanso do trabalho, em que estávamos apenas nós debaixo de um galpão, protegidos do inclemente sol do verão.

— Senhor Lázaro, desejo sua permissão para cortejar abertamente Rosa. Todos já sabem que nos amamos. Eu apenas não quero mais fingir que isso não existe, que somos apenas amigos. Gostaria de poder tocar nas mãos dela, talvez eventualmente lhe acariciar os cabelos.

— Meu filho, você sabe que Rosa jamais poderá se casar. Que tipo de compromisso vocês teriam? Ela seguramente não resistiria a um parto. Seria algo muito perigoso. E quem se compromete logo quer passar de fase, ficar noivo, casar-se.

– O senhor tem razão. Eu realmente gostaria de passar por todas as fases, ser o prometido de Rosa, depois seu noivo, seu marido, o pai de seus filhos e mesmo o avô de seus netos. Mas sei bem que isso não é possível. Quero apenas o que pode ser. Enquanto for possível, gostaria de ser comprometido com ela. Gozar dessa delícia, mesmo que sem esperança.

O senhor Lázaro percebeu, talvez pela primeira vez, o quanto eu amava sua filha e ficou com os olhos rasos d'água.

– Seja, meu filho. Se é o que quer. Se está ciente dos limites do que viverá, não vou impedir. Rosa merece amar e ser amada, do modo como isso é possível.

Obtida a permissão, fui novamente falar com Rosa sozinho, em plena tarde de trabalho.

Ela me recebeu com surpresa. Agora era comum que eu fosse por vezes também de noite na casa deles, além das deliciosas tardes de domingo que lá passava. Mas não em plena tarde de trabalho.

Naquele dia, ela não parecia passar muito bem, pois estava um pouco mais pálida do que o habitual. Meu coração ficou pequeno ao mirá-la. Eu amava perdidamente aquela mulher. Em um átimo, passou pela minha mente o desejo de que um milagre ocorresse, de que Jesus a curasse. Logo, chamei minha atenção para a realidade: eu rogava inconscientemente por algo que sabia nem existir, para um ser que acreditava ser uma lenda. Balancei a cabeça, como que querendo me desvencilhar de uma ideia absurda.

– Rosa, preciso muito falar com você.

Ela sorriu em resposta e em um gesto me convidou a sentar.

– Falei com seu pai hoje e consegui que me desse permissão para cortejá-la.

Os olhos dela brilharam imensamente surpresos.

– Sim, eu sei de tudo. Sei que não poderemos nos casar, que as consequências de uma vida conjugal seriam perigosas demais. Acredite, eu não quero nada além de ser o seu prometido, de poder segurar sua mão, de mirá-la abertamente, sem precisar disfarçar. Talvez, de vez em quando acariciar seus cabelos.

Ela começou a chorar silenciosamente.

– Não chore, Rosa. Apenas responda: você quer ter comigo o compromisso possível?

– Sim, eu quero, mas não acho justo. Você deve procurar uma mulher com quem possa ter uma vida plena. Eu posso morrer logo, mas posso viver muitos anos. E se eu chegar a ficar velha? Entre cuidados sem fim, acabar vivendo mais do que você? Aí você terá deixado de viver por minha causa. Não, eu não posso aceitar isso. Não posso fazer isso com você.

Fiquei bravo com ela pela primeira vez na vida. Minhas faces devem ter ficado rubras de cólera e eu suei de nervoso. Mas consegui falar com calma, sempre ciente da saúde da moça que adorava.

– Rosa, irá me permitir ser sincero. Nunca pensei em casar com ninguém. Isso nem passou pela minha cabeça. Jamais cheguei a pensar, antes de conhecê-la, em ter qualquer tipo de compromisso com alguém. Só comecei a pensar em amor após vê-la. A primeira vez que a ouvi cantar, escondido à noite perto daqui, foi como se minha alma se abrisse para algo que nunca imaginei existir. Não existe a menor possibilidade de eu ter compromisso com qualquer outra mulher. Serei seu prometido, viverei o possível com você, ou não viverei nada com ninguém.

Argumentei longamente e ela foi se convencendo. Finalmente, aquiesceu. Eu lhe beijei as mãos, com toda a devoção de que era capaz, sentindo-me o mais afortunado dos homens. Estava comprometido com a moça mais linda e delicada do mundo. Era o que bastava. Azar se não casaria nem teria filhos. Nunca pensara naquilo antes mesmo.

Não me sentei ao lado dela por uma questão de respeito. Só me faltava que seus pais me achassem atrevido e desrespeitoso e impedissem nosso romance singelo e puro.

Ciente do ocorrido, no domingo seguinte a família de Rosa providenciou um caprichado almoço de compromisso. Todos concordamos tacitamente em não mencionar as limitações de nosso romance. Ele seria apenas comemorado.

Assim, após a missa, com minha melhor roupa, eu fui para a casa de Rosa. Agora eu ia todo domingo à igreja, embora continuasse a passar mal quando nela entrava e sempre que mirava o altar e as imagens de Jesus. Contudo, tentava abstrair de tudo aquilo e focar a atenção em Rosa, em ouvir sua voz e em admirá-la enquanto cantava.

Era tão singular o que ocorria. Ao mirá-la cantando, eu não podia me impedir de ver a figura de Jesus crucificado atrás dela. Era como se eu o visse por meio de Rosa e aquilo me dava uma impressão estranha. Vivia um misto de êxtase romântico e de tortura ao mesmo tempo.

Eu já estava tão íntimo da família, que havia perdido a timidez perto deles. Assim, após o almoço festivo, abordei em alta voz o tema de nosso compromisso. Fiz um discurso emocionado, de que nunca me imaginei capaz, no qual declarei que passara a viver após conhecer Rosa. Fiz o relato sincero de que costumava me esconder na noite ali perto para ouvi-la cantar, de que durante muito tempo tentara descobrir detalhes sobre ela. Revelei minha alma de um modo que nunca havia imaginado ser possível, para declarar meu amor por Rosa. Era um fato: ela me transtornava e transformava.

Se alguém de minha família me visse naquele papel, não me reconheceria. Mas eu ali já estava há mais de três anos, por minha própria conta, e havia amadurecido.

Aquele relato sincero e emocionado tocou o coração de todos, pois as lágrimas rolaram de vários olhos.

Vendo os olhos úmidos de Rosa a brilharem de alegria, senti-me o mais feliz dos homens. Surpreendi-me alçando um pensamento de louvor a Deus por aquele momento. Isso foi um choque para mim, que perdi a noção de onde estava por um momento.

Mais tarde, Rosa cantou para mim uma linda canção de amor. Foi uma tarde feliz, a mais feliz que tivera até aquele momento. Quando fui embora, após o jantar, ia cantando, leve de corpo e alma. Eu amava e era amado. Isso deveria bastar. Contudo, uma vozinha irritante pareceu segredar algo em meu ouvido: será bastante mesmo? Por quanto tempo?

Tremi de medo do destino e de mim mesmo. Pela primeira vez, duvidei de que conseguisse viver aquele amor casto sempre em paz. Em minha família extremamente religiosa, deboches não eram permitidos. Se meu pai soubesse que um de seus filhos fosse uma única vez em uma casa de má fama, coitado desse filho.

Assim, eu era casto de corpo, mas minha alma não era tão casta assim. Jovem, saudável, vigoroso, eu tinha os apetites normais da idade e lidava com eles com alguma dificuldade.

Quisesse ou não, a religiosidade de minha família tivera efeitos sobre mim, em termos de valores. Ademais, eu vivia naquela fazenda isolada e não tinha mesmo como fazer algo de escandaloso sem me comprometer.

Não me seria difícil ausentar-me para alguma cidade próxima para me aventurar naquele mundo que meu pai descrevia como a porta do inferno. Mas no começo eu tinha medo demais de sair, ser reconhecido e retomado por meu pai. Também logo havia conhecido Rosa e ela passara a dominar minha mente e meu coração. Mesmo antes de iniciarmos qualquer arremedo de flerte, eu já sentia que pertencia a ela de corpo e alma.

Aqueles pensamentos diminuíram um pouco minha alegria, mas não por muito tempo. Cheguei à casa grande assoviando.

A partir do dia seguinte, a notícia do compromisso correu, para incompreensão de quase todos, mas eu não me incomodava.

Algumas moças que me olhavam com cobiça mostraram decepção. Até então, eu nunca nem pensara nelas. De repente, notava que era cobiçado.

Perguntei-me sinceramente a razão daquilo. Será que era por eu residir na casa grande? Nem me passou pela cabeça que eu, moreno, alto, forte, bronzeado, sempre muito sério, pudesse ser bonito.

Uma rotina se estabeleceu e eu ia quase toda noite visitar Rosa. Passava a ficar com ela na varanda da residência, onde falávamos do dia e ela cantava. Líamos juntos e éramos tão felizes quanto possível. O fato de não podermos fazer qualquer plano, com o tempo começou a pesar. O senhor Lázaro tinha razão: é normal que o ser humano faça planos, que queira avançar em seus caminhos.

Contudo, contornávamos aquilo, aqueles silêncios que de vez em quando tomavam conta de nós.

Foi aí que algo inusitado começou a ocorrer. Gradualmente, Rosa parecia melhorar. A cada dia ficava mais forte. Não precisava mais se deitar quando retornava da missa. Talvez fosse a alegria que produzisse aquele pequeno milagre.

Mas era um fato: ela estava cada vez melhor e mais forte. Com o tempo, começou a ajudar nas tarefas da casa, não mais ficava o dia todo sentada ou deitada. Suas palpitações diminuíram e finalmente pareceram cessar por completo. Não ficava mais pálida, não suava mais. Podia andar com tranquilidade.

Estávamos todos muito surpresos com aquilo e extremamente felizes. Malgrado meu, comecei a fazer planos. E se ela estivesse sarando? Aí poderíamos nos casar e a felicidade seria completa!

Eu não falava nada daquilo com ninguém, nem com Rosa, pois havia feito uma promessa ao senhor Lázaro. Também não queria pressionar a moça que amava.

Entretanto, dois anos depois de nosso compromisso, ela parecia completamente saudável. Os pais finalmente decidiram levá-la ao médico para ver se a melhora era consistente, quem sabe uma recuperação natural do organismo jovem de Rosa.

Eles ficaram fora um tempo e eu permaneci administrando a fazenda, pois era agora o homem de confiança do senhor Lázaro e mesmo de meu primo Tiago. Este, variadas vezes, apareceu na fazenda e sempre parecia feliz em me ver ali.

Eu sentia um incômodo com aquelas visitas, sem saber ao certo a razão. Afinal, ele havia me socorrido em um momento crítico. Mas, mais maduro, eu intuía que havia alguma intenção oculta naquilo tudo.

Como nada havia de objetivo, aceitei a situação, reconhecendo que meu primo tinha algo de desagradável no olhar, que seus gestos eram dissimulados. Em suma, era um homem que não inspirava muita confiança.

Na época, algo que começou a me incomodar era eu ainda não ter mandado notícias para meus pais. Eu agora já era um homem, havia pouca probabilidade de que tentassem me capturar. Afinal, era adulto, não havia roubado nem lesado ninguém.

Finalmente, decidi que, tão logo Rosa retornasse, eu escreveria uma longa carta para minha mãe, explicando as razões de minha fuga e tranquilizando-a de que estava bem. Hesitava se diria onde estava, receoso de causar mais encrenca na família em relação ao primo que me acolhera.

Demorou algumas semanas e finalmente Rosa e seus pais voltaram. Haviam visitado vários médicos que atenderam a enferma no passado e todos ficaram perplexos: ela realmente parecia estar em vias de recuperar a saúde. Houve uma espécie de consenso de que seria prudente esperar mais uns dois anos antes de considerar a enfermidade como superada.

Na primeira vez que fiquei sozinho com Rosa, abordei o assunto que dominava minha mente nos últimos tempos.

– Rosa, se você realmente estiver em segurança e não correr mais riscos com uma vida conjugal, eu gostaria muito de me casar com você.

– Ah, querido, é o meu maior sonho. E creio que conseguiremos. Há algo que não lhe contei.

– O quê?

– Desde nosso compromisso, tenho orado diariamente pedindo a Jesus que abençoe e viabilize nosso amor. Penso que ele está me atendendo. Não é maravilhoso?

Fiquei pálido àquela observação e gaguejei, sem saber o que responder. Ela percebeu meu desconforto.

– O que tem, Inácio? Não acredita que Jesus vela por nós e nos socorre? Ele curou tantos doentes enquanto estava entre nós. Continua bondoso e poderoso e ouviu as minhas preces.

– Não é nada, querida. É que quero tanto me casar com você que fico impressionado com qualquer coisa que envolva esse projeto.

– Inácio, vamos orar juntos a Jesus, agradecendo a bênção?

Sacramento! Que proposta! Eu preferiria arar sozinho a fazenda toda ao sol de meio dia e sem camisa, do que orar juntamente com Rosa para Jesus.

– Rosa, eu tenho vergonha de orar em voz alta. Não consigo mesmo. Façamos o seguinte: você ora em voz alta e eu a acompanho em meu pensamento.

Ela fez questão que nos ajoelhássemos e formulou uma longa oração, enquanto minha mente ficava completamente vazia. Eu simplesmente não conseguia acompanhar a rogativa. Entretanto, de repente passou rápido por minha mente que eu também, uma única vez, pensara em rogar a Jesus que restabelecesse a saúde de Rosa.

Ela continuou a melhorar, de modo que nosso sonho de amor parecia a cada dia mais possível.

Ao cabo dos dois anos, Rosa foi novamente com os pais visitar vários médicos. Aliás, era até um exagero a quantidade de médicos que consultaram, em mais de uma cidade.

Mas todos foram unânimes: para os pobres recursos de medicina da época, parecia que Rosa era uma jovem normal, que poderia fazer tudo o que as outras jovens faziam.

Quando eu soube daquilo, meu coração exultou de uma alegria sem medidas: eu poderia me casar com Rosa!

A partir desse dia, minha vida se tornou leve e feliz como nunca fora. Eu finalmente sonhava com a felicidade perfeita: seria o marido de Rosa, o pai dos filhos dela. Ah, quanta alegria!

Começamos a planejar nosso casamento com grande entusiasmo. Eu notava certo ar de preocupação no senhor Lázaro, que refletia um pouco em mim. No fundo de meu coração, eu temia que a cura de Rosa não durasse muito, não fosse efetiva. Mas eu havia sofrido por tanto tempo com aquela incerteza que nem me permitia cultivar tais pensamentos.

Rosa começou a fazer seu enxoval, pois jamais havia se permitido esse costume tão banal das moças. Eu pedi permissão ao primo Tiago para fazer uma casa na Fazenda, pedido a que ele anuiu com prazer.

Assim, os planos iam de vento em popa, mas um problema de vulto havia para ser resolvido. Se eu ia me casar, era normal que minha família se fizesse presente. Não havia motivo justo para que eu me casasse contando apenas com a presença do primo Tiago, sua esposa e filhos.

Decidi falar a verdade para Rosa, com alguns cuidados. Ela jamais poderia saber que eu tinha aquela dificuldade toda com a figura do Cristo, a quem ela amava ternamente.

Contei para ela que havia fugido de casa, após importantes

desentendimentos com meu pai. Sabendo que mentia, mas sem ver alternativa, disse que ele pretendia me converter à força em um religioso. Inclusive havia programado um noviciado para mim, sem me dar alternativa.

Ela ficou surpresa com o relato, mas fez questão de que eu tentasse me acertar com meus parentes. Era homem feito, mandava em minha vida, e era justo que fosse até eles e acertasse tudo. Inclusive para que estivessem presentes em nosso casamento.

Eu concordei, pois já há algum tempo me sentia desconfortável com a dor que devia ter causado em meus pobres pais e irmãos.

Hesitara várias vezes em mandar uma carta, mesmo diante das promessas feitas a mim mesmo, pois não sabia bem como explicar onde e como vivia, sem expor o primo que me acolhera.

Assim, após minha casa nova ficar pronta e mobiliada, o enxoval de Rosa também estar cheio de requintes, a data do casamento foi marcada. Tive uma longa conversa com o primo Tiago, na qual expus com absoluta sinceridade minha situação e como precisava me ausentar para ir me acertar com meus pais e convidá-los para o casamento.

Notei que os olhos dele brilharam de modo desagradável, como se saboreasse de algum modo o que ocorreria, como meu pai se sentiria ao saber do que se passara. Mas generosamente anuiu com tudo.

Inclusive se dispôs a patrocinar a festa de casamento, a hospedar minha família na casa grande. Objetivamente, eu não podia reclamar de nada. Antes, deveria ficar absolutamente grato. Mas alguma coisa naquilo me incomodava.

Capítulo 8

A VOLTA DO FILHO PRÓDIGO

Assim, algum tempo depois eu me pus a caminho da casa de meus pais. Diferentemente de outrora, agora seguia confortavelmente instalado em uma carruagem. A fazenda era bastante próspera e meu primo parecia sentir prazer em ser generoso comigo. Por que aquilo me incomodava?

Eu antes vivia como um campônio, mas desde que firmara compromisso com Rosa, sempre tão caprichosa, passara a me vestir melhor, a me cuidar. No fundo, não queria que ela tivesse vergonha de mim.

Assim, alguns dias depois, foi como um homem maduro e bem-vestido que cheguei na cidade em que meus pais viviam.

Instalei-me em uma hospedaria, pois não sabia como seria recebido e também desejava que ficasse claro que era independente e não suportaria qualquer espécie de interferência em minha vida.

Andei a pé pela cidade naquela tarde de sábado, um pouco temeroso de ir ver meus pais, confesso. Em mim, ainda havia um menino que tinha receio da severidade de dom Hernani. Imaginava que ele me daria uma grande bronca. Mas refletia, fora isso, o que mais ele poderia fazer comigo?

Passei perto dos armazéns da família, vaguei por perto de minha casa, andei a esmo pela cidade. Havia um motivo a mais para eu não chegar na casa da família em pleno sábado: receio de ser convencido a ir à igreja com todos no dia seguinte. Eu e meu antigo temor...

Conhecedor dos hábitos da família, foi lá pelas três da tarde de domingo, que finalmente tomei coragem e bati à porta principal da residência.

Foi dona Zoraide, uma velha serva da família, que abriu a porta.

– Pois não?

– Dona Zoraide, a senhora não me reconhece?

– Quem? Meu Deus! É o menino Inácio!

Ela praticamente desmaiou de alegria, pois fazia anos que eu havia ido embora.

Ganhei um abraço apertado e um beliscão no braço, a título de admoestação.

– Como você foi malvado, Inácio! Há anos que nos angustiamos com sua ausência.

Aquela conversa chamou a atenção de toda a gente, pois dona Zoraide falava em voz alta, emocionada. Minha pobre mãe foi a primeira a aparecer na porta, com a mão no peito.

– Inácio, meu filho! Aleluia, vejo-o novamente! Deus ouviu as minhas preces. É o dia mais feliz da minha vida!

Com a generosidade das mães, ela me abraçou fortemente, por entre soluços.

Desnecessário dizer que me senti horrorosamente culpado, enquanto observava os cabelos encanecidos de dona Jandira e a segurava nos braços, notando as lágrimas que lhe corriam pelas faces.

Meus irmãos se aproximaram, igualmente felizes e sem reservas. Fui abraçado, mimado, repreendido. Minha mãe parecia viver no céu, sempre com a mão no coração, imensamente emocionada.

Rapidamente notei a ausência de meu pai e havia uma interrogação em meu olhar.

– Acho que o acerto com papai não será muito simples, Inácio.

Era Lucas, meu querido irmão caçula, quem falava.

Com efeito, meu pai nem se animara a sair de sua poltrona, na ampla sala de estar de nossa casa, para vir me ver.

Como não havia nada a fazer, fui com todos para a dita sala e, ao lá chegarmos, meu pai não estava. Entendi que ele havia se retirado para seus aposentos privados e não queria falar comigo.

Eu deveria ter me preparado para algo assim, mas fui pego de surpresa. Compreendi que levaria algum tempo para conseguir contornar a situação com meu pai, se é que algum dia isso se daria.

Assim, sentei-me rodeado por meus irmãos, mas logo notei a ausência de Anita.

– Onde está Anita?

– Ela é noviça. Aguarda o momento de fazer os votos definitivos.

Disfarcei como pude o desagrado que a informação me causou.

Seguiu-se um rosário de perguntas, a que fui respondendo com a maior sinceridade. Os olhos de minha mãe brilharam com algum desagrado ao saber que me vinculara ao primo Tiago.

Contudo, todos se empolgaram com a notícia de meu casamento próximo. Contei a história de meu romance com Rosa, de como a sondara durante muito tempo a cantar, escondido fora da casa dela. Relatei seus problemas de saúde, de como finalmente havia sarado e de que ali estava para convidá-los para as bodas.

Foi um dia feliz, apenas não feliz o bastante porque meu pai não apareceu para falar comigo e eu via quão mal havia feito para minha pobre mãe ao me ausentar por tanto tempo, sem dar a menor notícia.

Senti um remorso lancinante ao notar como ela envelhecera e parecia frágil, havendo mudado muito em um período relativamente curto.

Fiquei ali a tarde toda, jantei com meus familiares, com a solene ausência de meu pai na cabeceira da mesa. Aquela ausência parecia pesar sobre todos, pois ele era e sempre fora o líder inconteste da família. Líder firme, mas justo e amoroso, cuja liderança eu desafiara ao fugir de casa.

Minha mãe quis saber onde eu estava hospedado, pois chegara sem bagagem alguma. Ela insistiu em que eu deveria me hospedar ali, onde era o meu lugar. Contudo, fi-la ver que era melhor antes eu me entender com meu pai, para evitar que minha presença causasse algum desconforto na rotina familiar.

Com a sabedoria de quem sofreu muito na vida, minha mãe não retrucou aquela minha afirmação, apenas me fez prometer que na tarde do dia seguinte, quando ela estaria sozinha em casa, eu voltaria para que conversássemos longamente.

Naquele momento, eu estava disposto a prometer qualquer coisa para minha mãe. Em um átimo, passou-me pela cabeça como eu me sentiria se ela tivesse morrido em minha ausência. Aquele pensamento torturou-me de modo infinito.

Eu sinceramente me arrependi da fuga, do modo como a empreendera, de não ter dado notícias. Ante os cabelos grisalhos e as faces enrugadas de minha mãe, pareceu-me que a tortura de ter sido noviço não teria sido grande coisa.

Mas aí eu me lembrei que minha fuga havia propiciado que conhecesse Rosa e isso desanuviou em alguma medida minha consciência.

Mas a vontade de confortar minha doce velhinha, de colocar a cabeça dela em meu colo, de niná-la, de recompensá-la de algum modo, impactou o meu ser de forma lancinante. Ah, como eu a amava!

De repente, pareceu-me infinitamente preciosa e valorizei devidamente seus cuidados e seu carinho, sua presença sempre confortadora. Que pena que ela era tão religiosa...

Eu me estendi quanto pude junto a eles, sem a menor vontade de ir embora, mas finalmente chegou a hora de ir para a hospedaria.

Fui andando pela rua pensativo, dividido entre muitos sentimentos. Eu encontrara Rosa, em razão do desentendimento com meus familiares. Isso fora a bênção máxima de minha vida.

Contudo, a dor que isso causara em minha mãe representara um preço altíssimo. Eu precisaria recompensá-la de algum modo. Talvez, dando-lhe um monte de netos, aos quais pudesse se dedicar. Mas eu morava tão longe... E se viesse a morar novamente na cidade de meus pais? Como Rosa se sentiria com aquilo?

Em suma, dividido entre esperança, alegria e uma profunda culpa, eu cheguei na hospedaria. O silêncio e a impessoalidade daquele lugar, do quarto que eu ocupava, tudo me impactou de um modo extremo.

Parecia que durante muito tempo eu apagara a figura de meus pais e de meus irmãos da mente, como se a fuga da questão religiosa, da tortura das missas e ladainhas, em especial do período no convento, tudo justificasse.

Eu me acostumara a viver só, na casa grande da Fazenda, aliviado por estar longe de beatices, e nem me permitira pensar no que perdia com isso: a presença e o calor de meus familiares. Nem mesmo pensara seriamente na dor de minha boa mãe com a ausência de seu primogênito por tanto tempo.

Demorei a conciliar o sono, envolto em todos aqueles pensamentos e em um em especial: como a figura de Jesus atrapalhava minha vida!

Ele parecia nunca me abandonar. Eu fugira do convívio de meus familiares tão queridos para não mais precisar ouvir falar dele. Mas o encontrara novamente como praticamente um hóspede de honra do coração da mulher que amava.

Tudo seria tão mais fácil se eu conseguisse ser indiferente a ele. Por que não conseguia? Por que não o considerava com indiferença como a qualquer dos santos de quem meus familiares eram devotos?

Era ouvir falar no Cristo, em sua história, em especial em seu martírio, que eu experimentava um desassossego sem fim. Talvez eu fosse um pouco louco...

Finalmente adormeci, para acordar muito tarde na manhã seguinte. Saí a andar pela cidade e passei em frente ao convento a que minha pobre irmã estava recolhida.

Decidido, bati na porta e anunciei-me como parente da noviça Anita e pedi para falar com ela.

Demorou um tempo imenso e finalmente uma freira idosa veio me atender, colher meus dados e dizer que iria falar com a noviça. Mas que eu precisaria esperar, pois era horário de certas obrigações religiosas.

Vendo aquela mulher de negro, meu coração se entristeceu infinitamente pelo destino que Anita havia escolhido para si. Era certo que a mulher parecia serena e possuía um sorriso gentil. Mas eu achava que isso só podia ser sinal de loucura. Como alguém poderia ser feliz vivendo para a religião?

Fui recolhido a uma sala na qual havia uma imensa estátua de Jesus crucificado, o que me causou o costumeiro mal-estar.

Eu não podia me impedir de sufocar, entre fascinado e aterrorizado por aquela imagem. As costumeiras teorias sobre a fantasia daquilo tudo começaram a desfilar por minha mente.

Por fim, decidi fechar os olhos e escapar mentalmente daquele ambiente. Quem me visse ali, de olhos fechados, pensaria que eu estava rezando.

Na verdade, eu visualizava a figura de Rosa, reconstituía-a em minha mente, pensava em todos os detalhes de como nos havíamos encontrado, tudo como forma de fugir mentalmente da figura de Jesus. Deu certo, pois Rosa era mesmo senhora de meus pensamentos.

Após um tempo que pareceu sem fim, senti um toque leve em meu braço e deparei com o rosto espantado de Anita, em seu traje religioso. Fiquei dividido entre a alegria de vê-la e a tristeza pela vida que ela levaria e que aquela vestimenta sinalizava.

– Inácio, é você mesmo? Está tão mudado!

– Sim, cara Anita, sou eu. É possível abraçar uma noviça?

– Claro, querido!

Ah, como eu amava aquele menina doce! Havia três pessoas de minha família que tocavam de modo especial meu coração: minha mãe, Anita e meu irmão Lucas, o caçula com quem dividira o quarto por longos anos e que confortava quando ele tinha pesadelos.

Aliás, este era um tema que sempre me preocupara e que eu esquecera completamente com o correr do tempo que passara longe.

Meu irmão Lucas era impressionável e acreditava ouvir vozes e ver vultos. Aquilo parecia algo perigosamente próximo da loucura. Ele por vezes se assustava. Ocorria de acordar chorando no meio da noite, em especial quando era mais jovem. Então, eu o ninava como faria a um filho muito querido. Aliás, tinha por ele um carinho de pai.

Estarrecido, percebi que também, a meu jovem irmão, eu abandonara sozinho em seus medos noturnos, dos quais eu era o único confidente. Ele temia ser considerado louco pela família, de modo que apenas em mim confiava.

Fiquei na dúvida de como ele lidara com seus pavores e fantasmas sem minha presença. Era mais uma culpa que doravante eu carregaria. Como nunca pensara naquilo durante tanto tempo?

Era como se meu terror da figura de Jesus fosse superior a tudo, confundisse todas as prioridades, me fizesse esquecer coisas básicas. Para fugir do mosteiro, eu abrira mão de tantas coisas. Não podia me impedir de sentir certo rancor daquela figura que parecia me perseguir pela vida afora. Até para ver minha querida irmã eu precisava ficar em uma sala na qual ele reinava, em sua dor majestosa.

Minha irmã me observava em silêncio, ao notar que minha mente parecia perdida.

– Algo o preocupa, Inácio?

– Não. Eu apenas estava pensando em como o tempo passou. Você está tão crescida, tão desenvolta.

– Sim, em dois anos devo fazer os votos definitivos. Faço questão de que você venha à cerimônia!

– Tão cedo! Você não é muito jovem para tomar essa decisão? Não seria melhor viver um pouco?

– De modo algum. Sinto que nasci para servir ao Cristo. E não pense que serei uma inútil. Nossa madre faz questão de que façamos os serviços mais ínfimos, para que não cresça em nós a vaidade. E bordamos, tricotamos, costuramos, plantamos hortaliças. Semanalmente, as portas dos fundos do convento se abrem para que atendamos aos pobres. Não é uma vida linda?

Eu não soube o que responder àquilo. Limitei-me a sorrir meio sem graça. Logo, ela quis saber de minha vida, e eu lhe fiz o relato de tudo o que havia vivido. Pareceu ficar imensamente feliz por mim, mas foi sincera.

– Inácio, não quero ser malvada, mas nossa mãe padeceu imensamente com sua ausência. Ela fez novenas e promessas para que pudesse revê-lo um dia.

– Ah, Anita, nem me fale. O aspecto frágil de nossa mãe foi a pior coisa que eu poderia ver. Aí eu notei o mal que lhe fiz.

– A fé de nossa mãe a salvou. Toda tarde ela rezava um rosário inteiro à Virgem Maria, rogando que o protegesse por onde andasse.

– Quanto a nosso pai?

– Ele ficou desnorteado quando percebeu seu desaparecimento. Reuniu homens para tentar localizá-lo, chegou a oferecer recompensas por notícias suas. Contudo, à medida que via a dor de nossa mãe, em algum momento pareceu desistir de você.

– Desistiu de mim?

– Sim. Em determinado dia, simplesmente parou de falar em você. Nem permitiu mais que seu nome fosse falado na presença dele.

– Não imaginava que chegasse a tanto.

– Mas chegou. Quando qualquer pessoa falava em seu nome, ele dizia que você não existia mais, que havia deixado de ser filho dele no dia em que decidira abandonar o lar às ocultas. Apenas não interferia quando era nossa mãe que falava em você. Todos sabemos como ele é gentil com ela. Mas aí era ele quem saía do ambiente.

Fiquei sem saber o que responder àquelas informações todas.

– O que ele lhe disse, ao vê-lo?

– Ainda não consegui falar com nosso pai.

– Imaginei que algo assim ocorreria. Creio que duas coisas foram determinantes para isso. Primeiro, você desafiou a autoridade dele perante a família toda, de modo acintoso. Ele precisou explicar para todos os parentes seu sumiço. Foi algo muito difícil. Segundo, a tristeza de nossa mãe.

A conversa foi longa e sofrida para mim, que me inteirava de todos aqueles detalhes

Contudo, lembrei-me de que havia prometido passar a tarde com minha mãe e isso reconfortou meu coração.

Anita finalmente se recolheu a seus deveres e eu fiquei um instante ali, pensando na vida que ela levava. A descrição dos trabalhos não era ruim, mas parecia uma vida meio vazia, visto que ela poderia fazer tudo aquilo em nossa casa, sem se submeter à disciplina da vida religiosa.

De repente, dei-me conta de onde estava, de que havia ficado sozinho ali, naquela sala, e por um instante tomei coragem e mirei longamente a figura de Jesus crucificado.

Aquilo me confundia, pois eu tinha a impressão de que as imagens eram falsas, de que o homem martirizado tinha outra aparência.

Perdi-me um tempo na contemplação da imagem de Jesus. À parte o costumeiro desconforto, de repente foi como se eu o visse pelos olhos de Anita. Ele era o incentivo a que ela vivesse fazendo tarefas humildes e cuidando de pobres, embora a confortável situação financeira de nossa família.

Nesse instante de coragem, lembrei-me de que também Rosa cuidava dos pobres em nome de Jesus. Enquanto enferma, ela se dedicava a trabalhos de agulha, cujos resultados distribuía para os necessitados da região. Não havia criança necessitada que não tivesse alguma roupa que ela lhe tivesse providenciado.

Ela sempre me dizia ver a figura de Jesus em cada necessitado, em especial em cada criança pobre. Que isso lhe dava forças para trabalhar, mesmo quando se sentia mal.

Um tanto ensandecido com aquela figura, eu nunca havia refletido direito sobre aquilo. Queria falar de qualquer outro assunto, que não aquele. E de repente eu reconheci que ele inspirava pessoas a cuidarem dos necessitados.

Aquela reflexão foi torturante para mim, pois eu começava a admitir que ele realmente existira, que fora uma figura real, cuja importância fazia com que, séculos depois de sua existência, as pessoas ainda vivessem e trabalhassem em seu nome.

Mas aquilo não poderia ser feito de outro modo? Haveria necessidade de religião? Não bastaria cuidar do semelhante, sem precisar desse tipo de mística?

A REDENÇÃO DE UM LÁZARO | 69

Deu-me vontade de pedir para chamarem minha irmã de volta e rogar que me dissesse se também ela via Jesus em cada pobre.

Repentinamente, balancei a cabeça, reconhecendo que tudo aquilo era uma loucura. O costumeiro pavor começou a tomar conta de mim e cuidei de sair rapidamente daquela sala, como se fugisse de uma tentação.

Algo novo havia se instalado em mim. Pela primeira vez, eu admitia que ele podia ser real. E aquilo me trazia um desconforto novo e inexplicável. Eu realmente não conseguia entender meu sentimento, de modo que tentei fixar a mente em outra coisa.

Andei ainda um tempo pela cidade, fui almoçar e fiquei esperando enquanto observava um pequeno jardim que havia perto de nossa casa. Quando finalmente papai se ausentou, fiquei a mirá-lo. Como estava envelhecido! Parecia outra pessoa. Era difícil reconhecer dom Hernani naquele homem encanecido e curvado. Seria aquela mudança toda devida a mim? Ah, era culpa em excesso sobre meus ombros.

Esperei um tempo para ter certeza de que ele não retornaria e bati à porta. Esta foi rapidamente aberta por dona Zoraide, com um sorriso imenso no rosto.

– Inácio, fiz o pudim de que você gosta.

– Ah, dona Zoraide, a senhora é um anjo. Ninguém faz um pudim como o seu.

– Eu sei, ora essa. Nem que fosse para comer meu pudim, você deveria ter voltado antes para casa.

Disse isso com um sorriso maroto e me conduziu à cozinha, onde estava realmente o maravilhoso quitute que apenas ela sabia fazer.

Ao ouvir nossa voz, minha mãe apareceu rapidamente, com o terço nas mãos.

– Ah, meu filho, eu estava orando em agradecimento à Virgem por ter cuidado de você enquanto esteve longe de mim!

Fiquei tocado por aquilo, com o inevitável desconforto ao vê-la tão sofrida. Minha mãe tinha os olhos marejados de lágrimas e ficava me tocando, como para se certificar de que eu estava mesmo ali. Ela acariciava meus cabelos e chorava enquanto eu comia.

Aí eu não aguentei e comecei a chorar também. Levantei-me, abracei-a longamente e solucei em seus braços.

– Querida mãe, perdoe-me!

– Não tenho nada para perdoar. O simples fato de você estar aqui é uma bênção sem fim. Jamais poderei agradecer o suficiente por vê-lo novamente e com saúde, bem, forte, disposto e feliz.

Ah, a bondade de minha mãe...

– Quanto a papai?

– Você terá de me dar um tempo para convencê-lo a falar com você. Ficou magoado demais com sua ausência.

Passamos a tarde conversando e foi lá pelo final do dia que ela me fez uma confidência que me pareceu terrível.

– Querido, estamos temendo pela lucidez de Lucas.

– Por quê?

– Ele pensa que vê e ouve vultos, especialmente à noite. Não raro, assusta-se em pleno dia, no meio de todos. Diz ouvir falarem o nome dele. Um dia pretendeu que seu defunto avô, o pai de seu pai, estava conosco na sala.

– Meu Deus!

– Sim. É realmente preocupante. Durante muito tempo hesitamos em falar sobre isso, mas agora é preciso enfrentar o fato de que talvez Lucas tenha uma espécie de loucura.

– Ele é apenas impressionável. Dorme sozinho agora?

– Não. Embora já seja um rapaz, não admite dormir sozinho, nem no escuro. Tivemos de fazer com que um dos servos dormisse com ele, para acalmá-lo.

– Desde menino, ele tinha esses sonhos e impressões. Eu costumava confortá-lo quando se assustava.

– Sim, mas agora já é um rapaz, que trabalha com seu pai.

– Não o vi sair com papai.

– Pelo jeito, andou vigiando a casa.

– Sim, não sei bem como abordar papai.

– É melhor esperar que eu o convença a vê-lo.

– Quanto a Lucas?

– Ele ficará nesta semana no mosteiro em que seu tio é abade.

– Fazendo o quê?

– Ele gosta da paz do mosteiro e tem falado em se tornar um religioso.

– Também ele?

– Sim, felizmente nossa família é composta de pessoas religiosas e tementes a Deus.

– Mas o que os religiosos do mosteiro pensam dessa história dele achar que vê gente morta?

– Creio que apenas seu tio sabe e não se incomoda muito com isso.

Mudamos de assunto, logo a noite foi se aproximando e precisei ir embora, pois papai deveria voltar logo.

Eu ansiava por falar com ele, mas não podia forçar muito a situação. Apenas insisti com mamãe para que ele aceitasse me receber, nem que fosse para uma despedida, caso não quisesse mais me ver.

Aquilo feito, voltei a andar pela cidade, perdido em meus pensamentos e em minha inevitável culpa.

Capítulo 8

Dom Hernani

VOLTEI NA TARDE do dia seguinte e soube que mamãe havia convencido papai a receber-me naquela noite. Apenas nós dois conversaríamos. Entendi que a conversa seria difícil, mas aceitei. Resoluto, decidi falar a verdade para meu velho pai.

Passei a tarde ensaiando o que lhe falaria, o que poderia fazer para apaziguar seu ânimo. Finalmente, como combinado, após a hora do jantar, eu bati à porta de minha antiga casa.

Com uma seriedade pouco habitual, dona Zoraide a abriu e me levou até uma saleta privada, na qual meu pai estava sentado em uma vistosa poltrona, com o ar mais sisudo que eu já vira.

Ele me olhava e não dizia nada enquanto eu entrava.

De repente, mirando-o, senti um amor infinito e entendi que sua sisudez, sua aparente intransigência, aquilo deveria refletir seu amor por mim. Entendi que o magoara além da medida.

Embora todo o discurso que havia preparado na mente, nada me ocorria para dizer. Apenas me adiantei, com lágrimas correndo pelo rosto, ajoelhei-me na frente dele e solucei longamente. Por um tempo que pareceu infinito, ele nada fez, além de me ouvir chorar.

De repente, senti a cabeça acariciada. Dom Hernani me acariciava! Aquilo, sim, era um milagre. Ele jamais fora dado a tais gestos. Eu ergui a cabeça e o vi com os olhos marejados de lágrimas. Ele se levantou, abraçamo-nos e ficamos os dois chorando.

Eu pedi perdão vezes sem conta, tornei a ajoelhar-me, mas ele sempre me erguia e abraçava.

– Filho amado, por que fez aquilo conosco?

Então, eu fui realmente honesto. Contei-lhe o que sentia, como para mim era difícil a questão da religião, confessei que tinha uma espécie de pavor da imagem de Jesus. Meu relato minucioso pareceu impressioná-lo.

– Por que nunca falou disso comigo?

– Como eu poderia explicar que tenho medo da imagem de Jesus? Sempre que tentava fugir, de algum modo, dos deveres religiosos, o senhor me punia com rigor.

– Sim, mas eu pensava que era apenas uma questão de ateísmo. Jamais imaginei que você sofresse com as idas à igreja.

– Sim, mas eu sofria.

Aí eu lhe fiz o relato integral do que vivera, de que estava noivo e pretendia me casar. À semelhança de mamãe, vi que também ele pareceu desgostoso à ideia de que eu agora tinha vínculo com o primo Tiago.

Mas não falou nada. Conversamos como nunca havíamos feito na vida. Ele não me admoestou, apenas tentou me convencer de que deveria voltar a morar ali, perto de todos, trabalhar com ele.

A ideia pareceu muito boa. Com aquilo, eu poderia dar netos a meus pais, em especial a minha mãe, como um modo de recompensá-los.

Saímos da sala após um tempo muito longo, já passando de meia-noite. Nenhum dos dois havia pensado que mamãe estava aflita sozinha na grande sala, sem saber o que pensar.

Mas, com surpresa, viu-nos sair abraçados. Realmente, o tem-

A REDENÇÃO DE UM LÁZARO | 75

po havia modificado meu velho pai. Talvez ele me tratasse diferente porque agora eu já era um homem feito.

Mamãe não coube em si de alegria ao nos ver claramente reconciliados.

Meu pai nem concordou que eu voltasse para a pousada. Fez questão de que dormisse ali mesmo, no antigo quarto que ocupara com meu irmão Lucas, inclusive porque este se encontrava ausente.

Fiz-lhe ver que não tinha roupas, mas isso não foi desculpa boa o bastante, pois eu tinha o mesmo perfil de meus irmãos e podia usar a roupa deles com tranquilidade.

Foi assim que logo me vi a dormir no antigo quarto da casa de meus pais. Se naquela manhã alguém me houvesse falado que algo assim seria possível, eu teria duvidado.

No dia seguinte, fui buscar minhas roupas na hospedaria e me instalei na casa de meus pais.

Gastei uns dias ali com eles, visitando os empreendimentos da família, falando com todo mundo, inclusive com tios e primos. Assim, algumas semanas depois quando, finalmente, me retirei, estava reconciliado com todos.

Havia convidado a parentela toda para as bodas, apenas arrumara um problema novo. Eu realmente gostara da ideia de voltar a morar perto de meus pais. Mas e quanto a Rosa? O que ela diria daquilo?

Fui para a fazenda matutando, sem saber ao certo como expor a situação. Entretanto, convenci-me de que cabia a Rosa a decisão final. Nós nos conhecêramos e comprometêramos na fazenda em que ela vivia com seus pais. Ela devia ter a justa expectativa de continuar a viver perto deles, inclusive em razão da casa que eu havia construído.

Quando encontrei Rosa, senti-me no céu. Como ela era bela! Eu nem lembrava! Em minhas lembranças, ela nem era tão linda como quando a encontrei, na cerca que separava sua casa da minha, com as faces coradas de emoção.

Ah, eu amava perdidamente aquela mulher! Ela era o sonho que eu nunca tivera, o grande amor de minha vida.

Meu primeiro impulso foi abraçá-la e beijá-la com sofreguidão, mas ela me inspirava o máximo respeito, de modo que nosso namoro era em bases extremamente tradicionais.

Eu sentia que, mesmo se quisesse, não conseguiria desrespeitar Rosa de qualquer modo. Talvez porque ela surgira inicialmente para mim à figura de um bibelô extremamente frágil, em sua enfermidade.

Tremendo inteiro de emoção, limitei-me a beijar-lhe as mãos com uma unção tal que parecia um ato religioso. Nós nos recolhemos à casa de sua família e lhe contei o que havia ocorrido, do extremo sucesso de minha empreitada.

Rosa ficou imensamente satisfeita, até que lhe falei do convite de meu pai para que voltasse a trabalhar com ele. Aí seu olhar mostrou surpresa e algum temor. Entendi que, em razão da enfermidade, estivera sempre cuidada por todos os familiares, de modo que representavam para ela uma espécie de garantia de segurança.

– Você pretende aceitar o convite?

– Rosa, isso é algo que ambos devemos decidir juntos, não lhe parece?

– Mas eu não conheço nenhum de seus familiares, nunca estive em sua cidade. Como poderei decidir algo assim?

– Ora, não há motivo para pressa. É um convite perene, que posso aceitar a qualquer tempo. Façamos o seguinte: primeiro nos casamos, você conhece toda a minha família aqui, depois, vamos passar uma temporada com eles, aí, se você gostar de lá, podemos falar de novo sobre o assunto.

– Ah, querido, como você é bom para mim!

– Rosa, sua felicidade é a coisa mais importante de minha vida. Prometo sempre levar sua opinião em conta e cuidar de você. Sabe o cuidado que sempre recebeu de sua família?

– Sim, todos são sempre muito bondosos comigo.

– Pois eu lhe prometo cuidar ainda mais de você. É o meu maior tesouro, a minha maior alegria!

O pai de Rosa não ficou muito satisfeito quando lhe contei do convite que recebera para trabalhar novamente nos empreendimentos de minha família. Entretanto, ele decidiu não interferir nesse assunto, com uma sabedoria bastante rara. Creio que, no lugar dele, eu tudo faria para tentar manter a filha por perto.

Capítulo 9

O CASAMENTO

O TEMPO PASSOU e chegou o dia do nosso casamento.

O primo Tiago figurava à conta de um anfitrião extremamente dedicado, feliz com o papel que desempenhava.

Meus pais não tiveram outro recurso além de aceitar a oferta dele e se hospedar na casa grande. O tempo todo Tiago repetia a história de como eu surgira no estabelecimento dele, assustado, completamente perdido, de como me acolhera e me auxiliara, de como eu me transformara.

Aquilo constrangia meus pais enormemente. Ele também aproveitava a oportunidade para tomar pequenas liberdades com minha mãe. Esta, como visita, não conseguia se furtar à presença dele.

Tiago fazia questão de lhe mostrar determinadas particularidades da casa, lembrando episódios da juventude de ambos, ignorando meu pai acintosamente. Tudo era muito constrangedor, mas não havia nada que eu pudesse fazer.

O primo fez questão ele próprio de levar meus parentes para conhecer os detalhes da fazenda, da casa que me dera. Enfim, claramente assumiu o papel de meu protetor, humilhou meu pai para além da medida, enquanto tentava demonstrar uma intimidade com minha mãe que claramente a constrangia.

Mas aqueles dias pareceram voar, em meio aos preparativos. Finalmente, em uma tarde de sábado, eu adentrei na igreja para me casar com Rosa.

A ocasião era extremamente feliz, mas ainda assim eu me sentia suar, com o coração a palpitar de modo desagradável, ao ver a figura do Cristo. Resoluto, desviei o pensamento.

Fiquei no altar, observando a igreja cheia, enquanto esperava a entrada de Rosa.

De repente, ela surgiu pelos braços do pai em uma visão de sonho. A mulher que eu amava, idolatrava, que representava para mim o ideal máximo, caminhava em minha direção pela nave da igreja! Estava lindíssima, para muito além do que eu poderia descrever.

Tive de me conter para não chorar, tal o meu estado de encantamento e emoção. Uma gratidão profunda por aquele momento tomou conta de meu coração. Eu apenas não atinava para quem dirigir tanta gratidão, quando de repente lembrei que Rosa creditava sua melhora a Jesus.

Chocado, pensei que deveria dirigir uma prece a ele, mas isso era impossível para mim, completamente impossível. Eu não podia fazer aquilo, não conseguia.

Rosa se posicionou ao meu lado e começaram os ritos. A presença dela ali, a certeza de que viveríamos para sempre juntos, tudo aquilo me trazia uma alegria imensa, a ponto de eu esquecer onde me encontrava. Pela primeira vez, estava completamente feliz dentro de uma igreja.

Após a cerimônia, saímos e o sol brilhava do lado de fora. Eu experimentei uma sensação de plenitude como nunca na vida. Rosa era minha esposa! Haveríamos de nos amar para sempre!

Recebemos os cumprimentos e fomos para a festa. Nunca houve dia tão feliz.

O primo Tiago fez questão de discursar durante o banquete,

A REDENÇÃO DE UM LÁZARO | 81

e o fez de forma extremamente infeliz, constrangendo meu pai de um modo indesculpável. Adotando um tom condescendente, deixou claro, por entre sutilezas talvez não percebidas por todos, que eu devia tudo o que tinha a ele.

Dom Hernani experimentava a humilhação suprema de sua vida, mas suportava tudo heroicamente, mostrando no rosto pálido um sorriso discreto, com o propósito de iludir os presentes.

O pessoal da fazenda claramente não percebia nada daquilo e apenas aplaudiu o final do discurso. Entretanto, minha parentela toda, que sabia da história, presenciou o ato de humilhação e vingança imposto por Tiago a meu pai.

Para cúmulo da história, ele fez questão de levantar um brinde a minha mãe, sem mencionar a figura de meu pai.

Embora tudo aquilo fosse muito constrangedor, não chegava a me abalar, pois eu estava feliz demais. Minha família também ali estava por mim, de modo que souberam calar e relevar.

Tiago teve sua vingança. Contudo, enquanto o ouvia e via gozar daquele pequeno prazer, eu decidi que tentaria convencer Rosa a ir morar comigo na cidade de meus pais.

Antes eu não fazia tanta questão, mas finalmente havia entendido que estava sendo um peão na disputa que Tiago mantinha com meu pai. Este nada fazia, apenas era humilhado publicamente.

Entendi que meu pai, orgulhoso como era, jamais retornaria àquele ambiente. Se eu quisesse conviver com ele, com mamãe e meus irmãos, precisaria voltar a morar perto deles.

À parte a questão do comportamento do primo Tiago, foi o dia mais feliz de minha vida. A festa se estendeu noite adentro, mas finalmente estava chegando o momento marcante de minha existência: entrar com minha esposa amada em nosso novo lar.

Ela já havia ajeitado tudo durante o dia, mas eu dera uns pequenos retoques depois que ela dera tudo por terminado.

Com um romantismo que desconhecia completamente em mim, enfeitei a casa com flores, pequenas flores do campo, delicadas e lindas como minha amada Rosa. Eram suas flores favoritas.

Assim, após nos despedirmos de todos, rumamos para nosso lar, com a alma em festa: estávamos casados, éramos marido e mulher, viveríamos juntos para sempre.

Rosa se emocionou ao ver a casa inteiramente decorada com flores e chegou a chorar. Pela vez primeira, já dentro de nosso lar, eu abracei e beijei Rosa, sentindo-me arrebatado para além do que poderia ser o céu. Foi um momento mágico, mas ao qual Rosa logo contrapôs:

– Querido, não lhe parece justo, quando finalmente realizamos nosso sonho, e entramos em nossa casa como marido e mulher, que cuidemos logo de agradecer a Jesus, que nos proporcionou tanta felicidade?

Eu senti um choque imenso com aquilo, devo ter empalidecido, pois não queria pensar na figura do Cristo naquele momento feliz de minha existência. Mas como recusar aquele pedido?

– Tem razão, querida. Parece justo. Como de costume, você ora e eu a acompanho em pensamento.

– Isso não parece certo. Nunca o ouvi orar até agora. Mesmo na igreja, parece que apenas balbucia durante os ritos.

– É que você ora muito melhor do que eu. Não conseguiria orar como você.

– Não. Desta vez, você, como marido, conduzirá a prece. Faço questão disso. É um símbolo de que nossa união é dedicada ao Cristo, de que ele faz parte de nosso matrimônio, e de que você conduzirá nossa família sempre com a figura excelsa de Jesus como modelo.

Foi um momento crítico, mas o que eu poderia fazer? Comecei a suar e ela estranhou.

– O que tem, querido?

– É muita emoção, você, aqui, tão linda...

– Sinto-me lisonjeada, mas desta vez não haverá desculpas. Ore em voz alta e eu o acompanharei.

– Não posso dizer apenas o 'Padre Nosso'?

– Pode começar com ele, claro, mas depois se dirigirá pessoalmente a nosso Salvador, para externar nossa gratidão e a disposição em dedicar nossa família a ele.

Aquele foi o desafio máximo de minha vida até aquele momento, mas eu não tinha como me furtar. Na casa de meus pais, as ladainhas costumavam bastar e eu as tinha decoradas, de tanto ouvi-las, mas Rosa queria que eu orasse de coração.

Sem saída, decidido a não parecer ridículo, rezei um "Padre Nosso" e lentamente ensaiei um discurso de agradecimento a Jesus. Hesitei, fui um pouco incoerente, mas de repente lembrei a razão da prece: eu agradecia por Rosa estar sadia e ser minha esposa. Quem quer que fosse o responsável por aquilo, merecia um agradecimento. Assim, consegui fazer uma oração algo convincente.

Rosa ficou extremamente feliz e não pareceu estranhar minha conduta. Deve ter creditado tudo a minha emoção de recém-casado.

Ao sentir Rosa finalmente em meus braços, tive o momento mais glorioso de minha existência. Se alguém houvesse me dito antes que emoção semelhante poderia existir, eu duvidaria.

Éramos ambos inexperientes, mas isso não foi um problema. Eu não gostaria de ter tido experiência com qualquer outra mulher, e parecia-me impensável que Rosa se entregasse a outro homem.

Após a emoção se acalmar, segurei Rosa nos braços enquanto a madrugada avançava. Conversamos, fizemos planos longamente e finalmente ela adormeceu. Mas eu não queria dormir, parecia que precisava me certificar de que era de verdade, de que eu a tinha realmente nos braços.

Finalmente, o sono me venceu, envolvido na maior paz e felicidade possíveis a um ser humano.

Capítulo 10

Visita aos pais

No dia seguinte, começamos tateando uma rotina plena de felicidade. Meus familiares se despediram, enfatizando o convite para que os visitássemos logo que possível.

Prometemos que faríamos isso tão logo a ocasião se apresentasse, pois agora eu tinha grandes responsabilidades na fazenda, na medida em que a administrava juntamente com o pai de Rosa.

Eles se foram e os meses pareciam voar. Chegou o momento que pareceu propício e eu e Rosa decidimos ir visitar meus pais.

Embora nossa extrema felicidade, algo parecia sombrear o horizonte para Rosa: o tempo passava e ela não concebia.

Eu até me sentia aliviado, pois gostava de ter Rosa só para mim durante um tempo. Sabia que, quando os filhos começassem a chegar, ela se dividiria.

Rosa tinha a natureza feliz, nunca reclamara, nem quando doente, de modo que não se abalava em excesso com aquela pequena parte do sonho que não realizava: ter um bebê em seus braços.

Aliás, ela tinha por hábito fazer-se de mãe de todos os petizes das redondezas. As crianças todas sempre sabiam que em nossa casa não faltavam doces e diversões.

De todo modo, em um lindo dia de sol, eu e Rosa nos colocamos na estrada a caminho da cidade em que meus pais moravam.

Nenhum de nós dois era o que se pudesse chamar de um grande viajante. Aliás, nas outras vezes em que fizera o trajeto, eu estava sempre cheio demais de preocupações para apreciar devidamente o passeio e a paisagem.

Mas com Rosa tudo era diferente, ela se encantava com cada pequeno detalhe de tudo o que via e eu partilhava de seu encantamento.

Era um fato: eu via a vida pelos olhos de Rosa e era imensamente feliz por isso, tudo me parecia mais vivo e colorido. Até as igrejas, que ela admirava intensamente, eu conseguia apreciar, embora apenas o aspecto exterior. Era demais esperar que eu gostasse de estar dentro de uma delas.

Finalmente, chegamos na cidade de meus pais, ela se emocionou e achou tudo belíssimo. Percebeu detalhes que eu antes jamais havia notado. Sob seu olhar de pessoa feliz, tudo era encantador.

Quando batemos à porta, dona Zoraide abriu e logo mostrou a expressão da mais intensa felicidade.

– Menino Inácio, que alegria! E a senhora deve ser a esposa dele, dona Rosa.

– Por favor, chame-me apenas de Rosa.

Dona Zoraide estava tão feliz em me ver que me abraçou com uma familiaridade que pareceria estranha em outras famílias espanholas ricas da época. Pois era um fato: minha família havia realmente enriquecido. Se nunca nos faltara nada, os negócios de meus pais haviam prosperado imensamente nos últimos tempos.

Minha querida mãe, com seus adoráveis cabelos brancos, logo se fez presente, com a mão no coração, como era seu hábito, quando confrontada com alguma emoção muito forte.

– Ah, meus filhos, que alegria. Sejam bem-vindos!

Tudo foi muito fácil e espontâneo a partir dali. Sem a presença do primo Tiago, que tornava tudo tenso, estabeleceu-se logo uma espécie de parceria entre Rosa e minha mãe. Era como se fossem amigas de longa data.

Em breve, estavam fazendo doces juntas na cozinha, cuidando do jardim, indo às missas e novenas. Era visível que Rosa se encantava com a vida na cidade e eu ficava feliz com aquilo.

Viéramos para passar dois meses, de modo que tínhamos bastante tempo. Em um período tão longo, para não ficar sem fazer nada, após as inevitáveis visitas aos parentes, comecei a auxiliar meu pai.

A visita apenas não foi mais feliz pelo semblante sempre pálido e preocupado de meu irmão Lucas. Certa feita, chamei-o para caminhar pela cidade apenas comigo em um sábado à tarde. Aí, inquiri-o.

– Lucas, você sempre tem cara de assustado. O que acontece? É verdade que deseja tomar o hábito?

– Sim, creio que é a única solução que me resta.

– Como assim? Pode trabalhar nos negócios da família, que são prósperos. Papai parece se agradar de sua presença, todos gostam de você.

– Eu preciso da proteção da Igreja.

– Precisa por quê?

– Você não entenderia, como ninguém consegue entender mesmo.

– Trata-se de suas visões?

Lucas esbugalhou os olhos, pois seguramente não imaginava que eu tocaria naquele assunto após tanto tempo. Ele gaguejou, parecia não saber o que dizer. De repente, rebentou em soluços.

– Meu irmão, acho que sou um louco, um amaldiçoado...

Eu o conduzi para nos sentarmos no tronco de uma grande

árvore que havia ali perto, tomei-o nos braços e deixei que chorasse longamente.

– Não é um amaldiçoado, de modo algum. Todos o amamos. Conte-me o que o perturba.

– Eu vejo vultos, fantasmas, ouço-os, eles falam comigo, dizem-me coisas perturbadoras, contam histórias, falam do passado.

– Talvez seja apenas imaginação sua.

– Não é. Sabe nosso avô, pai de nosso pai?

– Morreu quando você nem era nascido. Lembro-me vagamente dele.

– Pois ele me aparece seguidas vezes, diz que devo tomar cuidado com as coisas que vejo, que devo evitar comentar com quem não aceita e não entende. Mas que preciso ouvir os conselhos com cuidado.

– Pode ser só imaginação.

– Não é. Para provar que era ele mesmo, contou uma história sobre o primeiro empreendimento de nosso pai, quando ele ainda era pouco mais do que um rapaz. Deu-me detalhes, mostrou-me onde ficava a casa em que funcionou, falou o nome do único empregado que ajudava papai.

– Pode ser tudo ilusão sua.

– O pior é que não é. Eu fui tateando e perguntei a história a papai, sobre como ele havia começado, se lembrava dos primeiros empregados. Com dificuldade, papai foi relatando a história que parecia meio perdida na memória dele. Isso foi em um domingo e eu disse que tinha curiosidade sobre o local em que ele primeiro tentara fazer negócios. Ele se empolgou e levou toda a nossa família exatamente na mesma casa que o fantasma de vovô indicara. Inclusive lembrou o nome de seu primeiro empregado. Primeiro, errou. Como quem não quer nada, eu disse que aquele nome era esquisito. Se eventualmente não seria outro. Sem se espantar, ele reconheceu, por entre risadas que havia se enganado.

Eu não cabia em mim de espanto.

– Então, você vê gente morta!

Eu estava arrepiado, com uma impressão muito ruim sobre aquilo tudo. Meu irmão rebentou novamente em soluços.

– Eu não apenas os vejo, como os ouço, nos momentos mais estranhos. Alguns me assustam. Odeio passar perto do cemitério. Mesmo na missa, eu vejo algumas almas que parecem abençoadas, enquanto outras parece que se lamentam em frente das imagens dos santos.

– Falou isso para alguém?

– Tentei, mas ninguém acredita de verdade. Apenas nosso tio abade me ouve com atenção. Ele está tão velhinho, que talvez nem entenda direito do que eu falo. Nosso tio sugere que eu me coloque sob a proteção da Igreja. Diz que, quando for ordenado, tudo desaparecerá.

– Você acredita nisso?

– Não sei exatamente em que acredito. Mas viver em local santo deve ser bom, não? Apenas almas abençoadas devem permanecer por lá.

– Já passou algum período no mosteiro?

– Já.

– E ficou em paz?

Novamente, ele começou a soluçar.

– Não. Também lá há almas que fazem relatos estranhos, à noite, às vezes, ouço gritos. Mas é mais tranquilo do que do lado de fora. Ao menos na grande capela é mais tranquilo.

– E você pretende viver na capela para sempre?

– Eu poderia virar bibliotecário e intendente da capela. São ocupações possíveis.

– Tudo isso por medo de fantasmas?

– O que você quer que eu faça? O que faria em meu lugar? Nunca conseguiu disfarçar bem seu medo de igrejas. Imagine se o mundo inteiro fosse uma igreja e você tivesse de viver nele. Se uma pequena parte do mundo fosse menos igreja, você não ficaria feliz de estar ali?

Não soube o que responder àquilo. Abracei meu irmão, que chorou longamente. Pedi muito para que pensasse bastante antes de se lançar naquela empreitada. Que viesse comigo passar um tempo na fazenda em que morava.

Contudo, enquanto dizia isso, estava ciente de que dificilmente ficaria muito tempo naquela fazenda. Eu e Rosa estávamos claramente seduzidos pela ideia de morar na cidade de meus pais.

Desde aquele dia, cuidei de ficar sempre muito perto de Lucas. Seja em casa ou no trabalho, eu sempre estava junto dele. Assim, notava as vezes em que se assustava, como lutava para aparentar uma calma que não sentia, como frequentemente se arrepiava ao prestar atenção a coisas que somente ele via ou ouvia.

Eu havia pensado muito sobre aquela história de nosso avô. Como Lucas não era mentiroso, deveria haver algum fundo de razão naquilo tudo, mas eu não atinava o que poderia ser. Alguém vivo poderia falar e ouvir os mortos, ser aconselhado ou assustado por eles? Parecia-me um disparate.

Mas aí, muito a contragosto, lembrei que Jesus havia aparecido aos discípulos e mesmo a muitas outras pessoas após sua morte. Aquilo me arrepiou inteiro. Afinal, eu acreditava ou não que Jesus existira?

Gostasse ou não, a verdade é que nunca conseguia deixar de pensar e teorizar sobre ele. De um modo ou outro, estava em meus pensamentos e em minha vida.

Sem saber o que pensar, pedi autorização a Lucas e contei a Rosa o que se passava. Ao contrário de mim, ela não pareceu se impressionar muito. Inclusive disse que, quando era criança, costumava ver pessoas que ninguém mais via. Contudo, isso passara com o tempo. Ao contrário de meu irmão, ela jamais se assustara. Também, eu pensei, aquilo havia ocorrido com Rosa apenas durante o período das ilusões infantis, ao passo que o pobre de meu irmão vivia assombrado pelo que via e ouvia, ou pensava ver e ouvir.

Sempre bondosa, minha esposa começou a cuidar muito de Lucas, a conversar e mesmo a orar com ele. Isso parecia tranquilizá-lo de algum modo: não era considerado louco e inclusive podia partilhar suas histórias com um ouvido atento. Sim, pois Rosa, além de ser melhor conselheira em questões espirituais do que eu, tinha uma espécie de aura materna que confortava. Esse conforto, Lucas o teve por algumas semanas.

O tempo que havíamos combinado de permanecer junto a meus pais passou rápido e eu precisava retornar. Afinal, aproximava-se um período de muito trabalho na fazenda e não poderia deixar tudo a cargo de meu sogro.

Embora Lucas buscasse disfarçar, era visível que temia perder o conforto da presença de Rosa. Ele não queria incomodar, não queria ser um peso, mas se encantara com a ideia de passar um tempo na fazenda conosco.

Minha mãe foi rapidamente convencida e, feito isso, nosso pai já era um caso ganho. Ele não conseguia contrariar dona Jandira.

Entretanto, foi-nos feito e reiterado o convite para que viéssemos morar junto a eles, o que me agradava muito e a Rosa, embora ela estivesse dividida, pois tal mudança implicaria afastar-se da companhia constante de sua família.

Um ponto a favor do projeto é que Rosa decididamente se agradara de meus parentes, estabelecera ligação fácil com todos, inclusive com Jonas, o mais arredio de meus irmãos, que não lhe resistira à candura.

Assim, quando nos afastamos da cidade, foi com a promessa de refletirmos seriamente sobre a possibilidade de ali virmos a residir.

A ideia de que mamãe vivesse perto de mim até o final de sua vida, desfrutando da companhia de netos que eu lhe daria, parecia-me um sinal de redenção. Eu a compensaria da tristeza que lhe havia causado com minha fuga há vários anos.

Lucas ia feliz conosco pela estrada, embora por vezes prestasse demasiado atenção a algum ponto da estrada. Rosa, delicada e desejosa de que ele se sentisse acolhido, perguntava o que ele estava vendo, fazia questionamentos, queria saber detalhes dos fantasmas.

Aquilo de algum modo logrou confortar meu torturado irmão. Afinal, ao poder falar livremente, ao partilhar conosco, em voz alta, suas vivências, parecia que a coisa assumia um ar de certa naturalidade.

Capítulo 11

Gravidez ou doença?

QUANDO CHEGAMOS à fazenda, Lucas se encantou por tudo, gostou do lugar, e quedou-se tranquilizado, em alguma medida, junto a nós.

Sim, em alguma medida, pois nunca perdia completamente seu ar torturado. Eu sabia que ele se sentia estranho, que pagaria um alto preço para se libertar daquilo que considerava uma maldição.

Logo eu comecei meu trabalho, Rosa retomou sua rotina de dona de casa extremamente generosa, que cuidava de uma quantidade impressionante de necessitados.

Meu irmão, nos primeiros dias, passeou pelo local, conheceu muita gente, tentando parecer normal e não mostrar cara de assustado perante as pessoas que ia conhecendo. Eu sabia que ele estava sempre vendo os "fantasmas delas". Sim, pois a crer nos relatos dele, todos andavam acompanhados de fantasmas, alguns bons, outros nem tanto.

Lucas rapidamente se cansou de nada fazer e quis ser útil. Tal como eu, nos primeiros tempos, lançou-se nas atividades mais básicas, iniciando-se na labuta de agricultor.

Ele parecia não dar sinal de querer voltar para a casa de nossos pais, satisfeito que estava de morar comigo e com Rosa, trabalhando fortemente nos campos.

Eu intuía que o trabalho pesado o auxiliava a ter um sono mais profundo, a não prestar tanta atenção no que o incomodava.

Ademais, a presença de Rosa, sempre tratando aquilo com grande naturalidade, com ar curioso, como se ele fosse portador de uma bênção, auxiliava muito meu querido irmão caçula.

Eu, que sempre tivera por ele um carinho de pai, sentia esse laço se reforçar agora, com sua presença carente, com sua cara ainda infantil, sempre em minha casa. Sua expressão um pouco mais aliviada era um tesouro sem preço para mim.

Eu gostava bastante de minha família toda, em especial de mamãe e de Anita. Mas reconhecia que aqueles dois que comigo residiam eram-me as pessoas mais queridas da face da Terra.

Tudo parecia em paz quando, de repente, Rosa começou a se mostrar cansada e sonolenta, sem sua costumeira disposição para trabalhar e ocupar-se de tudo e de todos.

Aquilo me causou uma inquietação sem fim. Eu a cerquei de cuidados, temendo imensamente que sua doença tivesse retornado. De repente, a esses sintomas de cansaço e sonolência, somou-se outro que logrou nos tranquilizar: ela passou a ficar enjoada com muita facilidade.

Ao retornar no horário do almoço, extremamente preocupado com minha amada esposa, ela me contou do novo sintoma, com um ar entre feliz e brejeiro.

– Sabe o que isso significa?

Minha cara de alívio deve tê-la surpreendido. Estupefato, respirando profundamente pela primeira vez em dias, eu não tive condições de responder. Ela continuou:

– Vamos ter um filhinho!

– Sério?

– Sim, eu já desconfiava, mas não queria dar uma notícia falsa. Você parecia preocupado demais sabe-se lá com o quê. As pessoas nem sempre se sentem bem. O fato de eu estar cansada não significa que estou com aquela doença novamente.

Eu não havia tocado no assunto, não havia revelado esse temor, mas ela o havia captado. Senti-me culpado, como se a houvesse traído de algum modo ao não partilhar meu medo, ou mesmo ao senti-lo. Era como se tivesse temido que ela me abandonasse de livre e espontânea vontade.

– Perdão, mil vezes perdão!

– Pelo quê?

– Por ter pensado besteira, por tê-la preocupado de algum modo nesse período em que você sofria.

– Eu não sofria nada. Você, sim. Durante tanto tempo fui doente de verdade que não é qualquer pequena indisposição que poderá me abalar!

A partir daí, ela foi só alegria. Seu sonho se realizava: Rosa seria mãe. Suas faces pareciam a de uma madona, tal a beatitude em que vivia, em um estado de satisfação profunda.

A família de Rosa, comunicada, ficou imensamente aliviada. Afinal, todos que a amavam temiam que aquela indisposição fosse sinal de algo mais grave.

Contudo, li nos olhos do senhor Lázaro uma preocupação que eu também tinha. Será que Rosa estava curada mesmo? O que representariam a gestação e o parto? Trariam algum perigo?

Ao ver em outro semblante o temor que rondava meu íntimo e me assombrava os dias, este pareceu crescer. Sabia que havia perdido a paz e que ela só retornaria no dia em que meu filho nascesse e tudo ficasse bem com Rosa.

A tudo indiferente, ela vivia em um estado de graça, que dava gosto observar. Cantava o tempo inteiro, gastava seu tempo preparando o enxoval da criança, cuidando de nossa casa e de um pequeno jardim, seu recanto predileto no mundo.

Eu mandei avisar minha família e passei a viver com o coração sobressaltado. Ocorria de acordar no meio da noite e colocar suavemente a mão no peito de minha amada esposa, como para me certificar de que continuava batendo.

Isso sem falar nas vezes sem conta em que arrumava algum pretexto para dar uma passada em casa durante o dia. Ao me aproximar, era comum ouvi-la cantando e isso me acalmava. Então, afastava-me sem entrar em casa, por não querer que ela percebesse minha preocupação.

Envolta em seu estado de graça, ela estava menos perspicaz do que de hábito. Mais e mais cuidava de se rodear das crianças do local, a quem amava ternamente. Era como se a maternidade que se aproximava a tomasse por inteiro.

Eu chegava a ter algum ciúme. No fundo do coração, lamentava aquela gestação, pelo perigo que trazia à minha doce Rosa. Sentia-me mal com isso, mas era um fato: o temor de perder minha esposa era grande demais para que eu me alegrasse verdadeiramente com a perspectiva de ser pai.

De bom grado, eu teria passado a existência inteira somente com minha amada, desde que essa vida fosse longa. Mesmo que Rosa se tornasse mais fraca, eventualmente adoecesse, e que eu nunca mais pudesse tocá-la, ainda assim eu a amaria ternamente.

Não podia confessar para ninguém aquele sentimento estranho que tinha: era como uma espécie de prevenção contra o filho que se anunciava, e que eu temia representasse o fim de meu projeto de felicidade. Ah, quanta tortura eu vivi naqueles meses.

Meu irmão, atento a tudo, que às vezes parecia até ler as mentes dos que o rodeavam, tentou abordar o assunto comigo.

– Meu irmão, você parece muito estranho. Vive o tempo todo com o mesmo ar de temor que tinha nas manhãs de domingo em nossa casa, quando sabia que logo mais iria à missa.

– É impressão sua.

– Não adianta mentir. Conheço-o bem demais para isso. Confie em mim. Você me faz tanto bem, é o meu irmão favorito, o único da família que não parece me achar louco com minhas visões.

– Não consigo colocar em palavras.

– Teme pela saúde de Rosa.

Ao ouvir aquilo, meu receio dito em voz alta, algo em mim se partiu. Estávamos apenas os dois em um barracão perto de minha casa, uma espécie de depósito. Tentei falar, mas não consegui. Eu gesticulava e me faltava o ar. De repente, explodi em soluços, sem nada conseguir dizer. Lucas me abraçou com um carinho infinito.

– Você sofre à toa, meu irmão. Não vê que ela está a cada dia mais bela e saudável? Não percebe o brilho de seus olhos, o viço de sua pele, a disposição que mostra, trabalhando o tempo todo?

– Eu sei, mas ela foi doente por tanto tempo.

– Foi, mas não é mais. As pessoas saram, as coisas mudam.

– Algumas doenças vão embora para voltar depois...

– Pode ser, mas não é o caso de Rosa, que parece a mais saudável das mulheres, feliz com a maternidade como jamais vi.

– É verdade, mas...

– Mas?

– Eu não consigo me impedir de temer que algo aconteça a ela e eu fique sozinho.

– Sofre à toa, por algo que provavelmente nunca ocorrerá.

Conversamos longamente, eu chorei como nunca antes na vida, ao falar de meu maior terror. Sabedor de minhas dificuldades com a religião, meu irmão absteve-se de me consolar falando na bondade divina, o que seria natural nele.

E assim os meses foram passando.

À medida que a época do parto se aproximava, eu tinha cada vez mais dificuldade para esconder meu nervosismo. Vivia como se estivesse sempre dentro de uma igreja, tal o pavor de que Rosa, por alguma razão desconhecida, não sobrevivesse ao parto.

A certa altura, cuidei de disciplinar minha mente, para evitar enlouquecer.

O pior é que Rosa já notara minha dificuldade e aquilo a perturbava de algum modo. Não demorou para ela perceber o que realmente ocorria. Finalmente, abordou o assunto comigo com clareza.

– Inácio, pare de temer por mim. Estou ótima. Nunca me senti tão bem na vida. Estou realizando um sonho. Sempre pensei nisso desde menina: a vontade de ser mãe, de acalentar um filho meu nos braços.

– Quem disse que temo por você?

– Acha que sou boba? Que não o vejo sempre rondando a casa durante o dia, sondando cada passo meu?

– Preocupo-me, pois está perto da hora do parto.

– Você mente mal, Inácio.

– Está bem, admito. Temo por sua saúde, que algo ruim lhe aconteça durante o parto. Não sei se conseguiria viver depois disso, eu me sentiria culpado para sempre.

– Por que você se sentiria culpado se algo me acontecesse? Acaso se acha Deus, com poderes de vida e morte sobre os outros?

Não soube o que responder àquilo.

– Inácio, querido, precisamos confiar na bondade divina. Sempre nos acontece o melhor. Penso que fui doente por tanto tempo, a fim de mais apreciar a saúde. Achava que morreria solteira, em breve tempo, mas me casei com você e sou imensamente feliz. A vontade divina sempre é pelo nosso melhor. Jesus nos ama ternamente.

Também não consegui falar nada depois daquele discurso mais do que sincero.

– Inácio, você precisa fortalecer sua fé. Acho que anda orando pouco. De agora em diante, toda noite faremos um culto em nossa casa, nós três: eu, você e seu irmão.

A proposta me pareceu horrível, mas não consegui a ela contrapor qualquer argumento que não parecesse suspeito.

E assim foi que, poucas semanas antes da data prevista para o parto de Rosa, toda noite eu me via envolvido em ladainhas novamente. Entretanto, desceria ao próprio inferno para agradar minha esposa, de modo que cuidava de fazer cara alegre.

Em um daqueles serões, dignos de um convento, meu irmão pareceu levar um susto muito grande. Ele parecia prestar atenção a algo que se dava atrás de Rosa, como se alguém ali estivesse e lhe falasse alguma coisa apavorante.

Lucas ficou pálido como a morte, sufocou, começou a suar frio. Foi em vão que Rosa e eu lhe perguntamos o que ocorria, pois ele resistia em dizer.

Eu não levava aquelas visões muito a sério, mas Rosa fazia questão de se fazer parceira dele naquilo, tratando com muita naturalidade e uma boa dose de curiosidade.

Finalmente, Lucas disse que havia se assustado ao ver uma senhora que havia aparecido de repente.

– Mas você vê fantasmas o tempo...

– Eu sei, Rosa, mas essa apareceu muito de repente.

– Você prestou muita atenção nela. Falou-lhe alguma coisa?

– Falou, mas não consegui entender direito, pois você lia a Bíblia ao mesmo tempo.

– Peça para ela repetir, então.

Lucas fez uma cara de perdido e, um tanto hesitante, respondeu que o fantasma já tinha ido embora.

Eu não me ocupei muito com aquilo, mas meu irmão mudou desde esse dia. Pediu licença para se afastar do trabalho e ficar em casa junto com Rosa, a fim de fazer-lhe companhia.

Como meu irmão não era um empregado regular da fazenda, concordei, achando a ideia boa, pois também me tranquilizava muito saber que minha querida esposa estaria acompanhada o tempo todo.

Entretanto, passei a captar no semblante de meu irmão uma estranha melancolia, como se ele tivesse passado a conviver com uma tristeza nova. Lançava-me olhares de compaixão, enquanto cuidava de passar o maior tempo possível junto de Rosa.

Eu achei a conduta um tanto estranha, mas, envolto em minhas preocupações, não me impressionei. Afinal, meu irmão sempre fora meio esquisito, cheio de temores incompreensíveis.

Finalmente, certa noite, em plena madrugada, Rosa me acordou.

– Querido, acho que minha hora chegou.

Pense em um homem apavorado, esse homem era eu. Levantei-me, gritei por Lucas, que em poucos instantes já estava em nosso quarto, com ar de assustado.

– Meu filho irá nascer. Corra buscar a dona Maria.

– Dona Maria?

– Sim, a parteira. Ou você pretende que ambos façamos meu filho nascer?

– Lucas, passe antes na casa de meus pais e avise minha mãe, por favor.

– Vá primeiro à casa da parteira! – eu disse.

– Credo, Inácio, a coisa começou há pouco. Nosso filho não há de nascer em questão de minutos. Essas coisas demoram. Lucas, passe antes na casa de meus pais.

Ele saiu, com ar assustado, lançando antes um olhar de extrema preocupação para nós dois que ali ficávamos.

Rosa estava em êxtase, embora as dores que principiavam, com a perspectiva de logo ter o filho nos braços. Enquanto isso, eu ia vivendo os momentos mais tensos de minha existência.

Estava escrito que aquele dia se arrastaria lentamente e ficaria gravado em minha memória para sempre.

Pareceu-me que um século se passou antes que dona Ana e dona Maria chegassem praticamente juntas. Com a presença delas, eu fui praticamente expulso do quarto em que Rosa daria à luz nosso filho.

Antes de sair, tomado de um pavor inconfessável, beijei a testa de minha esposa e a olhei com um carinho infinito: era o amor de minha vida que ali sofria!

– Não se preocupe, querido! Jesus está no comando de tudo. Ele nos uniu, ele me curou para que pudéssemos viver o nosso amor e seguramente continuará a nos amparar para que o melhor aconteça.

Havia tal confiança na voz e no semblante de Rosa que eu a invejei. Devia ser bom acreditar daquele modo...

Ao sair do quarto, deparei-me com o senhor Lázaro na sala de minha casa, com o semblante visivelmente nervoso.

Cumprimentei-o, saí para fora e fiquei olhando o céu. Meu irmão estava ali fora e me abraçou. Notei que ele fazia força para não chorar. Eu não me agradei de vê-lo naquele estado. Senti-me no dever de colocar as coisas em perspectiva.

– Não fique tão abalado. Hoje é um dia de alegria. Meu primogênito está em vias de vir ao mundo. Em breve, estaremos celebrando.

Creio não o ter convencido minimamente com aquele discurso, que não refletia meu estado de espírito.

Pus-me a andar de um lado para o outro, em um estado de completo desassossego. Nas horas que se sucederam, revi toda a minha vida, arrependi-me de ter pedido Rosa em casamento, de ter tocado nela. Repensava tudo o que vivera até então e me torturava ao extremo.

De repente, lembrei-me do rosto de confiança de Rosa, crente de que Jesus nos olhava e nos cuidava, e pensei em fazer uma oração. Mas até para mim pareceu uma heresia buscar aquele ser imaginário em um momento de necessidade, quando não conseguia realmente acreditar nele. Aliás, eu não sabia mais se acreditava ou não. Era um tema tão difícil para mim.

O dia amanheceu e as horas se arrastavam. A certa altura, dona Ana saiu do quarto para ir à cozinha. Ao ouvir a voz dela, falando com o esposo, entrei na casa, cujas paredes pareciam me oprimir.

– Como está ela?

– Calma, é o primeiro filho. É normal que demore um pouco.

– Um pouco? Já passa de meio dia! Isso começou em plena madrugada.

Ela me deu um sorriso amarelo e foi buscar o de que entendia necessitar. Nisso eu ouvi um gemido de Rosa e experimentei o desejo intenso de vê-la, de confortá-la. Apenas não entrei por saber que não seria bem-vindo.

Assim, Rosa sofria em nosso quarto e eu me desesperava perto dele.

Finalmente, quando a noite começava a cair, ouvi o choro de um bebê e meu coração se desanuviou. Tinha dado certo! Miraculosamente, meu filho conseguira nascer. Mas como estaria Rosa?

Ao cabo de alguns instantes, fui admitido no quarto, onde vi Rosa pálida e visivelmente exausta, mas com o semblante em êxtase, segurando nos braços nosso filho.

– Veja, Inácio. É o nosso pequeno!

Chorei feito criança naquele instante, tomado de um alívio indizível.

Como de costume, Rosa fez questão de orar comigo em voz alta. Eu concordaria com absolutamente tudo o que ela propusesse, inclusive caminhar sobre brasas, tal era a minha alegria.

A família logo se reuniu e comemoramos longamente a chegada do pequeno João.

Capítulo 12

APÓS O PARTO

APÓS ALGUMAS HORAS, todos se retiraram e ficamos apenas eu, Lucas, Rosa e o pequenino. Meu irmão parecia ainda meio assustado e confundido, como se esperasse algo em vias de ocorrer ou estivesse surpreso com o sucedido. Mas em seu semblante havia um alívio inescondível.

O bebê ficou em pequeno berço ao lado de nossa cama e eu fiquei velando o sono de Rosa, que parecia muito cansada.

Olhei-a longamente no correr da noite, não acreditando que aquele milagre tivesse realmente ocorrido: Rosa sobrevivera ao parto. Aliás, por que eu temera tanto por uma tragédia? Teria algum complexo de culpa por minha falta de religiosidade? Achava que algum Deus em quem não acreditava iria me punir por isso?

À luz de velas, não me decidia por dormir quando notei algo estranho: as cobertas começaram a se tingir de vermelho. Rosa sangrava!

Eu me apavorei com aquilo e tratei de acordá-la, mas minha amada esposa parecia estranha, alheada. Toquei sua fronte e ela estava gelada, embora coberta de suor.

Gritei por Lucas e ele apareceu quase de imediato. Mandei-o

atrás de dona Maria e de dona Ana, na esperança de que conseguissem fazer alguma coisa. Enquanto isso, a mancha de sangue ia crescendo.

Rosa, de repente, pareceu se tornar extremamente lúcida.

– Inácio, tive um sonho estranho. Sonhei que Jesus vinha me buscar e chamar você para segui-lo. Foi lindo, embora estranho. Eu ia com o Mestre, enquanto você ficava para fazer algumas tarefas. O que será que isso significa?

Eu não tinha o que responder àquilo. De repente, ela notou as próprias roupas e cobertas encharcadas e pareceu compreender o estado em que se encontrava.

– Querido, o que acontece?

– Não deve ser nada. Você apenas está tendo um sangramento. Dona Maria e dona Ana logo devem estar aqui.

Ela me olhou longamente, pareceu meditar um pouco e começou a falar com uma segurança nova.

– Inácio, temo que minha vida esteja se encerrando.

– Não diga isso!

– Meu sonho foi tão claro. Vejo agora como Jesus foi bondoso ao nos conceder mais de três anos de felicidade, de me permitir viver o que jamais esperei. Ele vem me buscar e irei para o Céu. Lamento apenas não ver o meu filho crescer. Mas talvez do Céu eu possa acompanhar a vida de vocês.

Havia uma conformação serena naquele discurso, que me irritou.

– Pare de falar em morte, em Jesus e em separação. Você vai viver comigo até ficar bem velhinha.

– Tomara que assim seja, mas se não for, preciso que me prometa algumas coisas.

– Sacramento, que tipo de asneiras irá falar agora?

– Você pensa que sou tola, mas noto que não é muito afeiçoado ao amor de Nosso Senhor. Desejo que crie nosso filho como

A REDENÇÃO DE UM LÁZARO | 105

um bom cristão. Aliás, como ele ainda não foi batizado, quero que se chame João Cristiano.

Tive ímpetos de bater nela.

– Não prometo nada, pois tudo isso é uma sandice.

Finalmente, as senhoras esperadas chegaram e tomaram conta da situação. Ao contrário da outra vez, não admiti ser retirado para fora do quarto. E foi assim que, madrugada adentro, acompanhei a luta de Rosa pela vida e vi a luz de seus olhos se apagando.

Quando o dia raiou, minha querida esposa estava morta em nossa cama, com o semblante pálido como eu jamais vira, mas ostentando uma beleza lirial. Parecia uma santa ou uma deusa da antiguidade.

Eu olhava tudo aquilo com uma sensação de irrealidade, como se estivesse acontecendo com outra pessoa. Não podia ser verdade. Rosa não podia estar morta. Porque se estava, era como se eu a tivesse matado ao engravidá-la.

A realidade pouco a pouco tomava conta de mim. Finalmente, quando admiti o óbvio, soltei um urro terrível, digno de um insano. Tomei-a nos braços e solucei longamente, chamando-a, chacoalhando-a, tentando acordá-la.

Os familiares, ali reunidos, entraram todos no quarto e assistiram à cena, sem interferir, sem nada tentar fazer.

Era o fim de meu sonho de felicidade.

Nisso, olhei o crucifixo que pendia da parede, sobre nossa cama, e me tomei de um ódio infinito. Eu fora vítima de uma paródia cruel, de uma piada horrível.

Era ele, sempre ele em meu caminho! Agora eu estava convencido. Em um repente, tive certeza: Jesus existia, era uma figura real. Cruel como um ídolo pagão da antiguidade, ele me perseguia porque eu não simpatizava com sua história, porque a achava fantasiosa demais.

E o sonho de Rosa? Ele viera buscar minha esposa, deixar-me só e infeliz, tirar-me todas as esperanças, para me dar uma tarefa? Era mais fácil eu criar asas e sair voando pelos campos do que fazer qualquer coisa em nome de Jesus.

Em um ímpeto, cometi a heresia de subir em nossa cama, com Rosa nela morta, para espanto de toda a parentela ali reunida. Arranquei o crucifixo da parede e o fiz voar pela janela. Feito um insano, saí atrás das imagens dele que Rosa cultuava com tanto carinho e atirei todas para fora da casa.

Todos deviam achar que eu estava louco, mas foi do senhor Lázaro a iniciativa de me fazer parar.

– O que é isso, meu filho? Enlouqueceu?

– É tudo culpa dele! Ele me persegue!

– Quem o persegue?

– Jesus. Ele não tolera que eu não goste dele.

– Que é isso?

Abdiquei de dar explicações, subitamente sem forças. Meu irmão veio até mim e me tirou para o ar fresco, a fim de que eu tivesse tempo de clarear as ideias antes de falar e fazer asneiras demais. Ele me abraçou e ambos choramos longamente.

– Inácio, antes de qualquer coisa, você precisa respeitar sua esposa morta. Dar um escândalo parece algo indigno do momento.

Ao ouvir aquilo, tomei-me de uma vergonha infinita. Que papelão eu fizera! Após muito chorar, finalmente voltei para dentro de casa, a fim de combinar os detalhes do velório e do sepultamento.

Havia um ar de tristeza em todos, mas também certa conformação, pois sempre se esperara que Rosa morresse cedo. Parecia haver um entendimento entre eles, que captei em alguns sussurros, de que ela fora feliz enquanto vivera e conseguira realizar alguns sonhos que lhe pareceram sempre impossíveis.

Sim, mas eu era o quê, naquela história toda? Precisava-se

de alguém para sofrer muito e eu fora sorteado? Primeiro, apaixonara-me por ela, depois a vira curar-se, cultivara os sonhos mais lindos e de repente a tinha morta, enquanto nosso filho mal acabara de nascer.

Uma revolta sofrida tomava conta de mim. O que fora mesmo que Rosa me pedira? Ah, que eu nominasse nosso filho de João Cristiano e o educasse como cristão!

Sacramento, o que eu faria? Atenderia àqueles pedidos? Mas como poderia educar alguém como cristão se eu próprio não o era em verdade? Enfim, eram assuntos para mais tarde.

Logo, a casa começou a se encher de gente e o corpo de Rosa estava em um caixão, em nossa sala, na qual até então só houvera sorrisos, sonhos e felicidade.

O dia pareceu se arrastar enquanto eu fazia o papel que se esperava de mim, mas que tão caro me custava: fiquei ao lado de Rosa e da família dela, recebendo os pêsames e a solidariedade de todos. Eu jamais vira tanta gente junta, parecia que todos da redondeza resolveram se fazer presentes.

Volta e meia eu ouvia o choro de meu filho, mas estava absorvido por aquele espetáculo fúnebre e sabia que Rosita estava cuidando do pobre João, que mal nascera e já era órfão.

No final da tarde, encaminhamo-nos na procissão mais triste do mundo em direção ao cemitério da fazenda.

Ali eu fiquei até todos irem embora, rejeitando os convites para me retirar. Em frente ao túmulo de Rosa, sentindo o vento frio da noite, continuei em uma espécie de vigília, na qual recordava muitas de nossas conversas.

Uma chuva fina começou a cair e eu não me decidia a ir embora. Era como se, ao me afastar do túmulo, estivesse aceitando a realidade: minha adorada Rosa morrera.

A certa altura, já completamente ensopado, senti um aperto em meu braço e literalmente saltei de susto. Era meu irmão.

– Inácio, vamos embora. Já está mais do que na hora de você descansar.

Eu resmunguei alguma coisa e fiquei ali.

– Lembre-se de que tem um filho que precisa de você.

Nisso eu caí em mim, de certo modo. Era verdade: o pequeno João não tinha mãe, eu precisava cuidar muito bem dele.

Lucas me abraçou e fomos em direção a minha casa. Quando lá cheguei, busquei o quarto de meu filho e o vi ali, minúsculo em sua pequena cama. Rosita ficara para cuidar dele e dormia em outra cama que havia no mesmo quarto.

Aproximei-me da cama de meu filho e comecei a tocá-lo, enquanto chorava.

– Meu pequenino. Seremos só nós dois. Você nunca conhecerá sua mãe. Não terá nenhuma lembrança dela. Mas não se preocupe, eu cuidarei muito bem de você. Será o meu tesouro. Prometo que você será feliz, poderá escolher a vida que desejar.

Eu sussurrava e chorava baixinho, tomado de um amor desmedido, de um senso grande da responsabilidade que me cabia perante aquele ser. Ao menos eu tinha João para dar sentido a minha vida. Ah, o meu menino, como eu cuidaria dele!

Quando o dia amanheceu e Rosita acordou, deparou comigo sentado no chão e mirando meu filho.

– Inácio, você passou a noite assim?

Nem notei que estava molhado, que não me secara ao entrar em casa. Esquecido de tudo, até das sensações de meu corpo, ficara a noite toda ora acariciando, ora mirando o pequeno órfão de mãe.

– Nem havia reparado.

– Por Deus, tome juízo. Vá tomar um banho, coloque uma roupa seca, que eu vou fazer um café para nós.

Como ela tinha razão e eu estava exausto e me sentindo doente, além de triste, obedeci sem retrucar.

A REDENÇÃO DE UM LÁZARO | 109

Ao entrar em meu quarto, a solidão que nele senti foi estarrecedora. Conscientizei-me de que doravante seria sempre assim: eu sozinho naquele ambiente, lembrando-me do passado e pensando no que poderia ter sido.

Tomei meu banho, vesti uma roupa quente e fui para a cozinha, onde Lucas e Rosita me esperavam. Tomamos café em silêncio, pois não havia muito a falar, salvo a respeito de uma ama de leite que já haviam providenciado para meu rapazinho. Eu não podia mesmo me opor a isso, de modo que fiquei grato pelo cuidado.

De repente, conscientizei-me de que não podia ficar fazendo o papel de vítima sofrida, em detrimento dos cuidados de meu filho. Naquelas primeiras horas, eu não cuidara dele devidamente. Se não fossem os parentes, ele teria ficado ao léu.

Decidi-me a colocar a felicidade de João sempre na frente de todo e qualquer projeto.

Depois saí sozinho a matutar pelos campos, indeciso quanto a que rumo tomar. Ficaria ali? Criaria meu filho na fazenda, continuaria a viver na casa em que fora tão feliz com Rosa?

Eu não estava em condições de decidir no momento, de modo que deixei para ver como me sentiria no correr dos dias.

Logo se estabeleceu uma rotina: bem cedo eu levava o meu menino para a casa de seus avós, onde ele permanecia o dia todo. Eu e Lucas passamos a almoçar lá. À noite, eu apanhava João e cuidava dele até a manhã do dia seguinte.

Éramos um trio triste: Lucas sempre assustado, eu com o coração partido para sempre e meu pequeno menino, órfão de mãe.

Embora seja preciso dizer que João Cristiano não era triste. Ao contrário, era um moleque bastante sorridente.

O tempo foi passando, quando um dia eu estava na lavoura e vi Rosita chegar correndo, com ar muito assustado. Pensei em João e meu coração falhou uma batida.

– O que houve?

– João desmaiou e não conseguimos fazê-lo retornar à consciência!

– Meu Deus! Ele caiu, houve algum acidente?

– Não houve nada.

Imediatamente pensei na doença de Rosa e temi o pior. Não era normal que um rapazinho de pouco mais de dois anos desmaiasse sem qualquer evento muito grave estar envolvido.

Fui correndo para a casa de meus sogros, onde me deparei com meu filho deitado no sofá da sala, com um sorriso lindo no rosto e desejoso de se levantar.

Abracei-o fortemente, abraço que ele retribuiu com a costumeira alegria. Dona Ana me olhava com uma cara triste e assustada.

– O que houve com o menino, dona Ana?

– Não sei dizer, meu filho. Ele apenas perdeu a consciência e demorou muito a voltar a si. De repente, acordou com a costumeira felicidade.

Desnecessário dizer que, a partir dali, a pouca paz que eu tinha foi perdida para sempre. Por alguns dias, alimentei um fiapo de esperança de que tivesse sido um evento isolado. Mas aqueles desmaios começaram a se tornar uma triste rotina.

Ele também não parecia se desenvolver como seria de esperar. De vez em quando, suava e parecia cansado. Dormia além do normal e pouco a pouco ia perdendo sua habitual vivacidade. Foi ficando mais calado, falando menos, tornando-se mais choroso e resmungão. Era evidente que sofria.

Levei-o a todos os médicos que me foram indicados por meus sogros, que já haviam trilhado esse triste caminho com Rosa, mas sem êxito. Os parcos recursos da medicina da época não permitiam grande coisa em termos de tratamento. O único conselho que recebi foi o de manter o menino sob vigilância constante e não permitir que fizesse muito exercício.

Lucas a tudo acompanhava com um olhar entre entendido e triste. Ele parecia saber algo que eu ignorava.

Aquela rotina continuou por pouco mais de um ano, quando finalmente João começou a ter desmaios e convulsões com grande frequência. A esta altura, eu praticamente já nem trabalhava mais, pois ficava a maior parte do dia indo e voltando da casa do senhor Lázaro.

Em dada manhã, acordei e vi que João ainda dormia e fiquei feliz, pois ele costumava ter o sono agitado. Dormia no mesmo quarto que eu, em uma pequena cama.

Fui para a cozinha, preparei o desjejum e decidi chamar Lucas e acordar meu filho. Afinal, era mais do que hora de se levantarem.

Aproximei-me da cama de João com o costumeiro enlevo e fiquei a mirá-lo: era tão parecido com Rosa! Entretanto, algo na quietude do menino pareceu-me estranho. Súbito, meu coração gelou e eu toquei no rapazinho, que tinha o gelo da morte.

Assustei-me, dei um grito, abri a janela e comecei a sacudi--lo, mas era tudo inútil: meu filho estava morto. Imagine-se, novamente, o homem mais triste e desesperado do mundo, e este homem era eu.

Lucas entrou correndo no quarto e deparou com aquela cena. Chorando, ele se limitou a me abraçar, sem nada dizer.

Seguiu-se o costumeiro ritual fúnebre, que eu vivera recentemente em função da morte de Rosa. Mas naquela época, sobrara--me uma razão para viver: o meu pequeno filho. E agora, o que seria de mim?

Solucei o velório inteiro, acompanhei o cortejo até o cemitério, onde João Cristiano ficou a repousar ao lado da mãe, enquanto eu seguiria vivo, embora com a morte no coração.

Voltei para casa com meu irmão. Ele deitou comigo em minha cama e tentava me consolar, falava que poderíamos voltar a morar com meus pais. Que a companhia de minha mãe haveria de me fazer bem. Eu fazia de conta que lhe dava ouvidos, mas não me conformava.

– Isso não poderia ter acontecido! Eu deveria ter providenciado algum tratamento, alguma prevenção.

– Inácio, não se culpe, pois isso estava escrito. Acredite em mim!

– Escrito em qual livro infernal? De onde você tirou essa bobagem?

– Lembra-se de uma vez, enquanto Rosa estava grávida, que eu me assustei e vocês me crivaram de perguntas? Foi em pleno sarau evangélico...

– Lembro-me, sim. O que isso tem a ver?

– Naquele dia, eu vi uma senhora que disse ser a avó de Rosa, dona Mariana. Depois eu fiz umas perguntas e confirmei que essa senhora existiu mesmo.

– E o que esse fantasma tem a ver com a morte de meu pobre filho?

– Sei que você não acredita muito nessas coisas, mas vou lhe contar o que ela me disse então. Segundo ela, estava na época de Rosa morrer e já estavam preparando uma espécie de retorno que ela faria para algum lugar. Não entendi bem essa parte.

– E você não me falou?

– Não falei mesmo e não me arrependo. De que lhe adiantaria saber de algo assim? E se não acontecesse? Eu o teria enchido de preocupação à toa. Você já estava preocupado demais e tratava sua esposa de forma admirável, de modo que não teria nada a modificar em sua conduta.

– Sim, mas e quanto a meu filho?

– Segundo dona Mariana, o menino nasceria doente e viveria pouco tempo também. Estava tudo programado.

Eu estava espantado, literalmente boquiaberto.

– Quem programaria semelhante inferno para minha vida?

Lucas não teve o que responder àquela pergunta. Mas aí, eu lembrei do sonho de Rosa pouco antes de sua morte.

– Foi Jesus quem preparou tudo isso para mim!

– Por que diz isso?

– Lembra-se do sonho de Rosa, de que Jesus vinha buscá-la e me deixava aqui para fazer umas tarefas para ele?

– É verdade! Que tarefas seriam essas?

– Não sei, nem quero saber. É uma questão de honra afastar-me de agora em diante de qualquer coisa que lembre vagamente a religião.

Ficamos os dois, madrugada adentro em meu quarto, sem nada mais falar. Eu pensava em que rumo dar a minha vida, enquanto Lucas certamente fazia o mesmo.

Até tentamos permanecer ali, em uma vida de aparente normalidade, mas foi impossível.

Tudo me lembrava Rosa, os parentes dela o tempo todo me cercando. Eu sempre gostara deles, mas agora me era impossível estar na casa deles e me sentir bem. Isso porque Rosa era sempre lembrada de um modo ou outro.

Imagine então em minha casa, como eu me sentia... Rosa parecia ter sido uma presença protetora que velara pela paz do ambiente, por mim e por Lucas. Este, após o falecimento de minha querida esposa, parecia a cada dia mais perturbado. Não apenas em nossa casa, mas nos campos, perto das outras pessoas.

Era como se uma comporta tivesse se aberto com a crise psíquica causada por tanta dor. Pleno homem feito, não raro, ele chorava de desespero com as visões que tinha. Em dia claro, procurava se controlar, embora toda a gente do lugar o considerasse um tanto esquisito, por parecer sempre prestar atenção a pontos onde nada havia e a se assustar com coisas que apenas ele ouvia.

Capítulo 13

DE VOLTA PARA CASA

CERTA FEITA, AO passar por um carreiro da plantação, ouvi falarem de Lucas com desrespeito, chamando-o de 'o doidinho'. Até pensei em passar um sermão em quem fazia a brincadeira, mas depois do falecimento de Rosa tudo me parecia de pouca importância.

Limitei-me a atravessar o carreiro e começar a falar com eles sobre o trabalho. O susto que levaram seguramente foi maior do que o faria qualquer reprimenda de minha parte.

Mas era um fato: Lucas parecia realmente mais perturbado a cada dia. Eu bem que tentara fazer junto a ele o papel que Rosa fizera, mas isso em mim não era natural. Simplesmente não conseguia me interessar por fantasmas, ainda mais depois de saber que eles haviam vaticinado desgraças para minha vida. Não tinha o menor interesse em saber o que falavam ou pensavam. Afinal, o que mais eu tinha para perder? Rosa e João Cristiano estavam mortos.

Em meu coração, eu mantinha um secreto desejo de morrer logo. Não para encontrá-los, pois não tinha a menor expectativa nesse sentido. Se Jesus existia mesmo e coordenava essas coisas, dava até medo de imaginar o que ele prepararia para mim após a morte.

O problema é que não conseguia fazer nenhum plano, nada me interessava de verdade. Salvo, é preciso dizer, meu pobre irmão, desastrado e perdido que só ele.

Após alguns meses, em nossa costumeira conversa após o jantar, ele me informou que pretendia ir embora.

– Por quê? Fique aqui comigo.

– Inácio, eu bem que gostaria de permanecer lhe fazendo companhia, mas me sinto pior a cada dia. Os fantasmas estão cada vez mais nítidos e isso está me assustando. Temo perder a razão.

– E ir embora fará alguma diferença? Não será melhor aprender a ignorá-los?

– Você conseguiria ignorar um bando de vespas que o cercasse o tempo todo?

Não tive o que responder àquilo.

– Vou primeiro para a casa de nossos pais e acho que você deveria ir comigo, nem que fosse para apenas passar um tempo com eles. Mamãe sente nossa falta.

– É verdade. Mas por que irá primeiro para lá? Qual o seu destino final?

– Vou para o convento, iniciar meu noviciado.

– Eu não acredito que pensa realmente nisso!

Seguiu-se uma longa e inútil discussão, pois ele estava decidido a fazer o que eu pensava ser a maior asneira possível. Mas, enfim, como era um homem adulto que não queria meus conselhos, terminei por me calar.

Após alguns dias, nós nos afastávamos da fazenda. Passaríamos primeiro na casa do primo Tiago, com quem eu pretendia fazer uma espécie de acerto. Não queria fechar por completo as portas de um retorno, mas em princípio me afastaria em caráter definitivo.

A despedida dos parentes de Rosa fora um capítulo à parte

de tristeza e desolação. Rosita chorou copiosamente e então eu soube que ela realmente me amava. Talvez tivesse acalentado no coração a esperança de se casar comigo e me ajudar a criar meu filho, após a morte de Rosa.

Fiquei triste por ela, já que a dor que eu vivera me tornara mais sensível às dores dos outros.

Dona Ana também ficou muito triste. Já o senhor Lázaro parecia que perdia um filho. Por longos dias, ele tentara me demover da ideia. Como não conseguira, fez-me prometer que viria visitá-los de quando em quando. Fiz a promessa sem muita convicção, mais para me livrar da insistência.

Eu realmente gostava daquelas pessoas, mas aquele ambiente se tornara opressivo para mim. Talvez, agora que já era homem feito e não precisaria mais participar dos rituais de minha religiosa família, fosse melhor eu viver junto deles.

Quanto ao primo Tiago, foi evidente seu descontentamento com minha saída. Era como se ele perdesse uma espécie de jogo que mentalmente mantivera com meu pai. Pobre tolo. Achava que eu não sabia o que o movia. Ele jamais poderia competir com dom Hernani por meu afeto, embora eu lhe tivesse uma grande gratidão pela acolhida que me dera e pela experiência que me proporcionara.

Após alguns dias de estrada, demos entrada na cidade de nossa infância. Íamos em um grande carroção, no qual eu transportava minha bagagem, que constituía praticamente uma mudança.

Atravessei a cidade tomado de melancolia, prestando atenção em tudo e lembrando o que vivera desde que dali me afastara.

Finalmente, chegamos a nossa casa. Era um dia normal de trabalho, de modo que apenas mamãe e os criados ali estavam. Eu tivera o cuidado de informá-la por carta de todo o ocorrido. Assim, foi com uma mescla de alegria e tristeza que ela nos recebeu.

– Ah, Inácio, meu querido, eu sinto tanto...

O tom carinhoso da voz de minha mãe pareceu abrir uma comporta em mim. Eu, que há tantos meses não chorava, irrompi novamente em soluços. Abracei-a e fiquei a chorar de forma incontida. Tentava falar, mas não conseguia, tal a intensidade de minha dor. Lucas também nos abraçou e ficamos os três ali a chorar, enquanto dona Zoraide nos observava, com os olhos igualmente cheios de lágrimas.

– Meu filho, meu filho...

Minha mãe apenas dizia isso enquanto acalentava minha cabeça. Finalmente, eu me acalmei.

– Tem lugar para mim aqui, mamãe?

– Evidentemente que tem. Se não tivesse, arrumaríamos. Qual a casa de uma mãe em que não há lugar para todos os filhos? Veio para ficar?

– Creio que sim. No momento, não tenho nenhum plano. Lucas decidiu vir embora e eu iria ficar sozinho demais lá na fazenda.

– Fez bem. Precisa da presença de sua família, de ser bem tratado. Os dois estão magros feito andarilhos. E esses seus cabelos brancos?

– Pois é, mamãe. Os últimos tempos foram difíceis para mim.

– Lucas, fez bem em voltar e trazer seu irmão para junto de mim. Doravante, não sairão mais debaixo de meus olhos.

– Mamãe, talvez eu não fique muito tempo.

– Como assim, Lucas. Para onde pretende ir?

– Penso em iniciar um período de noviciado no convento do tio.

– Ah...

Havia toda uma significação profunda e um entendimento de coisas que jamais seriam ditas naquela pequena expressão. Primeiro, nossa religiosa mãe jamais se oporia a que um filho seu se dedicasse à religião. Isso sem falar que ela poderia visitá-lo constantemente no convento. Segundo, a ciência de que as visões dele não haviam cessado e que na verdade Lucas pretendia se colocar em um local em que gozasse da proteção direta da Igreja. Aquilo era visível para todos, embora ninguém falasse no assunto. Ninguém imaginava ou acreditava que ele tivesse realmente vocação para monge. Era diferente da pequena Anita, que desde menina acalentara o sonho de ser religiosa. Para ele era uma fuga, uma busca de proteção, nada além disso...

Incentivei Lucas a permanecer um tempo em casa conosco, antes de ir para o convento e terminei por convencê-lo.

Como nenhum de nós estava a passeio, logo no dia seguinte começamos a labutar nos empreendimentos da família. Quanto a mim, foi uma redescoberta, após tanto tempo nas lidas do campo, de como eu me sentia bem nas atividades do comércio. No início, a atividade dura do campo havia sido uma distração, mas eu preferia as negociações dos empreendimentos de meu pai. Senti um prazer renovado ao me envolver naquilo tudo. Não fosse a falta de Rosa e de João e eu estaria completamente feliz. Mas a ausência deles trazia um vazio que me consumia. Durante o dia, eu trabalhava intensamente. À noite, nos momentos dedicados pela família à oração, costumava sair para passear.

Era como se fosse um acordo tácito: ninguém nunca mais falou em religião comigo. Ninguém, aliás, não era bem o termo, pois mamãe de vez em quando me fazia alguns convites gentis a que a acompanhasse a alguma missa ou em alguma oração.

Mas eu era irredutível naquilo: jamais me envolveria nas lides da religião. Já havia sofrido demais com aquela loucura toda. Após perder minha pequena família, que conquistara e mantivera fingindo uma religiosidade inexistente, havia decidido mesmo parar de mentir.

Já para meu irmão, as coisas não corriam tão bem assim. Ele vivia assustado e ficou alguns meses conosco, antes de se decidir a ir ao convento do tio Francisco. Para isso, foi decisivo um evento apavorante que nos envolveu a todos.

Certa feita, após o jantar de domingo à noite, estávamos todos conversando na grande sala, ouvindo meu irmão Lúcio tocar seu alaúde, quando de repente o pobre Lucas deu um grito e pareceu querer fugir de algo invisível, mas não foi rápido o bastante.

Parecia estar sendo sufocado por algo inexistente a nossos olhos. Apavorados, nós o víamos tentar se livrar de algo, quando ele caiu ajoelhado no chão e deu uma gargalhada horrorosa.

Todos nos arrepiamos àquele som, enquanto Lucas ria loucamente. Ninguém sabia o que fazer. Mamãe, sempre corajosa, pegou o rosário, aproximou-se de seu filho, aparentemente insano, e começou a orar em voz alta.

Lucas se debatia, como se fosse uma luta, na qual logo pareceu que ele sucumbia enquanto uma personalidade nova vinha à tona.

– Finalmente, finalmente, ele é meu!

Quando ele se levantou e pareceu ir em direção à porta, eu o agarrei. Mas o moleque tinha uma força descomunal! Foi preciso que dois de meus irmãos me ajudassem.

Ele se debatia loucamente, ria, brigava, falava palavrões.

Coube ao irreverente Lúcio tentar colocar alguma racionalidade naquilo.

– Por Deus, criatura. O que quer?

– Eu quero o que é meu!

– E o que é seu?

– Seu irmão me tirou a vida. É justo que ele me dê a dele, que eu viva por meio do corpo dele.

Seguiu-se uma loucura infinda, com orações, tremores, gritos, papai parecendo ter um ataque, quando finalmente Lucas caiu em um sono perturbado. Após um longo tempo, ele acordou, extremamente assustado ao nos ver todos a sua volta.

– O que houve?

– Você enlouqueceu, ora essa – disse Lúcio.

– Eu enlouqueci?

– Sim, pareceu ter se transformado em outra pessoa. Riu, chorou, blasfemou, falou bobagens sem fim. Isso sem falar em sua força. Não sabia que era forte desse jeito!

Lucas começou a soluçar. Naquele momento, era inútil apelar para mentiras ou meias palavras.

– Francamente, filho, fale-nos o que lhe aconteceu.

– Há um fantasma que sempre me persegue e ameaça. Hoje ele pareceu mais forte e decidido, e meio que me atacou, pareceu querer tomar conta de meu corpo. Eu me debati, mas ele parecia forte. Aí eu desmaiei.

Todos nos arrepiamos com aquela história, especialmente porque aquilo poderia ocorrer outras vezes. Se alguém de fora soubesse, a fama dele de louco, que já não era pequena, estaria consolidada para sempre.

Apesar de minha discordância, decidiu-se chamar o tio Francisco para almoçar conosco e talvez levar Lucas com ele no próximo domingo. Enquanto isso, meu irmão não mais sairia de casa.

Tentei demovê-lo por longo tempo da ideia de entrar para o mosteiro. Nossas conversas seguiam pela madrugada, mas eu não tinha sucesso algum. Após o episódio de possessão que ele parecia ter vivido, o pouco de coragem que tinha em relação àquilo havia desaparecido.

Capítulo 14

LUCAS E A VIDA NO MOSTEIRO

NO DOMINGO SEGUINTE, eis que tio Francisco chegava para o almoço em família. Ele chegou quando apenas eu estava em casa, pois todos haviam ido à missa, inclusive Lucas, em uma espécie de despedida da igreja em que tanto orara pedindo a Deus que o livrasse da presença constante dos fantasmas.
Meu tio gostava sinceramente de mim e abraçou-me fortemente, com o rosto tocado de um sorriso piedoso.
– Então, meu querido Inácio, quanto tempo!
– Sim, meu tio. Faz anos que não o vejo.
– Sei que a vida foi severa com você e lamento muito isso.
Aquele não foi um bom começo de conversa, pois me entristeceu imediatamente. Contudo, eu não tinha mesmo como escapar de partilhar com os parentes mais chegados o que vivera.
Contei-lhe quase tudo, mas algo fiz questão de deixar claro: as experiências com meu irmão, como ele realmente via fantasmas e interagia com eles. Relatei-lhe o episódio com meu avô e com a avó de Rosa e de como as coisas que os tais fantasmas diziam podiam ser confirmadas.
O tio não pareceu ficar particularmente preocupado com

aquilo. Disse que seria bom para Lucas passar um tempo recolhido, orando, em local pacífico e silencioso.

– Sim, mas o que os padres farão com ele caso tenha outro ataque? Não irão exorcizá-lo?

– Não se preocupe demais com isso. Tentarei ajeitar as coisas de modo que nada de drástico aconteça.

– Sim, mas irá me perdoar a franqueza: o senhor é idoso. Se Lucas tomar o hábito, haverá de ficar no convento para sempre. Chegará um dia em que não poderá mais contar com sua presença e sua proteção.

– Até lá, muito tempo haverá de passar. Ele estará bem colocado, cheio de amigos, confidentes de confiança. Você faz uma ideia equivocada da religião e dos religiosos.

Lancei-lhe um olhar de quem não acreditava muito, mas não iria discutir.

Finalmente, todos chegaram da missa. Foi um daqueles costumeiros almoços longos, cheios de discussões teológicas. Apenas desta vez, o velho abade se privou de me provocar. Ele seguramente sabia que, após tudo o que eu passara, não hesitaria em ser franco, o que poderia tornar a conversa desagradável para todos.

Na sequência, Lucas e o tio Francisco tiveram uma longa conversa em separado. Combinaram que, no dia seguinte, quando o velho abade se retirasse rumo a seu convento, Lucas o acompanharia, firme no propósito de iniciar um período de noviciado.

A despedida de meu irmão foi outro evento triste, dentre os muitos que iam marcando a minha vida.

Ele claramente não ia feliz, tanto que chorou muito ao se despedir de todos nós. O que nos confortava era que poderíamos visitá-lo, pois o mosteiro não ficava muito longe. Mas eu tinha certeza de que, se pudesse se livrar de suas visões, Lucas preferiria uma vida normal, casar, ter filhos e viver perto de nós.

Aliás, eu já havia notado que ele costumava ficar corado de emoção quando certa senhorita das redondezas comparecia ao armazém. Tímido, inexperiente e ainda por cima com fama de louco, meu pobre irmão não se atrevia a fazer a corte à moça. Olhando-os, parecia claro que a atração era recíproca e que a jovem Rita gostaria muito de confortar o nosso 'doidinho'. Contudo, ele não queria levar o que considerava sua maldição para a vida de alguém.

Lucas era uma das melhores pessoas que eu conhecia e isso atestava sua grandeza moral. Preferia viver e envelhecer sozinho a incomodar a mulher, que eu sabia que ele desejava, com o que considerava suas esquisitices.

Assim, ele se foi para o destino que escolhera. Coube a mim, comunicar a Rita o ocorrido. Certo dia, ela me abordou diretamente, em uma de suas múltiplas idas ao armazém principal.

– Boa tarde, senhor Inácio.

– Boa tarde, senhorita Rita. Em que posso ajudá-la?

– Na verdade, ainda estou indecisa entre alguns tecidos e creio que pedirei a minha irmã para vir mais tarde me ajudar a escolher. Contudo, ando curiosa. O que houve com o senhor Lucas? Nunca mais o vi por aqui.

– Ele está no convento dos beneditinos.

– Fazendo o quê?

– Decidiu viver religiosamente. Está fazendo noviciado.

A pobre moça se desconcertou de um modo que deu pena. Seu rosto entristeceu-se de súbito e seus olhos ficaram marejados. Sem saber como disfarçar, ela simulou um espirro, pediu desculpas e saiu rapidamente do estabelecimento. Para piorar a situação, ela deu de encontro com algumas mercadorias, derrubou-as todas no chão. Olhou-me como a pedir desculpas e piedade. A moça claramente não tinha condições de colocar as coisas em ordem.

Eu lhe fiz um sinal de que ficasse em paz e a expressão de meu rosto deve ter dado a entender que eu tudo havia compreendido. Ela me lançou um olhar agradecido e se afastou pela rua, chorando pelo amor com que devia ter sonhado durante alguns anos.

Eu também era abordado por jovens senhoritas casadoiras, mas a ideia de contrair um segundo matrimônio me parecia uma completa sandice. Primeiro, porque nenhuma mulher conseguiria substituir Rosa em meu coração. Segundo, porque eu sabia que não suportaria ver morrer mais algum filho. Seria demais para mim. Preferia viver sozinho. Aliás, minha opção já estava feita: eu cuidaria de meus velhos pais até o fim da vida deles. Apenas nessa decisão eu não equacionara bem as coisas. Ainda não havia entendido que a vida não costuma seguir como a programamos. Mas, àquela altura dos acontecimentos, eu considerava encerrados os períodos de emoções em minha vida.

Lucas seguiu firme em seu propósito e não demorou a fazer os votos. Eu me recusei a comparecer à cerimônia, da qual todos voltaram emocionados.

Infelizmente para nós, especialmente para Lucas, o tio Francisco enfermou de repente e logo veio a óbito. Ainda não tínhamos a menor ideia do que aquilo representaria para nossa família.

Concomitantemente, assumiu o comando do mosteiro um homem de seus aproximados quarenta anos, chamado Carlos, extremamente sisudo. Tive a oportunidade de conhecê-lo logo na primeira visita que fiz a Lucas após o falecimento do tio Francisco.

Enquanto conversávamos em uma espécie de bosque, passou por nós aquele homem empertigado, de aparência perturbada, com o rosário na mão, visivelmente envolvido demais em sua oração para gastar tempo cumprimentando os parentes dos visitantes.

A um olhar, ele já me pareceu desequilibrado. Simplesmente

não gostei do olhar fixo que observei, de seu semblante soturno, da cara de poucos amigos.

Entretanto, não pensei nele por muito tempo. Passou-se aproximadamente um ano quando, em uma nova visita, vislumbrei que meu irmão parecia pior do que de hábito.

No começo de sua vida no convento, ele mantinha o ar assustado, mas parecia algo confortado e conformado. Desta vez, contudo, ele estava pálido e parecia sentir dor.

– O que tem, meu irmão? Você não parece bem.

– Engano seu. Estou ótimo.

Nisso ele fez um gesto e ergueu um pouco o braço. A manga de sua vestimenta clerical subiu um pouco e observei alguns vergões.

Apanhei seus dois braços e notei que ele estava todo ferido, como se tivesse apanhado ou coisa pior.

– O que houve com você?

– Nada.

– É claro que algo ocorreu. Veja seus braços.

Nisso, com a intimidade de irmão mais velho, apertei-lhe a barriga e o tórax e ele gemeu de dor.

– Você está todo ferido, Lucas! O que anda ocorrendo?

Meu pobre irmão não aguentou e começou a chorar, em sofridos soluços silenciosos. Fez sinal para que nos afastássemos para um recanto do bosque. Ali, contou-me o que havia ocorrido.

– Sabe aquele ataque que tive em nossa casa, pouco antes de iniciar meu noviciado?

– Sim.

Ao ouvir aquilo, temi o pior.

– Em uma ocasião especial, em que o coral se apresentaria para o bispo e sua comitiva, o ataque se repetiu. Mas desta vez foi diferente. O abade Carlos é cercado de uma malta de fantasmas com péssima aparência. Notei que os tais fantasmas pareciam ter algum plano e me olhavam de forma estranha há alguns dias. Tentei me furtar ao evento, mas não consegui dispensa. Todos devíamos cantar para o bispo. Eu tinha um solo para fazer. No exato instante em que meu solo iria começar, o pior de todos aqueles fantasmas veio correndo em minha direção. Não tive como me defender, pois já estava nervoso com a perspectiva de cantar. Você sabe como sou tímido.

– E daí?

– Acordei muito tempo depois, todo ferido, em minha cela.

– O que houve?

– Os irmãos antes me consideravam apenas esquisito, mas agora demonstram ter medo de mim. Acham-me endemoninhado.

– Mas o que houve?

– Parece que o fantasma me usou para falar coisas horríveis sobre o abade na frente do bispo. Acusou-o de indecências sem fim. Pior ainda é que deu nomes. Falou de mulheres que ele visitaria fora daqui, deu os endereços, os nomes das propriedades. Isso sem falar de outras coisas, como desonestidade com os bens da Igreja.

– E daí?

– Segundo o irmão Benedito, que me contou tudo e continua meu amigo, durante um longo tempo ninguém sabia o que fazer. Até que o abade começou a gritar que eu estava tomado pelo demônio. Ele se aproximou de mim e tentou me dominar, mas eu estava mais forte do que de hábito. Vários de seus asseclas, pois não passam disso, são péssimos frades, me tiraram do ambiente. Devem ter me batido muito, pois acordei assim.

– Isso não pode ficar assim. Precisamos tomar providências!

– Quais providências? Você parece esquecer onde estamos.

– Você não é propriedade da Igreja: vai comigo para casa hoje!

– Eu seria excomungado se abandonasse o convento de um momento para o outro.

– Que diferença isso faz? Vá viver normalmente fora daqui,

A REDENÇÃO DE UM LÁZARO | 129

casar, ter filhos. Ou talvez vire um eremita, um camponês, sei lá. Qualquer coisa, menos isso.

– Já pensou no que representaria para nossos pais ter um filho excomungado?

– Seria terrível, mas creio que terminariam por compreender, dadas as circunstâncias.

– Não tenho tanta certeza disso. Você não parece notar, mas eles sofrem por vê-lo afastado de Deus. E você nunca foi realmente religioso. Sempre deixou claro, para qualquer um que não fosse cego, que não gostava da Igreja.

– Você também não ama ser religioso. Está aqui apenas para fugir! A quem pensa que engana?

Lucas começou a chorar novamente.

– Eu não estou tentando enganar a ninguém. Apenas não sei o que fazer. Não posso deixar de ver e ouvir os mortos. E agora parece que eles podem se apoderar de meu corpo. Se isso acontece aqui, imagine o que me aconteceria fora daqui?

– De uma coisa eu sei: estaria perto de você e o protegeria. Dou-lhe minha palavra. Vamos embora. Ninguém precisa ver. Você simplesmente desaparecerá. Vamos retornar para a fazenda do primo Tiago.

– Eu não posso, realmente não posso. Já fiz meus votos. Se isso me acontece com as bênçãos de Deus sobre mim, o que aconteceria se eu O renegasse? Creio que viraria repasto de todos os demônios ou mortos perturbados das redondezas.

– Mas irá ficar aqui? E se acontecer de novo? Viverá apanhando por falar coisas que não quer?

– Depois do que houve, creio que não mais aparecerei em cerimônias públicas. O abade tem se certificado disso. Ele me mantém nas tarefas mais baixas e obscuras. Como se isso me ofendesse. Prefiro mil vezes limpar os potreiros a cantar no coral!

Insisti longamente, sem o menor sucesso. Fiquei o máximo

que pude, mas no final da tarde tive de me retirar. Na despedida, ele ainda soluçou novamente em meus braços.

– Inácio, por favor, não conte o que houve para nossa família. Eles apenas se preocupariam sem nada poder fazer.

Recusei-me a fazer tal promessa, mas fui embora pensando que realmente nada havia a ser feito. Ele vivia em um ambiente religioso. Se não fugisse dali, permaneceria sujeito exclusivamente à jurisdição da Igreja. Quem ousaria contrariar os clérigos que decidissem punir um de seus membros, ou talvez exorcizá-lo?

Meio sem saber o que fazer, fui-me embora, em estado de completo desassossego. A cada dia eu detestava mais a Igreja, seus membros e especialmente seu grande chefe: Jesus. Parecia haver um propósito deliberado de me infelicitar, bem como a todos aqueles a quem amava.

Mamãe notou que eu voltei desassossegado, mas desconversei. Contudo, ela era tudo, menos boba. Embora a cada dia se movimentasse com mais dificuldade, na próxima oportunidade em que o mosteiro se abriu para visitação, fez questão de ir comigo. Também papai decidiu participar da visita.

Como o mosteiro havia se fechado para viver os ritos da quaresma, eu ficara um longo tempo sem ver meu irmão. Foi com um assombro infinito que o revi. Estava magérrimo, andava com alguma dificuldade e mostrou um sorriso triste aos nos cumprimentar.

Mamãe ficou com os olhos cheios de lágrimas ao ver seu caçula naquele estado.

– Por Deus, Lucas, o que você tem? Adoeceu e não fez ninguém ir nos dar a notícia?

Também papai mostrava o semblante preocupado, mas se limitou a abraçar o filho sofrido que lhe aparecia.

– Não estou doente. Foram apenas as penitências da quaresma que me deixaram fraco.

Eu não me convenci daquilo. Dirigimo-nos ao costumeiro

A REDENÇÃO DE UM LÁZARO | 131

recanto para nossa conversa. Aí, sem a menor cerimônia, literalmente fiz uma vistoria em meu irmão. Seus braços e pernas continham vergões, ele estava cheio de hematomas. Para piorar, tinha uma espécie de instrumento de tortura amarrado, que lhe feria as pernas enquanto caminhava.

Ele tentou se defender, mas sem sucesso. Eu estava decidido, era forte e saudável, de modo que o pobre Lucas terminou por se abandonar a meu exame, cujo resultado horrorizou nossos pais.

– Vejam o que a Igreja faz com seu filho!

Lucas tentava manter no rosto um sorriso que não convencia ninguém.

– Filho amado, o que lhe aconteceu? Os outros monges parecem todos muito bem. Apenas você está ferido e anquilosado.

– Ah, mamãe, é tudo culpa minha!

– O que você fez?

– O abade está convencido de que sou perseguido por demônios, frequentemente dominado por eles, em razão de meus pecados. Ele já me fez exorcizar sem muito sucesso. Aí decidiu me purificar.

– Mas que tipo de purificação é essa?

– Ele acha que meu corpo é um antro de pecados, que mantenho maus hábitos e pensamentos.

Minha mãe chorava, sem saber o que falar. Quanto a papai, creio que não sabia nem o que pensar. Finalmente, ele indagou:

– Aquilo tem acontecido novamente?

– Sim, quase todo dia eu sou tomado por algum fantasma ou demônio. Nem sei exatamente de que se trata mais.

– Sacramento!

– Temos de levá-lo embora. Temos de protegê-lo.

– Está louco, Inácio? Não podemos simplesmente levar um religioso embora para nossa casa. Ele já fez seus votos definitivos, está consagrado a Deus!

– Então vamos apenas deixar que o matem aqui?

Após muita discussão, tentamos falar com o abade, mas sem sucesso. Ele estava recluso para orações e penitências e não havia previsão de quando poderia atender qualquer pessoa de fora. Seu substituto imediato recebeu-nos, mas logo fez questão de deixar claro que a questão estava fora de sua alçada. Nada podia fazer a respeito de Lucas.

– Com o devido respeito, senhor, mas parece que estão querendo matar meu irmão! Ele está só pele e osso, repleto de ferimentos!

– A alma de seu irmão lhe parece menos importante do que o corpo dele?

Evitei responder diretamente à pergunta, que me fez ter vontade de esganar a figura empertigada e cheia de si do religioso.

– Entendo pouco dessas coisas. Mas só sei que meu irmão é um excelente homem, que está enfrentando dificuldades. Em vez de ser acolhido e protegido, está sendo vigorosamente castigado. Parece-lhe correto surrar quem sofre?

– Estamos aplicando as penitências necessárias, segundo as ordens do abade. Ele tem experiência nesses assuntos e não admite que ninguém neles interfira.

O que nós não sabíamos na oportunidade é que, praticamente toda vez em que meu irmão era dominado, algo de vergonhoso a respeito do abade vinha à tona. E não apenas fatos relativos a ele: até os pensamentos e desejos dos religiosos mais destacados, dentre os que o rodeavam, eram revelados. Por isso, havia toda aquela severidade e aquele incômodo.

Terminamos por nos afastar, com um sentimento de completa impotência. Mamãe chorou durante a viagem inteira, papai ia sisudo, enquanto eu rilhava os dentes. Ah, como eu odiava toda aquela história de religião!

Capítulo 15

O resgate de Lucas

Finalmente, decidimos que tentaríamos a intervenção de padre Afonso, o velho pároco da igreja frequentada há décadas por nossa família.

Se dependesse de mim, eu simplesmente contrataria alguns capangas, invadiria o mosteiro e raptaria meu irmão. Aliás, se a coisa avançasse muito, seria exatamente aquilo que eu faria. Se diplomaticamente a questão não se resolvesse, eu seria capaz de ir armado para resgatar meu irmão. Seria uma alegria dar uma boa sova no abade, na frente de todos os seus seguidores.

Embora eu não tivesse boas lembranças do velho padre, em razão do tanto que havia sofrido com seus sermões, dispus-me a ir com meus pais para expor o problema. Eles inicialmente não gostaram da ideia de minha companhia, pois achavam minha opinião muito extremada. Eu, de meu lado, achava-os submissos em excesso aos religiosos.

Se fosse em outros tempos, seguramente eles teriam vencido a queda de braços e eu teria ficado em casa, aguardando o resultado da conversa. Mas agora eu era um homem feito, que ia gradualmente assumindo quase todas as responsabilidades dos empreendimentos da família, enquanto meus velhos pais começavam a mostrar a idade que tinham.

Assim, tão logo foi possível, encaminhamo-nos para a casa paroquial, com a conversa devidamente agendada.

O padre nos recebeu de modo afável, com as mãos trêmulas, pois também ele já estava bem entrado em anos. Coube a mim falar tudo claramente, enquanto o religioso escancelava os olhos, tomado do mais profundo espanto.

Ele amava sinceramente nossa família e o assunto não lhe devia ser estranho. Intuí que Lucas, em suas confissões, falara sobre o que o afligia. Contudo, quando o nome do abade Carlos de L. surgiu, o semblante do padre se modificou. Entendi que a fama do tal religioso devia precedê-lo.

Em suma, o bom padre foi honesto conosco e disse que, de si próprio, pouco podia fazer. Entretanto, era um fiador da religiosidade sincera de nossa família e tentaria conversar com o bispo tão logo fosse possível.

Não gostei muito daquela promessa, vaga demais, mas no momento não havia nada mais que eu pudesse fazer. Enquanto esperávamos o resultado daquilo, recebemos uma carta formal do convento informando que meu irmão estava recolhido em penitências indispensáveis e não poderia receber visitas até segunda ordem.

Eu já queria ir raptá-lo, mas meus pais se apavoravam ao imaginar as consequências que poderiam advir, humanas e divinas.

Em algumas semanas, padre Afonso fez-nos saber que nada havia conseguido. Após uma conversa que tivera em particular com o bispo, ficara clara a posição deste em considerar meu irmão um possesso. Depois de ser brindado com o espetáculo de Lucas junto ao coral, sentira-se particularmente ofendido em sua dignidade. Entendi que deixara que o abade Carlos tomasse providências rígidas para conduzir as coisas. Seguramente o rapaz

A REDENÇÃO DE UM LÁZARO | 135

tinha parte com o demônio, ou era dele vítima. Qualquer que fosse a situação, era necessário que penitências fossem feitas. Em suma, o abade tinha carta branca da Igreja para agir como lhe parecesse melhor.

Cientificada dessa posição, nossa família fez um de seus famosos conselhos, nos quais tios, primos e todos os níveis de parentes palpitavam sobre o que fazer. Logo ficou claro para mim que o medo da Inquisição preponderava. Embora meu irmão fosse querido e já famoso por suas crises e dilemas, apenas eu, meus pais e meus irmãos sabíamos da amplitude e da intensidade que tomavam os eventos. Aliás, estes pareciam haver se aprofundado no tal ambiente santo.

A posição oficial da família foi a de deixar a Igreja agir como lhe parecesse melhor. Fariam rezar missas por Lucas, orariam intensamente por sua libertação, isso sem falar em ricas doações para a Igreja em seu nome.

Após a saída da parentela, ficamos na grande sala eu, meus pais e meus irmãos.

– Que beleza de parentes nós temos, não? Estão todos com medo, nem que seja apenas da fama de ter um endemoninhado na família!

– Não é apenas isso, meu filho, infelizmente.

Olhei meu pai esperando a complementação da informação.

– Dom Carlos de L. é famoso por suas atitudes firmes no combate a heresias e a qualquer coisa que pareça ofensiva à Igreja.

– Como assim?

– Cuidei de tomar informações e soube que ele já participou de julgamentos que terminaram com a morte dos considerados hereges, cujos bens foram todos confiscados.

– Imagino que nossos tios sabem disso.

– Sim, e justamente essa é a razão de sua extrema cautela. No fundo, temem que nossa família seja envolvida de algum modo em um processo de heresia e que isso nos conduza a todos à perdição!

– O que a senhora pensa disso, mamãe?

Minha boa velhinha chorava silenciosamente e demorou um tempo que pareceu infinito até responder.

– Nunca imaginei que algo assim ocorreria em nossa família, tão fiel que somos à Igreja de Nosso Senhor Jesus Cristo.

– Acha mesmo que devemos deixar Lucas por conta da Igreja? A senhora viu o estado em que ele se encontrava. Terminarão por matá-lo.

– Pode ser que o curem de suas crises.

Tive um gesto de impaciência. Meu irmão Lúcio indagou:

– O que sugere que façamos?

– Francamente, que retomemos Lucas.

– Como poderemos retomá-lo? É um frade, já fez seus votos definitivos. Ele pertence à Igreja.

– Ele está doente demais para saber o que faz. Deve estar preso em algum canto, sofrendo torturas. Creio que devemos subornar algum criado do convento, obter as informações necessárias, e raptar nosso irmão durante algum grande evento, quando a atenção de todos estiver desviada para outra coisa.

– Você enlouqueceu!

– Não, papai, não enlouqueci. Não consigo pensar em alternativa melhor.

– Podemos pedir ajuda diretamente ao bispo ou ao abade, fazer ricas doações, negociar.

– Acredita mesmo que há alguma chance de sucesso?

Meu pai silenciou, enquanto secava o suor abundante que lhe saía do rosto. Após um tempo, ele ajuntou:

– Nossa família poderá ser perseguida se fizermos isso.

– Ninguém poderá provar que fomos nós. Se for em dia de grande evento religioso, vocês todos poderão comparecer no

A REDENÇÃO DE UM LÁZARO | 137

evento, de modo que não poderão ser considerados suspeitos. Quanto a mim, como nunca vou à igreja mesmo, não fará diferença. Depois, posso sumir durante um tempo, como já fiz uma vez. Posso até voltar a morar na fazenda do primo Tiago.

– Não acho uma boa ideia. A Igreja é santa e deve ser respeitada. Já lhe passou pela cabeça que seu irmão pode mesmo ser periodicamente possuído por demônios e precisar de exorcismo?

– Francamente, acho que ele precisa de qualquer coisa, menos de ser maltratado.

A reunião terminou de forma triste. Contudo, notei pelos olhares de meus irmãos, Alberto e Lúcio, que eles simpatizaram com meu plano.

Após nossos pais se retirarem, eu fui para o jardim de nossa residência. Como se tivéssemos combinado, logo os dois chegaram para falar comigo.

Lúcio era aventureiro, gostava de canções e de emoções, de modo que a simples ideia de participar do rapto de um religioso em um convento já o divertia e emocionava. Isso sem falar em seu sincero sentimento por nosso irmão Lucas.

Já Alberto era sério e ponderado, mas seu amor por nosso caçula era uma de suas características mais notáveis. Aliás, ele era todo dedicação à família, de modo que não estranhei sua prontidão em se arriscar um pouco para salvar um dos nossos.

Como éramos os únicos que permanecíamos solteiros, fora, obviamente, Lucas e Anita, parecia lógico que fôssemos nós a nos arriscar para salvar Lucas das consequências de suas próprias escolhas.

Só de lembrar sua imagem da última visita, eu sentia meu sangue ferver. Não era preciso muito para eu ficar com raiva de algo relacionado à Igreja. Entretanto, aquilo ultrapassara todos os limites do que eu imaginava possível.

Por um instante, imaginei o que Rosa pensaria daquilo tudo.

Sem aprofundar o pensamento, tinha certeza de que nela preponderaria a compaixão.

Assim, eu, Alberto e Lúcio firmamos o pacto de bolar um plano para raptar Lucas do mosteiro. E isso não poderia demorar muito, pois as chances de ele falecer sob maus-tratos pareciam bem grandes.

Com o passar dos dias, resolvemos que era conveniente que nossa família parecesse ainda mais religiosa do que já era. Assim, Lúcio teve de oferecer seus talentos de artista para abrilhantar as atividades da igreja. Ele não gostou muito da novidade, pois levava uma discreta vida boêmia, com muitas namoradas secretas. Mas a vida amorosa de Lúcio parecia secundária naquele momento.

A ideia principal era que, no dia do rapto, ele estivesse desempenhando algum papel de destaque nas celebrações, para que nossa família ficasse protegida o máximo possível.

Aventureiro por natureza, Lúcio não gostou de que sua participação na história se resumisse a tocar músicas sacras. Aliás, pouca coisa o seduzia menos. Após crescer, ele se revelara um pouco como eu. Não exatamente avesso às coisas religiosas, mas pouco ocupado delas.

Se nossos pais desconfiassem de suas atividades noturnas, de como frequentava casas de má fama, de como até tocava nelas, de que tinha amizades bastante íntimas com várias raparigas de aluguel, creio que morreriam de desgosto.

Já Alberto era sinceramente religioso e sua participação no evento não era pelo gosto de aventuras, as quais não apreciava. Aliás, já era noivo e pretendia se casar em breve. Mas, como todos da família, tinha um desenvolvido instinto protetor quanto a Lucas, a quem vira crescer em meio a crises.

As semanas se passaram enquanto Lúcio fazia de muito malgrado seu papel de tocador de músicas sacras, em prejuízo de sua vida de aventuras e orgias.

A REDENÇÃO DE UM LÁZARO | 139

Finalmente, a coisa foi se delineando. Uma grande festa santa se aproximava, festa essa que deveria ser gloriosa, pela presença de diversas autoridades religiosas. O padre Afonso oficialmente se afastava de suas atividades, em razão da idade avançada, e um jovem parente de afamado bispo tomaria seu lugar.

Como o novo pároco era importante, decidiu-se que sua tomada de posse, por assim dizer, deveria ser brilhante.

As preparações foram vastas e Lúcio se viu envolvido em uma infinidade de ensaios que o irritaram profundamente. Não fosse a gravidade da situação e eu riria muito de sua cara de poucos amigos.

Eu havia conseguido, a peso de ouro, a fidelidade de um criado do convento, jovem rapaz de nome João, que parecia disposto a vender a mãe por dinheiro. Ele me informava de tudo o que ocorria lá, de modo que eu sabia exatamente em qual canto do mosteiro meu irmão se encontrava.

Com a ajuda do tal João, rapaz esperto, fizemos uma espécie de mapa, com base no qual traçamos o plano.

Enquanto Lúcio estivesse tocando na catedral e depois no almoço a ser oferecido aos religiosos visitantes, nos quais seguramente figuraria dom Carlos, o malfadado abade, eu e Alberto invadiríamos o convento e libertaríamos Lucas.

João inclusive conseguira para nós dois, trajes de monge, para que a empreitada fosse mais segura. Ele apenas se recusava a fazer parte da atividade propriamente dita. Ao que parece, todos no local haviam aprendido a temer a severidade de dom Carlos.

Restava-nos aguardar, com a calma possível, o domingo da famosa celebração. Enquanto a isso, a dar crédito às informações de João, Lucas já era praticamente uma alma penada à custa de maus-tratos.

Suas manifestações causavam arrepios em todos do convento, inclusive em João. Quando começavam a abençoá-lo e a fazer rituais com ele, parece que o pobre se tomava de uma estranha insanidade e gritava coisas indecorosas, apontava vícios de presentes e ausentes, em especial do abade.

Finalmente, o dia de nossa aventura chegou. Eu não consegui dormir e simplesmente esperei a noite passar. Via o hábito estendido na cama ao lado da minha e me arrepiava à ideia de vestir-me de religioso.

Por alguma razão, aquilo me parecia uma heresia sem fim. Logo eu, que não gostava de religião, sentia-me mal ao extremo só com o pensamento de fingir em nome dela. Era como se eu estivesse repetindo um ritual antigo, algo feito muitas vezes: sob a capa de interesse religioso, desenvolver outra atividade.

Meu desgosto à ideia de vestir aquele traje era enorme. Eu realmente não gostava da Igreja, mas gostava menos ainda de quem era religioso hipócrita, que fingia ser o que não era. Pior, de quem usava o nome do Cristo para fazer coisas indignas. Haveria alguém mais contraditório do que eu?

Demorei muito para me decidir. Eu pegava e largava o traje, completamente indeciso. Finalmente, pensei na imagem de meu irmão doente e me decidi. Vesti o hábito de uma vez. Feito isso, tive uma espécie de síncope. Perdi o ar, como costumava ocorrer quando eu frequentava igrejas e me deparava com a figura do Cristo ou tinha de ouvir sermões sobre ele, de como morrera em razão de intrigas e traições.

Levei um tempo para me recuperar, lembrando o motivo pelo qual usava aquelas vestes. Quando consegui dominar um pouco minhas emoções, pois parecia que eu vestia um traje feito de urtigas, saí para o jardim, onde meu irmão já me esperava.

– Por Deus, homem, demorou como uma noiva para se aprontar. Eu fiquei me escondendo, com medo de ser visto por algum dos criados. Via próximo o momento em que nossos pais sairiam rumo à igreja e me veriam aqui.

Alberto estava mesmo irritado, pois era pontual e detalhista, mas eu não tinha condições de explicar minhas hesitações no momento de vestir o tal traje.

Tomamos de três cavalos e nos encaminhamos para os lados do mosteiro. Havia uma floresta perto dele, onde deixamos os cavalos e seguimos a pé para nosso destino.

Quando lá chegamos, entramos pela portinhola que João havia nos indicado e caminhamos silenciosamente, com os rostos cobertos, como se estivéssemos em oração, para onde Lucas ficava.

Obediente como ele só, o pobre estava em um pequeno cubículo do qual poderia ter fugido quando quisesse. Isto é, desde que tivesse forças para tanto.

Ele estava deitado em uma enxerga, com aspecto macerado, as vestes rotas, sujas e ensanguentadas. A alguém menos avisado, parecia antes um malfeitor sendo torturado em uma prisão do que um religioso. Meu coração ficou pequeno ao vê-lo.

– Meu irmão!

Não pude me impedir de abraçá-lo, chorando silenciosamente. O que haviam feito com ele!

Alberto, mais prático, tratou de arrebatar nosso garoto, pois era isso que ele sempre seria para nós, a fim de levá-lo embora. Era a hora de uma espécie de celebração no próprio convento, de modo que não deveríamos encontrar ninguém em nosso caminho. Tudo ia bem, até que Lucas deu sinal de acordar.

Só que não parecia ser meu irmão a acordar, mas algo ou alguém extremamente disposto a impedir-nos de salvá-lo. Ele abriu uns olhos que me pareceram maldosos e falou com voz roufenha:

– O que vocês pensam que estão fazendo?

Eu e Alberto nos olhamos, entendendo que a coisa seria muito mais difícil do que imaginávamos e sem saber como agir. Parecia-me ridículo falar com meu irmão como se fosse alguém diferente dele próprio.

142 | Dineu de Paula – Pelo espírito Inácio

– Viemos salvá-lo. Parece doente demais para andar. Apenas fique quieto e não nos atrapalhe.

– Nem pensem em tirar o passarinho de sua gaiola. Nós não deixaremos.

E começou a berrar insanamente, pedindo por socorro, dizendo que havia estranhos no convento.

Alberto tentou tapar a boca de Lucas, mas recebeu uma poderosa mordida que quase lhe custou alguns dedos. Desesperado, ele sacudiu a mão.

Foi assim que nos vimos tentando conduzir um demente que se debatia loucamente, com uma força inusitada, berrando com violência. Aquilo tinha tudo para dar errado e logicamente deu.

Lucas parecia escorregadio, tentando fugir de nós, agarrando-se em portas, derrubando móveis, berrando, chutando e mordendo.

Eu já estava com muita raiva daquilo tudo, como se lidasse com uma criança inconsequente. No fundo, duvidava de que houvesse outro ser ali, agindo com o corpo de meu irmão. Eu não gostava daquela coisa de fantasmas, muito menos de demônios.

Mas não era momento para reflexão. Contundidos, vimo-nos em uma espécie de pátio do convento, quando apareceu do outro lado o que se me afigurou uma legião de religiosos.

Ao nos verem com Lucas nos braços, avançaram sobre nós em bloco. Seguramente, tinham medo demais de dom Carlos e do que ocorreria se a vítima preferida dele fosse arrebatada do local. Nunca apanhei tanto em minha vida. Bati também, com gosto, em todo frade que me aparecia pela frente e devo ter quebrado o nariz de mais de um deles.

Lembro-me de ter pensado levemente, em um momento do pugilato, que o cristão deveria oferecer a outra face e ser brando. Ao que parece, aquilo não se aplicava àqueles cristãos em especial, vestidos de frades, mas dispostos a bater sem piedade.

A REDENÇÃO DE UM LÁZARO | 143

Logo, ficou claro que seria impossível arrebatar Lucas e que perigava nós sermos presos, senão mortos por aquele magote de religiosos. Gritei a Alberto para que tratássemos de fugir.

Isso não foi muito fácil de fazer. Várias vezes, achei que conseguiria, mas era segurado, derrubado no chão e chutado. Finalmente, identifiquei um lado meio desguarnecido, levantei do chão e me pus em uma louca correria, torcendo para que Alberto conseguisse fazer o mesmo.

Só parei quando já estava bem longe do convento, no local da mata em que havíamos deixado nossos cavalos. Ali fiquei esperando um bom tempo pela chegada de Alberto, mas ele não apareceu.

Cautelosamente, rondei o convento, tentando conseguir ver algo. Imaginava que os frades não teriam armas de fogo, de modo que, a certa altura, comecei a gritar por meu irmão. Em campo livre, eu era um grande corredor e assim não corria muito risco nessa exposição.

Após rodear o convento mais de uma vez, a uma distância segura, gritando por meu irmão, desisti. Voltei para junto dos cavalos, esperando encontrá-lo ali. Infelizmente, não estava. Ainda me consolei com o pensamento de que meu irmão bem poderia ter fugido para outra direção e simplesmente ido embora. Eu o encontraria em casa.

Foi com esse pensamento, esperando talvez encontrá-lo na estrada, que me pus de retorno. Com o olhar atento, de vez em quando gritava por meu irmão. Quando estava chegando na cidade, cada vez com mais medo por Alberto, quase orei para que ele estivesse em casa me esperando.

Mas eu iria orar para quem? Acabara de invadir um convento, bater em vários religiosos e tentar raptar um deles. Sem falar que eu não conseguia mesmo orar com sinceridade, pois duvidava da existência de um Deus bondoso, que gostasse de Seus filhos e se importasse com eles.

144 | Dineu de Paula – Pelo espírito Inácio

Chegando em casa, fui logo ao quarto de Alberto, mas o encontrei vazio. Procurei-o pela casa toda, inclusive nas dependências externas. Afinal, ele poderia estar ferido demais e sem forças ou coragem de aparecer para nossos pais.

Sem saber o que fazer, resolvi esperar até a manhã do dia seguinte para contar a aventura em que tinha me metido para o resto da família. Afinal, se Alberto aparecesse, tudo poderia continuar simplesmente ignorado.

Mas tudo era possível para mim, menos simular que nada havia ocorrido. Minha cara esmurrada contava outra história. Tratei de assumir a aparência mais humana que consegui. Mas foi com os olhos e os lábios inchados, a face toda roxa e claudicando, que apareci na sala de jantar.

Mamãe literalmente saltou quando me viu.

– Por Deus, Inácio, você foi atacado por ladrões?

Sabendo que poderia ter de me desmentir em poucas horas, cuidei de minimizar a coisa e de não mentir demais. Disse que havia me metido em uma briga para ajudar um rapaz que lutava com muita gente. Como a coisa era desigual, pareceu que eu deveria tomar o partido do mais fraco. Com aquele discurso, não havia muito como me censurarem.

Fui tratado no resto da noite como um bibelô, imaginando que a coisa poderia ficar bem diferente caso Alberto não aparecesse. O sumiço dele foi interpretado como se tivesse ido passar o dia e jantar na casa da noiva. Apenas Lúcio me lançou um olhar preocupado.

Mas mamãe pediu que cantasse algumas canções de que ela gostava e assim ele não pôde se afastar comigo para saber o que havia ocorrido.

Foi só tarde da noite que conseguimos conversar e eu lhe contei a tragédia em que se convertera a missão. Nossa maior dúvida era o destino de Alberto. Os dois ficamos sem dormir, andando de um lado para o outro, ora olhando a rua, ora o quintal, como se aquela vigília fizesse alguma diferença.

Infelizmente, o dia amanheceu e Alberto não apareceu, de modo que me restava contar o ocorrido para o resto da família. Todos podíamos nos preparar para alguma represália e Alberto seguramente corria severo risco.

Capítulo 16

O destino de Lucas e Alberto

Mamãe pareceu ficar muda ao ouvir a história, enquanto grossas lágrimas lhe rolavam pelo rosto suave e envelhecido. Ela era o retrato da desolação, temendo não só pela segurança de dois filhos, mas de toda a família. Já papai ficou furioso e nos admoestou severamente. Ao que retruquei:

– Ora, todos sabem que Lucas terminará por ser assassinado, caso não saia daquele lugar.

– Essa é a sua opinião. Eu estava fazendo o possível para conseguir alguma ajuda ou mercê.

– Mas conseguiu alguma coisa?

...

– Nada, não é mesmo? Pois eu e Alberto ao menos tentamos fazer algo.

Lúcio foi honesto em admitir que sabia dos planos, de modo que, como eu, recebeu a maior reprimenda de sua vida, como se tivéssemos voltado a ser crianças.

Seguiu-se o período mais turbulento da história de nossa família. Após um hiato de silêncio que durou meses, no qual não conseguimos obter nenhuma notícia, finalmente nossos pais foram notificados para comparecer no mosteiro.

Eu não corria o risco de ser identificado, pois havia tomado o cuidado de me mascarar no dia em que a fracassada tentativa de resgate de Lucas ocorrera. Assim, resolvi acompanhar meus pais, a esta altura completamente alquebrados.

Aquele período de espera, em que todas as nossas tentativas de obter notícias falharam, acabou com a energia deles.

Prosseguiam firmes em suas idas à igreja, em suas ladainhas e orações, mas era evidente certa mudança neles. Algo parecia haver se partido naquela confiança irrestrita que mantinham na religião.

Talvez isso se aplicasse mais a papai, pois mamãe continuava uma devota fervorosa da Virgem, a quem suplicava incessantemente que livrasse seus filhos de um destino que intuía terrível.

Quando chegamos ao convento, precisei ajudar meus dois velhinhos a se encaminharem para a sala do abade. Este nos recebeu com sua cara de cera, com o semblante que parecia ocultar certa satisfação.

Após os cumprimentos de praxe, em que nos deu a mão a beijar, fez-nos sentar e começou um longo discurso sobre a necessidade de ser fiel a Deus e à religião.

Eu o ouvia contendo a raiva a custo, enquanto mamãe e papai, de mãos dadas, pareciam o retrato da desolação. Que eles recebessem semelhante discurso de reprimenda era uma das coisas mais injustas do mundo. Haviam dedicado a vida toda a seguir os preceitos da religião e eu sinceramente duvidava de que houvesse nas redondezas família mais religiosa do que a nossa.

Foi o que meu pobre pai tentou dizer, mas foi silenciado, de modo que o discurso continuou. A certa altura, ele finalmente começou a falar do que realmente nos interessava.

– Sua família vem causando muitos problemas a este convento. Inicialmente, recebemos amorosamente seu filho, Lucas, que queria tomar o hábito. Entretanto, logo se viu que se tratava de uma artimanha do maligno, para se infiltrar neste ambiente santo. Após sucessivas tentativas de curar o rapaz, mediante orações, penitências e mesmo exorcismos, fomos surpreendidos com uma tentativa de rapto dele. Dois homens encapuzados, um dos quais fugiu sem ser identificado, aqui compareceram, de forma desrespeitosa e ardilosa, aproveitando-se de um momento sagrado, de uma ocasião de grande gala para a comunidade religiosa, e tentaram levá-lo embora. Qual não foi a nossa surpresa ao saber que o outro homem, tomado do mais profundo desrespeito pela religião, era outro membro de sua família, mais especificamente seu filho, Alberto.

Não consegui me conter:

– O que é feito dele?

Recebi em resposta um imperioso gesto de mão que me impunha silêncio.

– Desejosos de descobrir o que ocorria, mantivemos o rapaz em nossa custódia até o dia de hoje. Contudo, dados os recentes acontecimentos, será em breve transferido para ser julgado por um dos tribunais da fé.

Nós três empalidecemos ante aquela informação. Antes que pudéssemos formular qualquer pergunta, o abade Carlos se levantou e caminhou para fora de sua sala, dando a entender que esperava ser seguido.

Efetivamente, foi o que fizemos, com o coração nas mãos. Ele se encaminhou para uma sala não muito distante, onde um corpo descansava sobre uma espécie de mesa. Era meu irmão Lucas.

– Seu filho se enforcou nesta noite. Esse foi o resultado do comércio que por tanto tempo manteve com o demônio. Trouxe apenas perigo e desonra para este ambiente santo.

Meus pais se aproximaram cautelosamente, eu diria até temerosamente, daquela mesa em que repousava um espectro do que antigamente fora meu irmão Lucas. Ali havia uma carcaça, uma figura imensamente magra, com os evidentes sinais de uma corda em torno do pescoço.

Meus pais se ajoelharam ante o corpo do filho morto e caíram em prantos, enquanto eu duvidava bastante daquela história, mas pouco podia fazer àquela altura.

– Como podem compreender, ele não poderá ser sepultado em ambiente santo, de modo que restituímos seu filho e pedimos que seja retirado daqui ainda hoje.

Dito aquilo, retirou-se, deixando-nos sozinhos com o corpo de meu idolatrado irmão caçula. Eu jamais choraria na frente daquele ser horroroso e sem piedade que era o abade. Mas após ele se afastar, abracei-me a meus pais e chorei com eles a dor daquela perda terrível.

A custo, nos levantamos e examinamos meu irmão, constatando todas as sevícias que sofrera em razão da maldição que desde a infância carregava: a de ver e ouvir fantasmas. Mais recentemente, a de ser tomado por eles. Eu não entendia nada aqueles eventos, mas me parecia que um homem bom, se atormentado por algo daquele quilate, deveria ser protegido e não torturado.

Se meu irmão se enforcara, fora para fugir de tanto sofrimento. Mas teria ele mesmo se enforcado? Aquilo não fora um estratagema para se livrarem dele?

Eu não tinha resposta para nada daquilo, apenas indagações. Para meus pais, entretanto, a certeza de que seu pobre filho estava condenado à danação perpétua era a pior das dores.

Foi a custo que os arranquei dali e os levei para casa. Tomei a meu cargo providenciar a remoção do corpo. Após isso, nossa família fez uma pequena cerimônia em nossa casa mesmo, contando apenas com a presença dos familiares mais próximos e corajosos.

Sim, era necessário coragem para comparecer no sepultamento de um frade suicida, tido por endemoninhado, que se matara

A REDENÇÃO DE UM LÁZARO | 151

em um convento. Pior, cujo irmão era prisioneiro da Santa Inquisição, ao que parece, acusado de pertencer a uma seita que adorava o demônio e tratara de colocar um de seus membros dentro de um ambiente santo, para desarticular a paz que lá havia.

Lucas não poderia ser sepultado em campo santo, de modo que providenciamos para que o fosse em um sítio de nossa propriedade. Com toda a discrição possível, para lá nos encaminhamos na manhã do dia seguinte.

Foi com uma tristeza infinita que vi o corpo de meu pobre irmão ser colocado em uma cova aberta embaixo de uma árvore.

O pior de tudo foi constatar o abatimento de meus pais com aquilo tudo, a desolação que mostravam no porte e no olhar. Era o dia mais triste da vida deles, com certeza.

Mas o pior ainda poderia estar por vir: tratava-se do destino de Alberto ante a Santa Inquisição. Isso sem falar que toda a nossa família poderia ser implicada no caso.

Após o enterro, um grupo desolado de pessoas reuniu-se na sede do sítio para deliberar. Ali houve um grande espetáculo de covardia, com vários parentes deixando claro seu profundo temor do que poderia ocorrer a todos nós.

O temor não era sem fundamento. Eu, que me tornara muito corajoso após a morte de Rosa e João, por achar que já havia perdido tudo o que era realmente importante, vi-me novamente tomado de um terrível medo. Meu pavor era que Alberto, a quem eu envolvera naquela aventura, tivesse uma morte impiedosa. Também temia que nossos pais não suportassem tudo aquilo.

Aliás, ambos estavam tendo a pior velhice que se poderia imaginar, com a perspectiva de ver um filho enfrentar a Santa Inquisição, isso após outro se suicidar.

Considerando a profunda fé de ambos, eu não conseguia nem imaginar o que poderia passar pelo íntimo daquele casal de velhinhos a quem eu amava cada vez mais.

Minha mãe já mostrava uma fragilidade surpreendente, enquanto meu pai se tornara um homem irreconhecível. Desde que a loucura envolvendo Lucas começara, ele emagrecera terrivelmente e nem parecia mais o mesmo homem. Abrira mão de trabalhar e ficava em casa com mamãe, ambos envoltos em ladainhas. Mas era evidente que, no caso dele, certa revolta já se evidenciava.

Creio que, a esta altura dos acontecimentos, mamãe estava cansada dos homens e de suas loucuras e acabara transferindo um pouco disso para os santos. Ultimamente, eu apenas a via ajoelhada e fazendo orações em frente de imagens da Virgem Maria. Talvez, em seu coração, ela pensasse que apenas outra mãe poderia compreender a dor que ela vivia.

Quanto à covardia dos parentes, ela se confirmou em breves dias, pois todos foram rapidamente se afastando de nós. Mesmo algumas parcerias de negócios tiveram de ser desfeitas, pois tios e primos não queriam mais ter nada a ver com nosso ramo da família. Com isso, claramente esperavam ser poupados dos transtornos que estavam por vir.

Apenas meus irmãos e tio José ficaram unidos em torno de nossa causa. Esse tio era irmão de mamãe, a quem amava ternamente, como sua doce e eterna irmã caçula. Ele me havia repreendido muito severamente quando eu a fizera sofrer com minha fuga.

Mas agora persistia ao lado dela. Viúvo e rico, vivia sozinho em um estupendo solar fora da cidade. Seus filhos já haviam se casado e cada qual tinha sua própria fazenda.

Assim, decidiu-se que eu e tio José iríamos a Barcelona tentar interferir do modo que fosse possível em favor de Alberto.

No fundo, nenhum de nós tinha muita confiança na justiça da Igreja. Inclusive porque alguns religiosos passaram a frequentar nosso estabelecimento e a sondar nossos passos. Não houve pudor mesmo em fazer indagações a respeito da extensão de nossa fortuna.

Eu a princípio queria expulsá-los, odiosos como os achava. Contudo, não podia esquecer que a Igreja tinha meu irmão em sua posse, com pesadas acusações para serem julgadas. Desse modo, foi a contragosto que passei informações, muito incompletas, aliás.

Capítulo 17

A Santa Inquisição

Eu e meu tio, em uma estada em Barcelona, contratamos um advogado para acompanhar o caso de meu irmão. Batemos em várias portas, falamos com vários religiosos, mas não conseguimos nenhuma informação relevante.

Como não conseguíamos nada de positivo, e eu me convertera no administrador dos bens da família, vi-me forçado a retornar para nossa cidade por um tempo, enquanto tio José permanecia em Barcelona, fazendo todo o possível para saber algo de concreto sobre Alberto.

Estava em meu posto de trabalho há poucos dias, quando recebi a visita de um religioso que se apresentou na qualidade de representante oficial da Igreja, a fim de sindicar a vida de nossa família.

Aparentemente, ele estava instruindo o processo para ver se levava o caso a julgamento. Àquela altura dos acontecimentos, eu estava perturbado demais para me preocupar com os bens da família. Não tive pudor em sugerir que poderíamos fazer ricas doações a qualquer instituição que nos fosse indicada, a fim de demonstrar nossa lealdade para com a Igreja.

Mas o dito padre queria saber tudo a respeito de nossa fortuna, de como fora construída ao longo do tempo. Seus olhos brilharam de forma peculiar ao ser informado de que papai começara quase do nada.

Ele era realmente hábil em extrair informações. Além de verificar contabilidade, números e registros, falou com todos os empregados, especialmente com os mais velhos.

Foi assim que vi se desenhar uma tragédia que jamais imaginara. Com sua conversa sofisticada, conseguiu com que alguns antigos empregados ligassem o crescimento da fortuna de papai a alguns eventos relacionados a Lucas e a Alberto, mais especialmente a Lucas. O nascimento dele, por exemplo, parecia ter sido uma espécie de fonte mágica que fizera jorrar dinheiro nos bolsos de papai.

O pior de tudo é que nossa casa havia mesmo sido comprada nessa época. Infelizmente para nós, os fatos, habilmente manipulados, pareciam sugerir que Lucas nos dera sorte, de algum modo estranho. Como se houvesse um pacto com o demônio ou algo assim, que se materializara com o nascimento daquele coitado a quem os fantasmas sempre apavoraram.

O religioso, de nome Francisco, compareceu em nossa casa e falou longamente com meus pais, entrevistou os empregados da moradia e foi a todos os nossos empreendimentos.

A esta altura, já estava claro que uma ligação com o demônio se desenhava em nosso desfavor, ou ao menos claramente em desfavor de algum membro antigo e de Alberto. Papai ou mamãe, ou mesmo os dois, poderiam ser considerados adoradores do demônio.

Meu sumiço foi questionado, enfim, toda a nossa vida foi vasculhada com direito a perguntas e reperguntas que sugeriam uma interpretação maldosa.

Quando ele foi embora, não conseguimos nem sentir alívio. Ao contrário, a sensação era de desgraça.

A REDENÇÃO DE UM LÁZARO | 157

E realmente a desgraça estava por vir. Passado um tempo, em uma manhã chuvosa, homens apareceram em nossa casa para fazer mais e mais perguntas. Após uma série de dias, mamãe adoeceu terrivelmente e não saía mais da cama, em razão de um estado de nervos muito prejudicado.

Creio que aquilo deve tê-la poupado do pior, pois, para o chefe da caravana, ficou claro que dona Jandira não aguentaria mais interrogações e molestamentos. Se algo fosse feito em desfavor dela, seria uma perda de tempo. A morte parecia querer levá-la a qualquer instante.

Foi com base em algum pragmatismo que ela foi deixada de lado. Inclusive sob a consideração de que apenas cuidava da casa e jamais tivera qualquer participação nos negócios, considerados prósperos demais para não serem suspeitos.

Quanto a papai, terminou sendo levado pelos homens para Barcelona. Também ele haveria de ser acusado e julgado junto com Alberto. Ao menos esse era o plano daqueles homens.

Isso porque papai não resistiu muito tempo na prisão. Enquanto os meses se arrastavam até o julgamento por satanismo, ele morreu em um dos calabouços da Inquisição.

Felizmente para ele, pensei eu, que nunca mais vira Alberto. Imaginava como estaria meu pobre irmão.

Quanto à mamãe, recuperara-se em parte, mas a morte de seu companheiro querido foi um golpe terrível em seu coração sensível. Ela retornou ao leito, para dele nunca mais sair.

Suspeitando de que o fim de dona Jandira estava próximo, cuidei de estar muito perto dela, para confortá-la como fosse possível. Deleguei em grande medida a administração dos negócios, inclusive porque uma intuição segura me dizia que nossos bens terminariam sendo todos confiscados. Se no entender da Igreja, eram fruto de pacto com o demônio, não nos deixariam ficar com nada.

Com papai morto e mamãe a caminho da morte, eu pouco me preocupava com dinheiro. Minha única esperança residia em que Alberto fosse inocentado. A partir daí, eu e meus irmãos poderíamos recomeçar do nada. Eu já fora colono uma vez e poderia voltar a sê-lo com tranquilidade. Há muito tempo, o dinheiro era para mim uma questão secundária. Na verdade, eu gostava mesmo era de fazer negócios, das tratativas, das emoções envolvidas. Adorava contar para mamãe sobre o que havia conseguido, os progressos, que tínhamos novos empregados.

Mas isso agora pertencia ao passado. A cada dia, eu ficava mais junto de minha mãe em seu leito. O que eu não faria para agradar à velhinha amada, a quem no passado eu causara tanto sofrimento com minha ausência?

Ela pedia que eu orasse com ela, e até isso eu fazia de bom grado. É que minha mãe dirigia suas súplicas à Virgem Maria, o que era muito mais fácil para mim do que se ela o fizesse a Jesus. Aliás, não era a Igreja dele que nos desgraçava a todos?

A partir de dado instante, sentindo que suas forças declinavam, mamãe começou a abrir mais seu coração comigo. Contou-me de seus sonhos de moça, da rixa antiga envolvendo o primo Tiago e papai, foi desvelando para mim sua alma bondosa, que a vida toda se dedicara à fé, à família e ao próximo.

Certa feita, não aguentei e fiz a pergunta que me queimava a língua.

– Mamãe, sua fé não se abala com tudo o que a Igreja fez de mal a nossa família e ainda pode fazer?

– Filho querido, realmente tudo isso é muito doloroso. Mas penso que não se podem confundir os erros dos homens com a Igreja em si. Acho que ela tem sua parte de homens equivocados, mas sua doutrina, contendo os ensinamentos de Nosso Senhor, permanece santa e imaculada.

A REDENÇÃO DE UM LÁZARO | 159

– Mas, mamãe, sua fé não foi mesmo atingida? Por que o Céu não nos socorre? Por que suas orações não são ouvidas?

– Filho, quem sou eu para questionar os desígnios divinos? Eu oro muito à Virgem para que cuide de meus filhos, especialmente de Alberto. Mas não consigo olvidar, em momento algum, que ela própria deve ter alçado seu coração ao Alto enquanto o filho morria na cruz. O que se terá passado em seu sublime coração naquelas horas? Entretanto, três dias depois ela o viu ressurgir, em plena glória.

– Ah, mamãe...

– É verdade, meu filho. As coisas nem sempre saem como queremos, mas é preciso humildade para entender que Deus sabe mais do que nós o que nos convém. Talvez nossa família fosse muito orgulhosa por causa do dinheiro que possuímos. Ou talvez nos considerássemos melhor do que os outros, por nossa devoção à Igreja. Então, estamos sendo testados. Não, eu não ouso questionar a bondade divina.

– E quanto a Lucas, o que a senhora me diz?

– Sinceramente? Meu coração de mãe me segreda que ele não se matou. Sinto que algo muito estranho ocorreu. Por não terem como nos explicar a morte dele, simularam aquilo.

– Ah, finalmente concordamos em alguma coisa.

– Se era para se matar, a fim de fugir das penitências, Lucas bem poderia ter fugido. Assim, acredito firmemente que ele se encontra no paraíso, injustiçado que foi pelos homens, assim como seu pai. Quanto a mim, creio que irei encontrá-los em breve.

Não tive o que responder àquilo e apenas beijei suas mãos envelhecidas e agora extremamente magras.

– Quanto a você, tenho um pedido a lhe fazer.

– O que a senhora quiser, mamãe.

– Não sabemos qual será o resultado disso tudo. Talvez Alberto saia livre, talvez não. Mas me parece quase certo que nosso patrimônio há de ser confiscado. Desejo que você lidere a família. Seus irmãos sempre foram acostumados ao conforto, a gozar do bom e do melhor. Apenas você experimentou o lado mais duro da vida.

– Pode contar com isso, mamãe.

– Entretanto, como os conheço bem a todos, sei que são muito orgulhosos. Não pude mais falar com seu tio José. Quero que lhe diga que, como último pedido a ele dirigido, eu rogo que ampare meus filhos.

Eu engoli aquilo em seco. Uma coisa era servir de colono, começar muito de baixo, como ocorrera comigo em relação ao primo Tiago. Outra, bem diferente, era estender a mão a um parente. Era como se quiséssemos evitar o trabalho duro, como se a pobreza nos assustasse.

– Prometa, vamos. São as derradeiras vontades de sua mãe. Ousará negá-las?

– Não, mamãe. Não negarei. Prometo tudo o que me pediu em nome do amor que lhe tenho.

Ela sorriu tristemente e uma lágrima correu de seus olhos. Eu sabia a razão daquilo. Era porque eu não prometera em nome de Deus ou de algum santo. Ela não ignorava que eu era ateu ou talvez algo pior, que eu tinha medo e mágoa da divindade.

Em poucas semanas, mamãe deu o último suspiro. Seu enterro foi um evento triste, mas era algo com o qual já se contava. Foi até melhor que ela tivesse morrido antes que o julgamento de Alberto fosse anunciado, o que ocorreu poucos dias depois.

Seguiu-se um turbilhão em nossa família, enquanto decidíamos o que fazer. Isso porque nossos bens foram todos lacrados, em nome da Santa Inquisição, logo em seguida ao anúncio da data em que Alberto começaria a ser julgado.

Até de nossa casa tivemos de sair em poucas horas. Como eu havia prometido pedir socorro a tio José, não hesitei em me dirigir com meu irmão ainda solteiro e alguns antigos empregados para sua residência, a fim de buscar abrigo.

A senhora que cuidava da casa não estranhou aquilo. Quanto a meus irmãos casados, suas casas não foram atingidas pelo processo de lacração. Ignoro exatamente a razão disso. Mas não eram mesmo casas grandes e valiosas, ao contrário da casa principal de nossa família, muito rica, vasta e bem localizada.

Sabedores de que algo assim se anunciava, havíamos cuidado de esconder dinheiro em privado, para conseguir viver enquanto reorganizávamos nossa vida.

Com todos relativamente confortáveis, quando a data do julgamento se aproximava, eu e Lúcio nos dirigimos a Barcelona para acompanhá-lo.

Capítulo 18

O JULGAMENTO

MEU IRMÃO LÚCIO era um rapaz mudado. O sofrimento que ele acompanhara e vivenciara, mudara sua natureza. Parara de andar em bordéis e de cantar em festas. Suas músicas se tornaram mais melancólicas e nos últimos tempos ele dedilhava seus instrumentos em casa mesmo, no alpendre da residência.

Assim, ele não se encantou pela cidade grande, como ocorreria em outros tempos.

Fomos ter com tio José, que possuía uma casa na cidade. Ao saber da morte de sua doce irmã, chorou feito uma criança em meus ombros. Constrangido, transmiti-lhe o último desejo dela.

– Mas é evidente que haverei de acolhê-los e ampará-los. Ela nem precisava ter pedido isso.

Tudo o que se seguiu foi muito triste e vergonhoso para a Igreja. Eu fui convocado na qualidade de testemunha e participei diretamente do julgamento.

Ao ver Alberto, uma sombra do que fora, magro feito um caniço, com um olhar resignado, entendi que ele já se considerava condenado.

E o julgamento foi um mero simulacro. Cada aspecto da vida de nossa família que podia ser desvirtuado e tomado contra nós foi relatado. Vários monges depuseram sobre os eventos no convento, inclusive o próprio bispo, cujo relato foi contundente ao classificar meu pobre Lucas como endemoninhado.

O tempo que Lucas passou comigo também foi esquadrinhado e sugeriu-se que eu tinha algo a ver com o plano de colocar um endemoninhado em um convento. A partir daí, fui inquirido de todas as formas possíveis, mas sempre tendenciosamente.

No terceiro dia do julgamento, o advogado de meu irmão me chamou à parte, em um intervalo de sessão.

– Senhor Inácio, tenho um recado de seu irmão.

– De que se trata?

– Ele quer que o senhor desapareça hoje mesmo, que fuja, não volte para sua cidade. Ele sabe que está condenado e que o senhor em breve terá o mesmo destino. O senhor Alberto não deseja de modo algum que passe pelo que ele já passou no interior da prisão. Pediu para eu lhe dizer que não o culpa, nem se arrepende do que fez. Que faria tudo novamente para tentar salvar o pobre frade, seu irmão.

– Eu não sou um covarde!

– Seguramente não é. Mas eu próprio o aconselho a que desapareça um tempo, a bem de si próprio e de sua família. Creia em mim. Não há salvação para o senhor Alberto nem para o patrimônio de sua família. Resta apenas que o culpem também, que o prendam e o matem.

– O senhor crê que matarão Alberto?

– Infelizmente. Ele me disse que é o último pedido que lhe dirige. Que não morra em vão. Que desapareça um tempo, para depois poder voltar para junto de sua família, que há de necessitar de sua presença. Que bem lhes fará a todos vê-lo padecer sofrimento semelhante ao que seu pai e seu irmão experimentaram?

Naquela noite, conversei com Lúcio e com tio José e eles concordaram que era mesmo melhor eu desaparecer. A contragosto, concordei que se tratava de uma medida sensata. Afinal, eu prometera a mamãe cuidar de todos, e só poderia fazer isso se continuasse vivo. Tio José prometeu que cuidaria deles em minha ausência.

Assim, naquela noite mesmo eu arrebanhei meus pertences e me dirigi a uma hospedaria bem pobre, nos confins da cidade. No dia seguinte, providenciei roupas pobres e surradas, grandes demais para mim, e um grande chapéu para esconder o rosto.

Desse modo, esperava aguardar o desfecho que ocorreria com Alberto. Embora o recado dele, eu me sentia responsável pelo que lhe ocorreria, na medida em que fora minha a ideia de invadir o convento e dele subtrair o infortunado Lucas.

Continuei a rondar o local em que o julgamento ocorria, buscando obter informações com os que entravam ou saíam. Não me aproximei mais de meu irmão e meu tio, seguro de que minha ausência despertara suspeitas de fuga. Inclusive porque eu deveria continuar a depor e simplesmente desaparecera.

Certa feita, abordei uma senhora muito bem-vestida que saía do local na hora do almoço.

– Senhora, perdoe-me abordá-la, mas conheci há muitos anos o rapaz que está em julgamento. Como andam as coisas?

– Ah, meu filho, fez bem em se afastar dele. Creio que tem mesmo parte com o demônio. Mas em breve deve estar com seu mestre, no inferno. Está muito claro que não escapará da fogueira.

Dizendo aquilo, fez o sinal da cruz, afetando uma virtude que por certo lhe faltava. Eu podia apostar que, se houvesse uma fogueira, ela estaria lá para presenciar a morte de meu irmão.

Foi a custo que me contive e não mostrei nenhuma emoção. Apenas um ricto que meu rosto passara a ter, que se tornara uma espécie de tique, denunciou meu nervosismo e meu inconformismo.

Mas a senhora tinha razão. Em poucos dias, saiu o veredicto.

166 | Dineu de Paula – Pelo espírito Inácio

Meu irmão foi considerado culpado de pacto com o demônio, de participar de um conluio para colocar um endemoninhado em ambiente santo. Decidiu-se que a fortuna de minha família era originária desse contrato demoníaco, de modo que os bens lacrados a título de cautela seriam todos repassados para a Igreja, que cuidaria de destiná-los a obras santas, a fim de purificá-los.

Eu senti o ar faltar quando recebi aquela notícia, dada com um misto de indiferença e alegria por um passante. Restava esperar a data da execução do julgamento, que ocorreria em breve.

Eu deveria ter ido embora naquele instante, mas, de modo insano, como que esperava um milagre, um evento extraordinário. Fiz chegar um bilhete a meus parentes, sobre comprarmos a fuga de Alberto, mas a resposta veio certeira no sentido de que era algo impossível. Se aquilo fosse tentado, apenas mais dos nossos pereceriam. Meu tio, autor do bilhete de resposta, aconselhava-me vivamente a me afastar logo e por bastante tempo. Segundo ele, as conclusões do julgamento haviam sido muito ruins para mim.

Mas, teimosamente, eu fiquei na cidade, sempre me informando. Até que o dia terrível chegou. Eu ainda torcia por um evento qualquer, que alguma autoridade demonstrasse compaixão, que a justiça fosse feita. Desse modo, sempre continuava por perto.

Na manhã fatídica, quando o povo começou a se ajuntar na grande praça, eu lá estava, com meu disfarce tosco. Era o único da família, pois meu tio e meu irmão já haviam voltado para nossa cidade.

Com um sentimento de irrealidade, acompanhei a vergonhosa chegada de Alberto, xingado pela multidão. Vi-o ser amarrado e preparado para ser queimado vivo.

Em meu coração, um pensamento palpitava: se Jesus existira mesmo, se ele existia, se comandava o mundo, ele algo faria. Aquilo que estavam fazendo em seu nome era abominável demais para que ficasse quieto.

A REDENÇÃO DE UM LÁZARO | 167

Aliás, eu colocava a culpa de tudo aquilo no chefe da Igreja, na figura de Jesus crucificado, a qual continuava a me incomodar. Eu deveria odiá-lo. Entretanto, não conseguia definir meus sentimentos, entre fascínio e abominação.

Mas meu irmão iria perecer de modo atroz e aquilo transtornava meu coração. Não era possível, não era possível! Algo ocorreria, a graça seria concedida!

Após as fórmulas de praxe, as palavras sobre a compaixão e o zelo da Igreja, a fogueira foi acesa. Eu comecei a suar, embora fosse um dia frio. Acompanhei a cena, vi quando meu irmão principiou a se estorcegar, a tudo assisti, entre fascinado e horrorizado, tomado de imensa culpa.

Será que Jesus me punia por não o amar? Todos os que eu amava morriam de modo horrível. A cada vínculo que eu mantinha, desgraças ocorriam...

Jesus me detestava e me punia na figura de meus familiares. Desfilaram por minha mente a figura de Rosa em seu leito de dor e morte, de João Cristiano, quando tentei acordá-lo, de Lucas com o sinal da corda no pescoço, de minha mãe em seu leito de dor, de meu pai levado por homens malvados. E, finalmente, de meu irmão, que parecia perder o fôlego em meio a dores atrozes. Ele gritava, enquanto eu olhava tudo aterrorizado. Em meio àquilo tudo, parecia pairar a cruz do Cristo. Afigurava-se haver algo que eu não entendia, um sinal, um convite, um chamado.

Eu achava que perderia a razão, enquanto meu irmão era assado, para delírio das massas. Foi com alívio que vi quando ele perdeu a consciência. Mas fiquei até o final, presenciei quando tiraram seu corpo sem vida e o deitaram no chão.

Aí, exaurido de corpo e alma, com a figura do Cristo em sua cruz estranhamente fixada na mente, eu me afastei.

O que faria de mim agora? Para onde iria?

Eu já tivera minha prisão decretada, era considerado foragido e estava sendo buscado pelos homens da Santa Inquisição. Assim, não podia voltar para perto de minha família, nem retornar à fazenda, para junto da família de Rosa. Afinal, no curso das investigações e interrogatórios, várias vezes entrara em pauta o período em que Lucas lá permanecera, o motivo disso, tudo sob intensa suspeição.

Retornei à hospedaria exausto, física e emocionalmente, e praticamente desmaiei em minha cama.

Nisso tive um estranho sonho. Primeiro, eu seguia o Cristo por todo lado, vestido de modo a não chamar a atenção, estranhamente fascinado por sua figura. Vi-me em crise de consciência, entre literalmente apaixonado por aquele homem magnífico, em sua majestade, e dominado por interesses mesquinhos. Cheguei a ler as anotações, escritas em uma língua estranha e a entendê-las, a ponto de algumas frases parecerem fosforescer, como se escritas em letras de fogo. 'Indivíduo perigoso', 'agitador', 'herege', 'contestador', 'incitador das massas', 'figura sedutora, que pode subverter a ordem social e provocar intrigas com Roma', figuravam naquelas anotações que iam desfilando perante meus olhos.

Vi-me noites em claro a me debater entre entregar meus escritos, simplesmente fugir ou renunciar a tudo e segui-lo. Mas pensava nas necessidades de minha família, de que minha pobre irmã necessitava de cuidados especiais, por sua doença. Essa irmã se parecia estranhamente com Rosa, embora fosse pouco mais do que um bebê. Eu a amava com ternura.

Entre tantas cogitações, vi-me a entregar os escritos aos sacerdotes e a me afastar com toda a família para um sítio que adquirira, no qual achava que seria feliz.

Vi-me em choque ao receber a notícia da morte de Jesus na cruz, de como aquilo me abalou, a ponto de tirar minha sanidade por vários dias. De como demorei para me convencer de que eu não tinha culpa alguma.

O bem mais precioso que eu tinha, a pequena Sara, estranhamente parecida com Rosa, morreu poucos meses após nossa ida para o sítio. Gradualmente, um a um, meus familiares foram adoecendo e perecendo, como se uma peste nos acompanhasse.

Apenas eu fiquei naquele sítio, com os criados que agenciara, pois agora era um homem de posses.

Em meu estranho sonho, notei-me a envelhecer coberto de vergonha e culpas, mas também cheio de ódio. Em meu coração, Jesus havia se vingado de mim, tirando a vida de todos os meus parentes e deixando-me sozinho no mundo.

Para piorar a situação, uma estranha enfermidade surgiu em minha mão direita, tornando-a dolorosa e gradualmente entortando-a. Ao cabo de alguns anos, ela era pouco mais do que uma garra que doía a ponto de me enlouquecer.

Vendo naquilo tudo, a mão de Jesus, dividido quanto ao que havia feito, eu envelheci sozinho. A certa altura, perdi o juízo e brigava com Jesus na escuridão da noite. Saía para os campos, desafiava-o, acusava-o.

E foi assim que morri, com ataques de loucura, alternados com momentos de lucidez, com aquela questão muito mal resolvida.

Ao acordar, eu estava coberto de suor. Toda a minha roupa estava molhada. Até a cama estava molhada, a ponto de parecer que eu nela urinara. Aliás, meu primeiro pensamento foi o de que eu perdera o controle da urina, para estar daquele jeito.

Depois, fui recordando os episódios daquele sonho tão estranho e tão real. Aquele homem que seguira o Cristo era eu e não era, pois não se parecia comigo. Entretanto, eu me via nele.

O pior de tudo eram as palavras dos escritos que ele havia entregado aos sacerdotes, elaborados de forma tendenciosa. Isso porque aquele homem, sabe-se lá quem fora, sabia que somente agradaria aos sacerdotes que o contrataram, se as palavras fossem injuriosas e pintassem Jesus como uma figura perigosa.

Isso já ficara claro por ocasião do trato, em que eles disseram que apenas pagariam, se as palavras fossem claras e fidedignas, se o relato inspirasse confiança. Como eu era um homem habituado à leitura das escrituras, inclusive a explicá-las, não havia ingenuidade em mim.

Isso se fosse eu aquela figura estranha e que me parecera tão triste e repulsiva, tão amedrontada, tão judiada pela vida. Ele decidira se vender, fizera o negócio, recebera seu dinheiro, mas perdera a paz.

Agora, sentado ali no chão daquele quarto, eu não conseguia entender aquele sonho, a figura da pequena Sara, que tanto lembrava Rosa, meu grande amor.

Que loucura era tudo aquilo? O sonho devia ser resultado de tantas crises emocionais que eu sofrera nos últimos tempos. Acabei por criar em minha mente fantasiosa, que eu fora um delator de Jesus. Mas como, se eu nem era nascido naquela época? Mesmo minha família, em sua origem mais remota, não devia nem existir.

Fiquei horas sentado ali, sem comer, sem beber, enquanto rememorava as palavras que pareciam ter sido escritas a fogo, a fim de que não se apagassem pela eternidade.

Finalmente, decidi que precisava ir embora, procurar meu destino em outro lugar. Como era escrupuloso, chamei o taberneiro e lhe mostrei a cama.

– Amigo, infelizmente eu adoeci e suei muito durante a noite. Acho justo que lhe pague algo a mais, pois a cama me parece imprestável em seu estado atual.

– Mas o senhor está bem para ir embora? Perdoe-me a franqueza, mas está pálido como a morte.

– Eu preciso ir embora, pois tenho compromissos longe daqui. Já estou melhor.

Capítulo 19

Peregrinação por igrejas

Com minha pequena trouxa nas costas, novamente estava convertido em andarilho. Mas agora eu não tinha destino certo, como da primeira vez em que me lançara na estrada. Naquela época eu pretendia pedir o auxílio do primo Tiago. Agora, era-me impossível ir novamente para a fazenda que ele mantinha. Isso sem falar que poderia colocá-lo em perigo com minha simples presença.

Mas aí uma ideia me surgiu. Seria arriscado se ele me colocasse em algum de seus empreendimentos ou propriedades. Mas o homem era tão cheio de relacionamentos que bem poderia me indicar como empregado para um conhecido ou amigo seu que tivesse propriedade em local distante.

Ele fora tão solícito comigo da primeira vez... Mas eu não podia me esquecer de que isso decorrera de sua vontade de afrontar meu pai. Entretanto, eu suspeitava de que Tiago sempre amara minha mãe, que jamais conseguira esquecê-la. Talvez, ao saber de seu falecimento, ele se sentisse tentado a ser generoso comigo.

Aliás, nem precisava ser tão generoso assim. Eu não queria ser mantido ricamente. Apenas precisava de uma colocação em local discreto. Necessitava de sumir por alguns anos. Depois que a história de meu irmão Lucas fosse esquecida, eu pretendia retornar para cumprir a promessa feita a minha mãe.

Com aquele louvável projeto em mente, pus-me a caminho da casa do primo Tiago, torcendo para que ainda fosse vivo.

Só que agora a caminhada era muito pior, pois eu levava na mente aquele estranho sonho, o qual para mim era indecifrável. Mas ele complicava ao extremo a minha vida. Eu tinha na mente uma figura magnífica, que me parecia coerente com a de Jesus. Afinal, em meu íntimo eu sempre discordara da forma como o apresentavam. E pior, eu sentia agora uma culpa terrível em relação àquele homem.

Triste fardo para carregar pelas estradas...

Em meio a tantas lembranças dolorosas e a tantas culpas, com aquele sonho tão singular a tumultuar meu íntimo, eu temia enlouquecer.

Sentia culpa pela morte de Rosa, por não ter conseguido salvar Lucas, por ter envolvido Alberto naquela empreitada louca do convento. Também me sentia culpado pela dor que causara em minha própria família, durante o período em que me mantivera afastado.

Certa feita, vislumbrei o alto de um monte e me deu vontade de nele subir para contemplar o horizonte. Quando lá cheguei, sentindo o vento em minhas vestes, o sol a me queimar a pele, olhei ao longe e não vi viva alma. Eu estava sozinho ali, com minhas culpas e loucuras. Andei pelo monte e dei com um despenhadeiro, que terminava em um riacho.

De repente, pensei que como seria simples fazer tudo terminar ali. Eu daria alguns passos a mais e cairia para a morte. Ou correria e pularia, caso tivesse medo para fazê-lo devagar.

Fiquei lá, estranhamente fascinado com a ideia de morrer e desaparecer. Seria tão simples. Todas aquelas lembranças, sentimentos e horrores acabariam.

Aquele sentimento crescia em mim quando algo de muito inusitado aconteceu. Estremeci ao ouvir a voz de Rosa.

– Amado meu, não faça isso, o resultado seria horrível!

A voz dela pareceu-me tão real que me voltei para todos os lados como a procurá-la. De repente, um arrepio terrível me percorreu o corpo inteiro e eu senti uma vertigem ao contemplar o abismo abaixo de mim. Tomado de um temor que beirava o pânico, eu dei um salto para trás. Andei ainda alguns passos para longe do abismo e me sentei, olhando a distância.

Eu pensara ouvir a voz de Rosa. Que loucura! Ela estava morta.

De repente, lembrei as visões de Lucas e estremeci. Eu poderia duvidar da veracidade das afirmações de meu irmão, que sofrera e até morrera em consequência da interferência dos fantasmas em sua vida?

Rosa sempre fora uma boa pessoa, deveria estar no Céu. Mas e meu avô e a avó dela não teriam sido também boas pessoas? Eu não conseguia esquecer das histórias que Lucas me havia contado a respeito da interferência deles em sua vida!

Será que os mortos realmente interagiam com os vivos, será que permaneciam ao lado deles, como testemunhas invisíveis? Mas aí o que seriam o Céu e o Inferno? Depois da morte, tudo continuaria igual? Não seria horrível para os mortos de bom coração ver seus amores a sofrer com a ausência deles, quando na verdade estavam presentes?

Tudo aquilo me perturbou imensamente, mas eu estava convencido de que ouvira a voz de Rosa. Será que ela me acompanhava desde sua morte? Será que estava com nosso filho nos braços, esperando que eu morresse?

Ela dissera que o resultado de meu salto para o abismo seria horrível. Matar-se devia ser algo com consequências muito ruins. Talvez isso tivesse o condão de me impedir de unir-me a eles mais tarde.

Se fosse assim, os mortos de consciência tranquila ficavam de algum modo separados daqueles de consciência pesada, embora todos permanecessem ao lado dos vivos.

Eu não conseguia entender como as coisas se processavam, mas decididamente nunca me mataria. Jamais faria algo semelhante na frente de Rosa, talvez de meus pais. Imaginei a tristeza de minha mãezinha ao presenciar semelhante cena!

Será possível que Rosa estava mesmo perto de mim? De repente, uma esperança louca tomou conta de meu coração e pus-me a gritar por ela, chamei-a, pedi um sinal de sua presença ao meu lado, mas foi tudo em vão. Apenas o eco de minha voz respondeu minhas indagações.

Além de tudo, lembrei-me de que prometera a minha mãe cuidar de nossa família depois que tudo se consumasse. Por ora, eu estava impedido de fazer o que prometera, mas haveria de chegar o momento em que eu cumpriria a promessa.

Não. Eu não me mataria. Fosse pela tênue esperança de rever Rosa e João Cristiano, fosse pela necessidade de cumprir a palavra que dera a minha mãe, eu permaneceria vivo.

De repente, uma estranha paz se fez em meu peito, como se aquela decisão tivesse de algum modo afastado um grande perigo, uma sombra que pairava sobre meu destino.

Ademais, pensei, após tanto sofrimento, o que poderia me acontecer de tão ruim assim? Parecia que minha cota de desgraças estava terminada, de modo que restava passar alguns anos escondido e depois procurar meus irmãos e envelhecer cuidando deles.

Com isso em mente, pus-me novamente a caminho de Madri. Mas fui andando mais calmo, embora toda a perplexidade pelo que ocorrera. Eu continuava com minhas dores antigas, mas guardava no coração a impressão de que ouvira a voz de Rosa. Talvez ela apenas tivesse saído do Céu um instante para cuidar de mim em um momento de extremo perigo.

Se fosse assim, o Céu não me odiava como eu imaginava. Algumas dúvidas novas começaram a brotar em meu íntimo. Talvez, apenas talvez, houvesse uma razão em todas aquelas loucuras. Quem sabe haveria um detalhe desconhecido por mim, possivelmente pela humanidade em geral, que tornava as coisas lógicas.

Todas aquelas mortes em torno de mim, ligadas à religião, o temor que eu sempre sentira em relação à figura do Cristo... Tudo aquilo se confundia com o sonho terrível que eu tivera.

No meio daquela loucura toda, a voz de Rosa chamando-me, como sempre me chamara: 'amado meu'. Ah, que saudade de ouvir aquilo...

Com tantas coisas na mente, cheguei em Madri, onde me encaminhei para a casa do primo Tiago. Quando lá cheguei, soube que ele, muito enfermo, residia agora na fazenda em que eu anteriormente morara e trabalhara.

Um de meus primos, um homem relativamente jovem chamado Marco, administrava agora todos os empreendimentos, segundo me informaram. Contudo, ele estava viajando e permaneceria fora alguns dias.

Fiquei sem saber o que fazer. Talvez meu primo conseguisse alguma colocação para mim. Parecia-me arriscado ir para a fazenda em que os parentes de minha mulher residiam.

Decidi instalar-me em uma hospedaria e aguardar o retorno do primo. Ninguém me conhecia mesmo na cidade e era pouco provável que fosse identificado por alguém da Santa Inquisição naquelas condições: longe de todos os meus parentes e barbudo, parecendo um andarilho.

Aliás, aquele pensamento me fez ver que precisava me tornar decente antes de ter a entrevista com meu primo. Uma coisa era pedir um favor a Tiago, com quem tivera relações no passado. Outra era me apresentar como um andarilho, pedindo indicações, para um primo que nem devia se lembrar de mim.

Assim, andei pela cidade até encontrar uma boa hospedaria, na qual me instalei. Tomei um longo banho, coloquei a melhor roupa que tinha, fiz a barba, que estava me incomodando. A título de cautela, apenas mantive meu grande chapéu, que me escondia um pouco o rosto.

Magro, envelhecido, eu pouco lembrava o rapaz que estivera em Madri há tantos anos.

Saí a passear, quando passei em frente a uma igreja. De repente, senti um desejo estranho: entrar na igreja e conferir a imagem de Jesus, se tinha alguma semelhança com aquela de meu sonho, que não me saía da mente.

Pensei estar enlouquecendo, mas o desejo cresceu e ficou incontrolável. Sim, eu precisava entrar na igreja, ver como me sentia após tudo aquilo. Eu precisava mirar as imagens de Jesus.

Ao decidir aquilo, pensei sentir um carinho nos cabelos e me voltei para ver quem passava a mão em minha cabeça. Mas não havia ninguém. Aquele gesto me lembrava Rosa...

Decidir foi mais fácil que fazer. Na hora de entrar na igreja, eu titubeei e comecei a suar. Parecia um homem prestes a enfrentar a morte, e não a adentrar em um local santo.

Para minha vergonha, fiquei ali longos minutos, sem ter coragem de entrar verdadeiramente na igreja. De repente, notei o papel ridículo que fazia, suando frio e tremendo, com medo de entrar em um ambiente de paz. Reuni toda a coragem de que era capaz e me dispus àquela difícil tarefa: mirar as imagens de Jesus dentro de uma igreja! Sei bem o quanto isso parece ridículo, mas era a minha realidade: eu temia a imagem de Jesus.

Com passos decididos, embora os naturais gestos de respeito, encaminhei-me diretamente para o altar, atrás do qual ficava uma imagem imensa de Jesus crucificado. Com um sofrimento indizível, como se mirasse a coisa mais horrível do mundo, dispus-me a analisar os detalhes daquela imagem, na verdade uma escultura.

Dominando a custo meu costumeiro pânico, prestei a máxima atenção ao que via, em um misto de decepção e alívio: aquela figura não era parecida com a de meu sonho. Ao contrário, era feia, mirrada, mostrava alguém sofredor, derrotado. Jamais o homem glorioso que povoava minha mente, a princípio de modo difuso, mas depois com uma precisão espantosa, desde que com ele sonhara.

Nunca imaginei fazer semelhante coisa na vida, mas deambulei pela igreja toda, admirando todas as imagens do Cristo, sempre com a mesma mescla de pânico, alívio e decepção: aquele não era ele.

Quando saí da igreja, abri o colarinho e notei que minhas roupas estavam ensopadas de suor. Decididamente, eu era um misto de louco e de idiota. Se alguma autoridade descobrisse o que havia em meu íntimo, eu haveria de ser internado para tratamento.

Mas, uma vez feita a primeira análise, não me contentei com ela. Uma espécie de frenesi tomou conta de mim e comecei a andar por toda Madri, penetrando em toda igreja, grande ou pequena, e vistoriando suas imagens.

O medo nunca chegou a me abandonar de verdade, mas depois de algumas igrejas eu já estava menos apavorado e suava e tremia menos. Gastei alguns dias nessa peregrinação, pois meu exame era minucioso. O pior é que eu nem sabia o que pretendia.

Estava concluindo que o homem de meus sonhos não correspondia àquelas imagens todas. Mas o que aquilo significava exatamente?

Nisso, conscientizei-me de que meu primo já haveria de ter voltado de sua viagem e decidi que no dia seguinte tentaria me entender com ele.

Com efeito, no meio da manhã seguinte, eis-me pedindo respeitosamente uma entrevista com o primo Marco. Fui rapidamente recebido. Embora ele fosse apenas um menino quando eu habitara a fazenda de seu pai, estivera presente em meu casamento e lembrava-se de mim.

Recebeu-me com ar curioso.

– Bom dia, primo. Está bem mudado. Se o encontrasse na rua, eu não o reconheceria.

– Bom dia. Realmente, ambos mudamos. O primo virou homem e eu já pareço um velho.

– A que devo sua visita?

– Gostaria de lhe pedir ajuda para conseguir colocação em alguma fazenda.

Vi que seus olhos brilharam de modo desconfortável.

– Talvez o primo saiba do que houve em meu ramo da família.

– Sim, fiquei sabendo. Inclusive alguns homens da Igreja andaram em nossa fazenda, tirando informações e inquirindo os colonos. Parece que seu irmão era um tanto temido por lá.

A dor em meus olhos deve ter sido visível, pois ele alterou o discurso e suavizou o tom de voz.

– Vou ser franco: você correria perigo lá. E mesmo aqui não é diferente, pois não é raro haver perquirição discreta a seu respeito. Parece que um religioso poderoso tomou a coisa como questão pessoal e quer terminar o que começou, por assim dizer.

– Entendo. Mas eu tinha em mente que a colocação poderia ser modesta, em terras de algum conhecido seu. Certamente tem muitos amigos e conhecidos fazendeiros.

Os olhos dele brilharam, como se ele estivesse lembrando de algo.

– Com efeito, com efeito. Tenho um amigo, chamado Matias, o qual tem uma fazenda de grandes proporções. Ele acabou de se desfazer do antigo administrador, que enriquecia demais, por assim dizer.

– Seria perfeito. É longe daqui?

– Sim, fica bem longe. Mas eu não posso mentir para meu

amigo. Terei de contar a verdade, para que ele saiba do perigo que está correndo.

– Com o devido respeito, penso que deve mesmo falar a verdade. Mas que perigo correrá algum desconhecido que me empregue? É diferente caso fosse você, que oficialmente sabe da perseguição que sofro.

– Sim, tem razão. Sugiro que volte amanhã. Ainda hoje falarei com Matias.

A partir dali, ele quis saber detalhes do que havia ocorrido. A contragosto, comecei a contar por alto o ocorrido, mas logo me conscientizei de que não era uma curiosidade maldosa. Ele realmente se consternava com os detalhes, com tudo o que eu lhe falava. Era mais preocupação comigo e com os nossos. Seus olhos ficaram bem brilhantes em determinados momentos, de modo que compreendi estar a me entender com uma alma boa.

Aí acabei contando tudo, e foi um importante desabafo. A dada altura, comecei a chorar. O primo, cauteloso, fechou a porta, para evitar a curiosidade gratuita dos empregados e clientes do estabelecimento.

Ao final, ele me abraçou e choramos juntos. Sem saber, eu acabava de fazer a maior amizade de minha existência.

Ele me levou para almoçar em sua casa, apresentou-me à esposa, bela, loira, com ar aristocrático, e a seus três pequenos filhos, autênticos anjos na aparência e verdadeiros peraltas na prática. Que alegria me ver rodeado de crianças!

De repente, passou-me pela cabeça que aquela deveria ter sido a minha vida: cuidando dos negócios, com Rosa a me esperar em casa para o almoço com nossos filhos.

Infelizmente, minha história fora diferente. Talvez houvesse alguma razão em tudo aquilo, mas eu ainda estava longe de entender a lógica que rege os destinos humanos.

Demorei-me na casa dele o quanto a educação permitiu, pois

me senti em minha própria casa. E posso dizer que o sentimento deve ter sido recíproco, pois as crianças literalmente tomaram conta de mim, sob o olhar benevolente de seus pais.

Quando saí para rua, de repente tornei-me muito ciente de minha solidão, de que caminhava sozinho no mundo.

Pensei longamente em Rosa e dei um fundo suspiro. Tratei de tomar coragem: não seria sempre daquele jeito. Apenas mais alguns anos e eu poderia voltar para junto de meus irmãos, ver crescer meus sobrinhos, cuidar de todos eles.

Ademais, eu tinha agora uma esperança tênue de tornar a ver Rosa e João Cristiano. Se ela me impedira de me matar é porque continuava viva e se importava comigo. Era uma esperança tênue, mas real, que haveria de me sustentar até o fim de meus dias. Ao menos assim eu esperava que fosse.

Capítulo 20

Novo emprego

Na manhã do dia seguinte, compareci novamente no estabelecimento de Marco e fui recebido como um grande amigo que retorna. Ele abriu um sorriso largo e franco ao ver-me e deu as boas notícias:

– Matias gostou bastante da ideia. Ele não é muito carola, acha que a Igreja se intromete demais em nossas vidas. Ademais, precisa muito de alguém confiável para gerenciar sua fazenda. Quer que vá vê-lo ainda agora cedo.

– Ótimo. Nunca poderei lhe agradecer o suficiente!

– Creio que poderá, sim. Estou precisando esticar as pernas. Poderá permitir que eu o acompanhe em sua conversa com Matias.

Sentindo-me na presença de um companheiro, saí quase feliz para a rua, para conhecer meu futuro patrão.

Era como se eu caminhasse com um irmão, tal a nossa afinidade. Embora eu não tivesse exatamente uma natureza feliz, Marco parecia tê-la por nós dois. Ele me lembrava Lúcio, antes da tragédia que se abatera sobre todos nós.

Fomos conversando pela rua e me peguei rindo despreocupado, como se não tivesse vivido tantas tragédias recentemente.

Quando chegamos ao estabelecimento de Matias, pude notar que se tratava de alguém muito rico. Deveria também ser muito mais sofisticado do que Marco, pois tudo ali tinha um requinte diferente. Eu ousaria afirmar que uma mão de mulher agia por trás de Matias, tanta era a sofisticação e o bom gosto do que via.

Alguns instantes depois, estávamos em uma rica sala, onde um sorridente Matias nos recebeu. Considerando a indicação feita por Marco, eu parecia já estar contratado de antemão. Ele fez variadas perguntas e viu que eu entendia mesmo da administração de uma grande propriedade.

– De minha parte, você está contratado. Contudo, precisamos conversar com minha mulher antes. A fazenda é herança de sua avó. Mariana tem-lhe um carinho todo especial. Ficaria magoada se eu o contratasse sem ouvir a opinião dela. Ela costuma passar as manhãs aqui, mas não veio hoje, pois nossa primogênita está doente.

– Como devo fazer, então?

– Tem algum compromisso para logo após o almoço?

– Não tenho compromisso algum.

– Então, passe em minha casa às 14 horas. Marco lhe indicará onde fica. Aí, conversará com Mariana e poderemos acertar tudo.

Concordei, evidentemente, e saí para andar pela rua com Marco. Este, que parecia gostar mesmo de minha companhia, disse estar tranquilo e se propôs a me mostrar onde Matias morava.

– Matias é um amigo antigo. Seu pai era um importante parceiro de negócios do meu, mas foi à falência há alguns anos.

– Entretanto, o estabelecimento me pareceu bem requintado.

– Com efeito, mas em tudo há o dedo de Mariana. Notou como Matias é bem-apessoado?

Eu realmente me espantei quando conheci meu futuro patrão, confesso, tal a sua perfeição física. Um moreno alto com olhos verdes impressionantes.

– É impossível deixar de notar, não?

– Então, embora seja meu amigo há tantos anos, ele nunca me falou claramente sobre seu casamento. Mas creio que foi por interesse. O pai dele já havia falido, de modo que Matias não era considerado um bom partido. Ainda assim, casou-se com a filha de um dos homens mais ricos de Madri. Eu fiquei um pouco surpreso à época, pois sabia que ele era enamorado de outra moça. Contudo, quando a falência sobreveio, e foi um grande escândalo, o pai dela a mandou passar uma longa temporada na França. Pouco tempo depois, o noivado de Matias foi anunciado. Mariana é uma moça comum, sem nada que a diferencie, à parte uma grande arrogância.

– Sério?

– Sim. Sugiro que seja muito respeitoso e formal com ela. Sua família, pelo lado materno, pertence à nobreza e ela é muito cheia de si.

Achei que passaria por momentos desagradáveis na tal entrevista. Contudo, dei de ombros. Após tudo o que vivera, pouca coisa mais poderia me assustar. Apenas achei singular que a descendente de uma família nobre se casasse com um moço falido e comerciante ainda por cima.

Com o tempo, vim a saber que aquele estabelecimento havia sido do pai de Matias. Este, após o casamento, tratara de recomprar tudo o que pai tivera e fora vendido ou leiloado. Quitara todas as dívidas e providenciara uma velhice confortável para seus pais. Além disso, empregara seus irmãos.

Quem era eu para condenar um casamento de conveniência? Afinal, invadira um convento, tentara raptar um monge e era um perseguido da Santa Inquisição, literalmente um foragido.

Acompanhei Marco até seu local de trabalho e depois fiquei andando a esmo. Almocei cedo e pontualmente às 14 horas me apresentei na casa de Matias. Tratava-se de uma residência não apenas rica, mas muito sofisticada.

Um mordomo atendeu a porta. Quando falei meu nome, ele disse que eu era esperado, mas que iria antes verificar se poderia ser recebido imediatamente.

Notei a beleza da mobília, o bom gosto em geral e fiquei em pé, respeitosamente, esperando.

O mordomo logo retornou dizendo que era para eu segui-lo. Ele abriu a porta de uma ampla sala, na qual Matias e a esposa me aguardavam.

Em verdade, Marco fora generoso ao dizer que ela tinha aparência comum. Tratava-se de uma mulher com o semblante antipático, baixinha. Contudo, de uma forma estranha, ela parecia encher a sala. A riqueza de suas joias, especialmente considerando que estava em casa, era algo impressionante. Entendi ao vê-la, que o bom gosto em tudo deveria ser dela. Se alguém mandava naquela família, era Mariana.

Matias levantou-se para me cumprimentar. A seguir, eu beijei respeitosamente a mão de Mariana.

– Inácio, a seu dispor, senhora.

Com voz surpreendentemente bonita, ela respondeu:

– Soube que se candidata a administrar a estância de nossa família.

– Sim, senhora. Seria uma honra para mim.

– Quais são suas habilidades?

Expliquei-lhe o que ela já deveria saber por seu marido. Falei do período em que residira na fazenda do primo Tiago, onde começara como colono e terminara como administrador.

– Aquela estância é um tesouro para mim. É uma herança de minha avó. Costumamos ir para lá passar temporadas. E sempre esperamos que esteja tudo em ordem. Não temos o hábito de avisar e levamos amigos importantes conosco.

– Se eu tiver a honra de ser contratado, prometo à madame que cuidarei com especial carinho de tudo o que existir na estância e manterei tudo pronto para receber até um membro da família real, se for o caso.

Ela pareceu gostar da observação e seguiu me questionando um tempo imenso. Claramente, a única opinião que contava era a dela. Ao final, como se fizesse um obséquio ao marido, que seguira calado durante o longo interrogatório, ela sorriu e lhe fez um aceno positivo de cabeça. Matias então falou:

– Creio que estamos satisfeitos, Inácio. Está contratado e desejamos que comece o mais cedo possível.

Capítulo 21

ESTÂNCIA DONA ANA

SOUBE QUE ERA comum o trânsito de carroções entre a estância e a cidade, com a finalidade de trazer mantimentos e levar o que os colonos precisavam. Por sorte, um desses carroções deveria sair na manhã seguinte e eu iria com ele.

Fui apresentado aos dois condutores dos carroções, dois jovens troncudos, Jaime e Mário, os quais logo me disseram que eram irmãos. Ao saberem que eu seria o novo administrador, demonstraram o devido respeito e até algum alívio. Fiquei curioso sobre o que significaria aquela impressão no rosto dos moços.

Combinamos que eles passariam me buscar na pensão onde eu estava hospedado, pois pretendiam sair muito cedo.

Tudo combinado, após haver me despedido com o máximo respeito de Matias e de sua esposa, tomei o rumo do estabelecimento de meu primo Marco, a fim de me despedir dele.

A espontânea alegria de seu semblante ao ver-me, logrou aquecer meu coração. Embora tudo o que eu vivera, ainda conseguia encontrar corações amigos. Sem pestanejar, ele me abraçou e comemorou comigo a colocação.

– Creio que será feliz na estância. Talvez até fique tentado a não mais sair de lá. É uma das propriedades mais portentosas que já vi. Eles produzem alimentos em larga escala, tudo é muito organizado. Sem falar na sede da fazenda, um primor em si. Parece quase um palácio.

– Pelo jeito, eles são ricos mesmo.

– Você não imagina o quanto. Segundo me recordo, há uma casa de administrador muito boa, bem colada à casa principal.

– Sim, ficarei instalado nela. Primo, jamais poderei agradecer-lhe por toda a sua ajuda. Eu estava perdido e você me salvou.

– Não precisa agradecer, pois quem ficou feliz, fui eu em poder ajudar. Ao vê-lo, assim tão mudado, após tanto tempo de seu casamento... Não sei exatamente a razão, mas pareceu-me muito próximo. Antes, eu era apenas um rapazote e nenhum de nós prestou muita atenção no outro. Mas, agora, especialmente após conversarmos e você me contar a tragédia da família, parece-me praticamente um irmão.

Malgrado meu, meus olhos marejaram com aquela observação e eu o abracei novamente para disfarçar.

– Não pense que irá desaparecer para sempre. Primeiro, porque eu e minha família costumamos frequentar a fazenda. Segundo, porque, quando tudo tiver passado, precisamos dar um jeito de manter contato. Meu pai era sempre muito afastado dos parentes. Nenhum deles nos visita. Eu e meus irmãos sempre ficamos afastados de todos, é como se não tivéssemos primos. Uma família assim é muito estranha.

De fato, acostumado ao intenso emaranhar do ramo de minha família, viver sem um monte de primos e tios palpitando sobre tudo e sobre nada parecia-me esquisito. Evidentemente, Marco ignorava que seu pai era um pária e não se afastara dos outros de livre e espontânea vontade. Ele fora afastado após o episódio com minha mãe.

– Marco, no momento, tudo deve estar muito confuso para

A REDENÇÃO DE UM LÁZARO | 189

meus irmãos. Mas, quando eu puder voltar para junto deles, será uma alegria levá-lo para conhecer e conviver com todo mundo.

Os olhos dele brilharam de contentamento e entendi que era um tanto sozinho. Tinha mais irmãs do que irmãos e apenas um destes morava na cidade. O outro, mais jovem, ficava na fazenda, junto ao pai doente.

Apenas quem conhece as grandes e tradicionais famílias espanholas pode aquilatar o que significa viver meio isolado dos parentes.

Saí dali pensativo. Fui andando com vagar e passando por algumas igrejas, mas já sem a menor disposição de entrar. Minha cota de sofrimentos com as imagens estava esgotada. Eu não me faria mais sofrer à toa, para confirmar o impossível: que a imagem de meus sonhos correspondia à concepção que a tradição religiosa consagrara.

Meus pensamentos iam em outra direção. Marco falara de meu casamento e aquilo me abalara um pouco. Parecia que ocorrera em outro mundo, com outra pessoa. À parte aquilo, no fundo eu temia um pouco o que encontraria na famosa Estância Dona Ana. Sabia que era rica, produtiva e tudo o mais. Contudo, para todo lado que eu me virava, a questão religiosa parecia me perseguir. Será que lá também isso ocorreria? Mas de que modo, agora? Eu não mais me apaixonaria, estaria longe de toda a minha família. Não viraria carola apenas pelo gosto de sofrer.

Mas um leve receio persistia em meu coração, que falhava uma batida quando eu pensava que algo semelhante ao passado poderia me ocorrer novamente.

Andei à toa pela cidade o resto do dia e recolhi-me cedo, pois queria estar descansado.

Na manhã seguinte, em verdade no final da madrugada, quando o carroção parou na frente da hospedaria, eu já estava esperando. Cumprimentamo-nos e Mário me cedeu o melhor lugar, ao lado do condutor. Jaime perguntou se eu queria conduzir, mas declinei da oferta. Na verdade, eu queria mesmo era conversar com eles, observando as reações de seus rostos, sem precisar me preocupar com a estrada. Também, quando pudesse, desejava apreciar o caminho. Após tanto sofrimento em minha vida, eu merecia desfrutar de algum prazer.

Vi que iam bem fornidos com lanches para nós e admirei a beleza das frutas e dos pães.

– Ah, dona Mariana é muito caprichosa e exigente. Os frutos da propriedade são de muita qualidade. E as cozinheiras que ela mantém devem ser as melhores do reino. Duvido que haja melhores em algum palácio por aí.

Trocamos algumas informações banais e finalmente comecei a atacar os assuntos que me interessavam.

– O que houve com o último administrador?

– Ah, o senhor Jerônimo não foi muito feliz em alguns negócios.

Jaime falou aquilo sem me olhar nos olhos.

– O que isso quer dizer?

– O patrão não lhe informou, senhor Inácio?

– Sim, mas eu gostaria de saber dos detalhes.

Vi que ele estava sem jeito.

– O que ocorre? Por que não quer me contar?

– Não é que eu não queira. É que a história é complicada.

– Pois me conte. A viagem é longa.

Entendi que, por alguma razão oculta, ele tinha medo de se complicar.

– Prometo que ninguém saberá que estou sabendo da coisa por seus lábios.

– É que o senhor Jerônimo era afilhado de dona Mariana, um parente afastado dela.

– O que ele fez?

A REDENÇÃO DE UM LÁZARO | 191

– Passou a vender a produção para outros estabelecimentos e a ficar com o dinheiro.

– Isso durou muito tempo?

– Ninguém sabe ao certo, a não ser quem participava dos negócios.

– Você quer dizer quem trazia os produtos?

– Sim. Esta é a primeira vez que nós nos envolvemos com isso. Infelizmente, um primo nosso estava envolvido com o senhor Jerônimo. Nossa família ficou muito mal. Até que tudo se esclarecesse, ficamos com medo de ser todos implicados e expulsos, talvez até acabar na cadeia.

– Alguém foi preso?

– Não, pois dona Mariana não quis complicar o próprio afilhado.

– Notei que vocês pareceram aliviados quando eu lhes fui apresentado. O que temiam?

Os irmãos se olharam e pareceram concordar com alguma coisa.

– É que temíamos uma nova indicação de parentes de dona Mariana. Ela é muito exigente, mas tem a família em alta conta. Aí a situação ficava difícil para nosso pai. Ele está muito doente, mas precisava trabalhar no lugar do administrador. O senhor Jerônimo apenas se pavoneava, mas não gostava de trabalhar.

Balancei a cabeça em sinal de entendimento. Ao final de um longo silêncio, indaguei:

– O que tem o seu pai?

– Ninguém sabe ao certo. Ele passou a ter uns desmaios de uns tempos para cá e vem ficando fraco. Dorme pouco e mal, parece arrastar-se durante o dia.

Foi uma viagem tranquila e eu gostei daqueles dois rapazes, em especial porque demoravam para dar informações, as quais sempre tinham de ser pedidas, quando envolviam algo de melindroso. Entendi que a fofoca não era um hábito deles.

Já havia caído a noite quando chegamos na estância. Estávamos os três muito cansados, de modo que os rapazes apenas foram apanhar as chaves da casa do administrador com seu pai. A ideia era eu começar a me inteirar das coisas no dia seguinte.

Contudo, logo um senhor com aspecto abatido apareceu para me cumprimentar. Entendi que era o pai deles.

– Senhor Inácio, seja muito bem-vindo. Sou Lucas, ao seu dispor.

Disfarcei um estremecimento ao ouvir que ele tinha o mesmo nome de meu falecido irmão.

– Agradecido, senhor Lucas. Creio que teremos muito a conversar, pois soube que tem administrado a estância nos últimos tempos.

– Com efeito, mas será com alegria que lhe passarei o encargo. Não ando bem de saúde.

– Seus filhos me contaram.

Após as amabilidades de praxe, declinei do convite de jantar com a família do senhor Lucas. Inclusive porque a hora do jantar já havia passado e nós havíamos feito um lanche na estrada. Eu estava coberto de pó, sujo de dar medo, de modo que o melhor que poderia fazer era conhecer a casa que me estava destinada. Dispensei acompanhantes e para lá me dirigi.

Senti certa compaixão pelos rapazes quando ouvi o pai deles dar instruções para que o conteúdo do carroção fosse descarregado e os cavalos desatrelados, dentre inúmeras providências.

Entendi que ali ninguém tivera vida fácil nos últimos tempos. Se o senhor Lucas fazia os próprios filhos esgotarem as forças, imaginei como seria a situação dos outros empregados e colonos.

No momento, aquilo não era algo com que eu quisesse me

A REDENÇÃO DE UM LÁZARO | 193

ocupar. Com as chaves nas mãos, dirigi-me para a casa que me era destinada, em verdade bastante próxima.

Abri a porta principal, providenciei alguma luz, descobri onde era o quarto principal e para lá recolhi minhas coisas.

Após, tomei um mais do que necessário banho. A seguir, mais tranquilo, passei a vistoriar a residência. Notei que era ampla e confortável. Destinava-se a abrigar uma família inteira, e não apenas um homem.

Um fundo suspiro escapou de meu peito, o que costumava ocorrer quando eu me lembrava de Rosa e João Cristiano. Nisso, senti o que estava se tornando um tanto comum: pareceu que alguém mexia em meu cabelo. Eu sempre me assustava, pensando se tratar de um bicho qualquer.

Como sempre, não havia bicho algum. Em meu coração, havia a ideia de que se tratava de Rosa a me acariciar. Mas, para isso, seria preciso que ela tivesse desistido do Céu para ficar a meu lado. Afinal, eram inúmeras as vezes em que eu sentia aquele roçar inexplicável na cabeça.

Como sempre ocorria, acabei por me convencer de que se tratava de minha solidão e de minha imaginação a me pregar peças. Eu fenecia de saudade de Rosa, a ponto de senti-la me acariciando.

De repente, eu, que estava exausto da longa viagem, tomei-me de uma energia nova, sem saber ao certo a razão.

Arrumei todas as minhas coisas, preparei uma refeição e o sono parecia ter me abandonado. Coloquei uma cadeira para fora da residência e pus-me a mirar a noite estrelada, pensando nos mistérios da vida.

Minha mente voltou ao passado, sofri novamente todas as dores dos últimos tempos, mas decidido que aquele fosse o último evento da espécie. Eu iria parar de chorar o passado e trataria de focar minha atenção no presente. Cuidar bem da estância seria o meu projeto. Eu trabalharia dia e noite, se preciso, esgotaria as energias de meu corpo, para dormir bem. O trabalho haveria de me salvar durante aquele período de exílio.

Exatamente neste instante, meu olhar bateu em uma cruz encimando uma vasta construção. Com um sorriso irônico, entendi que se tratava de uma capela. Só me restava esperar que não houvesse nenhuma expectativa quanto a eu participar de missas e novenas.

Após um longo tempo, recolhi-me, mas permaneci insone durante boa parte da madrugada. Apenas quando o dia estava clareando, eu consegui adormecer.

Assim, não devo ter passado uma boa impressão para meus subordinados, quando apenas abri a casa já perto da hora do almoço. Mas, como não era a eles que eu deveria agradar, não me incomodei. Ademais, eu teria oportunidade de mostrar quão trabalhador era. Mal eu abri a casa e um menino apareceu correndo.

– Senhor Inácio, minha mãe o convida para almoçar conosco dentro de uma hora.

– Quem é sua mãe, meu rapaz?

– É a dona Eva.

Meu olhar de perplexidade deve tê-lo feito ver que a informação fora escassa.

– Eu sou filho do senhor Lucas. É conosco que o senhor está convidado para almoçar.

Concordei, pois seria antipático negar. Então, teria pouco menos de uma hora para conhecer as cercanias.

Saí andando e não vi muita gente, pois todos deviam estar em seus postos de trabalho. Admirei a vastidão das plantações, que se estendiam a perder de vista. Cuidei de passar longe da igreja, pois estava decidido a ser o menos infeliz possível.

Isso embora uma curiosidade mórbida me fizesse ter o desejo de ver se a imagem de Jesus ali lembrava de algum modo a de

A REDENÇÃO DE UM LÁZARO | 195

meu sonho. Mas resisti a esse desejo, cuja satisfação apenas me traria sofrimento. Enquanto eu devaneava, uma mão bateu em meu ombro. Eu saltei de susto.

– Calma, senhor Inácio. Sou eu, Mário.

– Estou calmo. Apenas devaneava.

– Minha mãe está com o almoço pronto e reclama sua presença. E lhe digo uma coisa: é ruim se indispor com papai, mas muito pior é desagradar dona Eva. Ela nunca esquece algo que a desagrada e encontra mil modos de fazer a pessoa se lembrar e arrepender.

Ele disse isso e deu uma piscada. Parecia mais leve do que no dia anterior, quando ele e seu irmão haviam me parecido sérios demais para a idade. Talvez o fato de estarem em casa; possivelmente por terem saído em missão de trabalho pela primeira vez na vida.

Acompanhei o rapaz e logo estava conhecendo dona Eva, uma mulher miudinha, mas com um ar muito decidido. Uma cruz enorme rebrilhava sobre seu vasto peito. Entendi que se tratava de uma mulher muito religiosa logo de cara. Com efeito, antes do almoço, com a imensa família deles reunida em torno da mesa, com direito a noras e netos, o senhor Lucas, atendendo a um imperioso olhar de sua esposa, fez uma longa oração de agradecimento por uma infinidade de coisas.

Seria sempre assim comigo? Tratei de me resignar, esperançoso de que dona Eva não se tomasse do desejo de me tornar um carola.

O almoço caprichado e demorado, com vários pratos, era visivelmente em minha homenagem, a título de boas-vindas.

Fiquei bastante confuso entre tantas apresentações de parentes que pareciam não ter fim. Após um tempo, dona Eva me submeteu a um extenso questionário sobre minha vida pregressa. Surpreendi uma troca de olhares divertida entre Jaime e Mário, como se eles já esperassem aquilo.

Respondi como pude, com meias verdades, pois mentiras costumam ser custosas de manter. Assim, basicamente, disse-me viúvo e com um filho morto, com os genitores igualmente falecidos, e que o negócio deles ficara com meus irmãos. Como eu gostara da experiência de administrar uma fazenda, ali estava.

– Nunca mais se casou?

– Não, nem pretendo fazê-lo.

– Mas é tão jovem.

– Ah, dona Eva, a senhora me desculpe, mas realmente não ocorreria a ninguém me apresentar como um homem muito jovem. Já beiro os 40 anos e 40 anos bem vividos. Meus cabelos brancos são o atestado de tudo o que vivi até agora.

– A experiência só conta a favor de um homem.

– Talvez, mas as decepções da vida costumam torná-lo cauteloso. Há experiências que eu não me vejo repetindo.

A expressão de meu rosto deve ter sido muito clara. Dona Eva apenas respondeu:

– Eu também perdi um filho. Mas já tinha vários outros que precisavam de mim. Creio que entendo a que alude.

A única filha do casal era uma beldade morena chamada Ester. Ela pareceu interessada em mim, o que me surpreendeu ao extremo. O que uma jovem tão bela poderia ver em um homem como eu: enrugado, cabelos brancos e claramente cheio de desilusões? Decidi não me ocupar com aquilo, pois algo que não pretendia era me casar novamente. Só de imaginar mais uma esposa em trabalho de parto, eu me arrepiava. E se resolvesse me lançar em leviandades, não seria com a filha do senhor Lucas, que haveria de me secundar na administração da estância.

Entretanto, dona Eva era realmente intrometida, no bom sentido. Sem qualquer pedido meu, encarregou-se de encontrar alguém para cuidar de minha casa, o que lhe agradeci.

Era como se tudo já estivesse combinado ou talvez ela simplesmente fosse rápida em providenciar essas coisas. Nem percebi, mas ao final do almoço uma jovem chamada Maria ali se encontrava, com o intuito de cuidar de minha casa. Dona Eva devia ter enviado um aviso por um de seus filhos ou netos, durante o almoço, e eu não notara. Ou talvez ela o tivesse feito logo de manhã, após saber pelos filhos qual era a minha situação: um homem sozinho.

O almoço foi longo e, após ele, fui para minha casa para dar algumas instruções muito básicas à jovem Maria, que devia entender mais dos cuidados de uma casa do que eu.

Na sequência, junto com o senhor Lucas, saímos cavalgar pela estância, a fim de que eu conhecesse o seu funcionamento e o maior número de empregados e colonos que fosse possível.

Foi uma tarde movimentada, pois o local era vasto, infinitamente mais vasto do que a fazenda que eu administrara anteriormente. Ali, as coisas tinham uma dimensão e um ar profissionais. Talvez, por abastecer os estabelecimentos de Matias, que soube serem inúmeros, cada um administrado por um irmão ou por seu pai. Além disso, havia as casas dos familiares de dona Mariana, que também recebiam mantimentos dali. Isso sem falar no comércio com outras cidades.

Mas tudo me pareceu organizado, embora eu fosse tendo algumas ideias enquanto cavalgava ao lado do senhor Lucas. Este estava pálido e suarento e frequentemente, a título de me mostrar algo mais de perto, sugeria que descêssemos dos cavalos.

Eu respeitei as dificuldades dele, inclusive porque a visita pela estância estava mesmo sendo longa e minuciosa. Ele ficou de me passar a papelada no dia seguinte, quando eu formalmente começaria a me encarregar dos negócios.

Bem ao final da tarde, o senhor Lucas decidiu me mostrar a casa grande, que obviamente também ficaria sob minha intendência. Deixamos os cavalos no potreiro, limpamo-nos um pouco e finalmente adentramos naquela casa colossal, que mais parecia um palácio.

– Há bastante mão de obra na casa, para mantê-la em ordem, pois os patrões não costumam avisar com antecedência quando vêm. Creio que é um modo de confirmarem que tudo é bem cuidado sempre, e não apenas quando de eventuais visitas.

– Entendo.

– Entretanto, eles costumam trazer o mordomo e mais alguns criados qualificados, pois em geral fazem se acompanhar de visitas importantes. A estância é famosa por seu requinte e pela hospitalidade impecável. Dona Mariana se orgulha disso.

Notei no correr da conversa que tudo parecia ser tratado com dona Mariana, inclusive os termos de negócios, plantio, colheitas, aquisições variadas. O nome de Matias surgia muito raramente, a título de algo que ele dissera ou de algum gosto seu.

Ficou claro que a esposa de Matias era de fato e de direito a proprietária do local, e não abria mão dessa condição. Se eu desejasse permanecer, precisaria estar atento aos gostos e às ordens dela.

A casa era realmente vasta, rica e decorada com extremo bom gosto. Em minha ignorância, pensei que um membro da família real não se sentiria mal instalado ali.

Capítulo 22

Hospedando padre Manoel

NOS DIAS SEGUINTES, lentamente uma rotina foi se estabelecendo em minha vida. O trabalho era puxado, mas eu gostava disso. A única coisa que me desagradava eram os constantes convites para a casa de dona Eva. Sim, pois a casa parecia mais dela do que do marido. Ela mandava e esperava ser obedecida. Logo também ficou claro que ela pretendia me casar com sua filha Ester, a jovem beldade morena.

Senti-me envaidecido com a ideia, mas nem um pouco disposto a me submeter a ela. Casamento para mim era sinônimo de desgraças e óbitos. Embora Ester fosse jovem e saudável, o momento do parto era sempre crítico. Não, eu já havia sofrido demais para me lançar nessa aventura...

Após eu tomar as rédeas da situação, o senhor Lucas foi lentamente se afastando de tudo, com a saúde cada vez mais abalada. Ninguém sabia ao certo o que ele tinha, mas estava claro que era grave. A partir de dado instante, não havia mais dúvida de que morreria em breve.

Como ele me secundava na administração, após algumas semanas decidi destacar o jovem Mário para as funções, para sua evidente alegria. Era um rapaz trabalhador, que levava as obrigações a sério, mas também era muito divertido. Eu, triste por natureza, gostava de me cercar de pessoas alegres.

Foi uma medida oportuna, pois dois meses depois o senhor Lucas foi a óbito em plena noite. Quando amanheceu, ele estava morto em sua cama.

Tão logo soube do ocorrido, fiz com que fossem paralisadas todas as atividades da estância, salvo os cuidados essenciais com os animais. No reduzido tempo de convívio, eu havia aprendido a admirar o senhor Lucas, homem correto, às vezes a ponto de parecer duro. Em suma, ele lembrava meu pai, que me fazia tanta falta.

Vesti-me de luto e compareci na casa da família. Após tudo o que vivera, era de se esperar que estivesse algo endurecido. Entretanto, fiquei sinceramente tocado com a dor de dona Eva e seus filhos. Eu era um homem desencantado, mas não endurecido. Isso me surpreendeu. Ao contrário, parecia que, após tanto sofrer, a dor dos outros me tocava de um modo especial.

Como convivia mais com o jovem Mário, quando este me abraçou chorando, precisei fazer força para não chorar também. Ele parecia ter um apego especial por mim, pois ficou ao meu lado durante todo o velório. Surpreendi-me ao constatar que me sentia responsável por ele e mesmo por seus irmãos. Havia um sentimento paternal em mim. Mesmo Ester, que parecia me desejar para marido, eu via com piedade paterna. Sua extrema dor tocou meu coração. Definitivamente, eu estava mais sensível do que imaginava.

Ao final da tarde, o enterro foi providenciado, como era inevitável, com a presença do padre que vinha costumeiramente à estância. Como os ritos foram ao ar livre, aquilo me deu uma tranquilidade maior, embora as referências ao Cristo sempre me transtornassem de alguma maneira.

Até então, eu havia conseguido fugir de qualquer contato

A REDENÇÃO DE UM LÁZARO | 201

maior com o sacerdote. Nunca fora em suas missas e sempre dera um jeito de estar em alguma emergência quando de sua presença. As emergências nem eram grande coisa e eu ordinariamente não me ocuparia de nada daquilo em pleno domingo, se não fosse a ameaça constante de ter de comparecer à igreja.

Dona Eva me perguntara por que eu nunca comparecia à igreja, mas eu a despistara, talvez sem muito êxito. Por certo, ela tencionava me converter em um devoto antes ou depois de me casar com sua filha.

Naquele dia, foi impossível me livrar da presença do padre. Por uma questão de cortesia, fui cumprimentá-lo ao final do sepultamento. Embora toda a minha prevenção em relação a qualquer membro da Igreja, o homem me pareceu simpático. Desembaraçado sem dúvida ele era, pois se convidou para pernoitar em minha casa. Disse que era tarde demais para retornar e que, na ausência dos donos, não ficaria bem ele se instalar na casa grande.

Meu primeiro ímpeto foi convencê-lo de que deveria ficar sozinho na casa dos donos, mas o sorriso simpático do homem, a traduzir quase um pedido de amizade, fez com que eu não tivesse recurso, salvo aceitá-lo em minha casa.

Assim, a família enlutada se encaminhou para a própria residência, enquanto eu fiquei com a triste incumbência de cuidar da visita que jamais desejara ou imaginara.

Entretanto, o padre era simples e cordial, algo muito raro, em meu entender. Em seu carroção, ele trouxera algumas roupas, em evidente sinal de que pretendera desde logo, passar a noite.

Sem qualquer cerimônia, afirmou-se com fome e perguntou se eu sabia cozinhar.

– Senhor padre, eu sei fazer o básico, mas nada com que honrá-lo. É melhor eu chamar Maria, a moça que trabalha para mim, a fim de que nos auxilie.

– Imagine, meu filho. Se você não sabe cozinhar, eu sei e o faço muito bem. Deixe-me fazer o jantar. Você será meu ajudante.

A idade dele autorizava com que me tratasse com intimidade, pois era um senhor de seus quase sessenta anos, embora seu notório vigor.

Padre Manoel era italiano, já vivera em Roma, e estava na Espanha em razão de seu gosto por conhecer novos lugares e culturas. Era um bom falante, de modo que logo fiquei sabendo de sua vida, de que já morara em vários países e pretendia ainda conhecer outros.

Surpreendi-me com aquela vontade toda de viver, coisa que eu não tinha. Calado, taciturno, não devia estar fazendo muito bem minha função de anfitrião, mas o homem estava no comando e meu papel era obedecer, cortar isso, descascar aquilo, trazer mais alguma coisa.

Depois de um tempo que me pareceu infinito, pois estava com fome e desconfortável com o tagarelar sem fim da visita, fui brindado com uma comida maravilhosa, a melhor que já provara na vida.

Apenas aí, os dois sentados à mesa, o padre começou a me questionar.

– Minha idade e minha função me permitem certas intimidades. Você tem idade para ser meu filho e pertence ao rebanho do qual devo cuidar, embora nunca compareça à igreja, não se confesse, nem comungue.

Tive um grande acesso de tosse, ao ser pego assim desprevenido.

– Foi uma questão de falta de oportunidade.

– Que bom, filho, pois eu realmente me sinto um pastor e gosto de cuidar do rebanho que o Senhor me confiou.

Fiquei sem ter o que responder àquilo.

– Posso contar com sua presença na próxima missa?

A REDENÇÃO DE UM LÁZARO | 203

Após um tempo que deve ter parecido longo demais, no qual pensei vislumbrar um brilho divertido nos olhos do padre, assenti com a cabeça.

– Que bom. Dona Mariana é uma mulher muito religiosa. Ela ficaria chocada em saber que um ateu ou um herege cuida da estância a que tanto ama.

Eu estava ficando encurralado, mas a perspectiva de ter de viver na igreja me devolveu o senso de oportunidade.

– Meu bom padre, irá me perdoar a franqueza. Fui criado em uma família muito religiosa, com direito a terços e ladainhas em minha própria casa. Entretanto, confesso-lhe que não sou o mais devoto dos homens.

– Vê algo errado na devoção a Deus, aos santos e anjos e à igreja?

– Não poderia ver, sob pena de inculcar defeitos em meus defuntos pais, em especialmente em minha mãe. Apenas eu sou um tanto desiludido com algumas ocorrências que presenciei.

Ele me lançou um olhar curioso, mas não perguntou quais ocorrências seriam aquelas. Contou algumas histórias e depois começou a perguntar novamente sobre minha vida.

Assim, ficou sabendo que fora casado por pouco tempo, que tivera um filho e que meus pais eram mortos. Fui particularmente lacônico, deixando mais do que claro que não pretendia aprofundar o assunto.

Aquilo talvez fosse um tiro a sair pela culatra, pois o homem parecia curioso sobre minha vida e isso não era nada bom. Assim, resolvi mentir um pouco para evitar que ele fizesse alguma pesquisa sobre mim.

– Sabe, padre, serei sincero. Minha vida não tem sido fácil. Embora toda a devoção de minha família, que sempre acompanhou meus passos, minha tentativa de constituir família foi um sonho que durou pouco. Minha esposa e meu filho morreram em poucos anos. Voltei a morar com meus pais, que morreram logo depois, bem como dois de meus irmãos. Confesso-lhe que foi tudo muito triste e eu tenho alguma dificuldade em entender a finalidade da vida, de porquê pessoas decentes sofrem tanto, enquanto outras, cuja maldade é evidente, parecem protegidas e em posição de comando.

– Os mistérios de Deus são insondáveis. Frequentemente, é melhor apenas aceitar a vida como ela se apresenta. Quem discute muito, não raro vira ateu ou herege e perde a graça. De que adianta ao homem ganhar o mundo e perder a própria alma?

Decidi não ficar discutindo, pois se fosse muito claro em minha opinião, a conversa azedaria.

– De fato. O senhor tem razão. Pense em mim como um homem desgostoso, não como um revoltado.

– Eu me indagava da razão de não o ter conhecido. Quando o vi, notei em seus olhos um brilho triste, desesperançado. Indaguei-me da razão. Afinal, é um homem na força da vida. Nunca pensou em refazer seu caminho, em constituir nova família?

– Sinceramente, não. Amei demais minha esposa. Não colocaria outra no lugar dela. Além do mais, a ideia de perder outro filho me arrepia. Prefiro nem tentar.

Ele me olhou entre apiedado e divertido.

– Assim sendo, creio que enfrentará dificuldades com dona Eva. Ela o pretende para genro e é acostumada a conseguir o que quer.

Sufoquei de novo. O homem não era de meias palavras, simplesmente ia falando tudo o que lhe vinha à mente.

– O filho já deve ter notado isso.

– Sim, percebi, mas me vejo mais como um pai da jovem Ester.

– Trata-se de um evidente exagero seu, mas não irei discutir. Se não quer, não quer. Embora precise reconhecer que a moça é bela.

A REDENÇÃO DE UM LÁZARO | 205

– Sem dúvida é, e haverá de fazer a felicidade de algum rapaz sortudo. Eu jamais seria egoísta a ponto de trazê-la para partilhar de minha visão desiludida da vida.

O padre Manoel novamente me olhou com piedade. Eu estava quase convencido de que se tratava de uma boa pessoa. Mas tinha tido experiências ruins demais com gente da Igreja, de modo que precisava de mais do que um ligeiro encontro para abrir a guarda.

Enfim, embora levemente desconfortável, a noite não foi ruim. Quando amanheceu, eu estava preparado para retomar as atividades, mas precisava me livrar da visita primeiro.

Como de costume, Maria chegou muito cedo. Eu já estava acordado, pois havia dormido pouco e mal. Alertei-a de que tínhamos visita ilustre, de modo que caprichasse na refeição.

A moça se emocionou ao saber que o padre Manoel ali estava e realmente se esmerou. A refeição que preparou mais parecia um banquete do que qualquer outra coisa.

O padre se levantou logo e banqueteou-se longamente, após nos cumprimentar. Gostava mesmo de conversar e não parecia decidido a ir embora e me deixar livre para trabalhar. Eu devo ter deixado transparecer minha impaciência, pois os olhos do sacerdote brilharam com o humor que eu já havia neles entrevisto.

– O filho se incomodaria de me hospedar alguns dias?

Devo ter ficado branco, pois a perspectiva de conviver intimamente com um sacerdote era inimaginável para mim. Mas não tive recurso a não ser concordar.

– De modo algum. Apenas eu não poderei ficar o dia todo lhe fazendo sala. Tenho de cumprir minhas atividades.

– Não se preocupe. Ficarei feliz de contar com sua presença toda noite, a fim de conversarmos. Durante o dia, rodarei por aí. Faz tempo que não me dedico ao pessoal que mora nas redondezas. Em geral, dona Mariana, quando vem, costuma me convidar para passar um tempo por aqui. Entretanto, faz meses que não a vejo.

Aquilo pareceu funcionar como uma evocação, pois dois dias depois surgiu no local uma autêntica comitiva. Eram Mariana, Matias e muitos amigos, inclusive meu primo Marco e a esposa. Pela quantidade de gente, parecia que vinham passar uma temporada.

Fiquei aliviado, pois o padre seguramente passaria a quedar-se na casa grande. Eu já não sabia mais o que falar com ele, que sempre cutucava sobre meu passado e ia se fazendo mais e mais íntimo. Perguntava minha opinião sobre uma infinidade de coisas, religiosas e profanas, e eu ficava medindo as palavras, com medo de me complicar. Como não era mentiroso por índole, aquela convivência era uma grande penitência.

Assim, quando vi a caravana chegando e identifiquei de quem se tratava, senti um alívio imenso.

Respeitosamente, dirigi-me para receber meus patrões. Na verdade, eles formavam um casal um tanto ridículo, com suas roupas refinadas e cobertos de pó, pois o tempo estava seco. Isso sem falar na discrepância de suas aparências, em especial de sua altura, uma vez que Matias era bem alto, enquanto a esposa era pouco mais do que uma anã. Mas, enfim, cada qual com seus problemas.

Eles me cumprimentaram com delicadeza e deram sinal de querer entrar rapidamente em casa.

– Dona Mariana, penso que a senhora gostará de saber que o padre Manoel está aqui. Ele veio para o funeral do senhor Lucas, cujo falecimento mandei lhe comunicar, e decidiu quedar-se uns dias em minha casa, para visitar seus paroquianos.

Os olhos dela brilharam de alegria, como se tivesse recebido um presente, o que para mim era a coisa mais estranha do mundo.

– Excelente notícia! Por favor, quando o padre retornar de

suas andanças, diga-lhe que é aguardado com ansiedade na casa grande. Adoro conversar com ele. É um homem muito sábio.

Ao ouvir aquilo, pensei: como o céu de um pode ser o inferno de outro! Mas me limitei a assentir com a cabeça.

Aí o primo Marco se aproximou e me deu um abraço caloroso.

– E aí, primo, como vai a nova vida?

– Ainda estou me adaptando, mas está bastante boa. Agradeço-lhe novamente por sua ajuda.

Discretamente, falei-lhe baixinho:

– Penso ser mais seguro se omitirmos nosso parentesco. Por favor, peça o mesmo para seu amigo Matias.

Os olhos dele brilharam de modo peculiar. Entendi que lamentava não poder anunciar nosso parentesco abertamente. Isso é, desde que já não o houvesse feito durante a viagem. Mas eu precisava que, pelo menos o padre, ficasse na ignorância de qual era precisamente minha família.

O primo mostrou ter entendido a razão de minha preocupação, pois disse:

– Ah, o padre...

Eu assenti.

– Mas não pense que ficará muito tempo longe de mim. Desta vez, ao invés de ficar na casa grande, envolto nos divertimentos habituais, pretendo conhecer a estância com você, ver como ela funciona realmente.

Fiquei lisonjeado ao compreender que ele viera especialmente para conviver comigo, pois gostava de mim de verdade. Eu, o homem calejado e sofrido que era, tive de disfarçar os olhos um pouco brilhantes demais.

Não era impressionante? Embora todos os revezes da vida, eu simplesmente não endurecia. Amava meu primo, como estava aprendendo a amar Mário e seus irmãos.

Seria tão mais fácil se eu não gostasse mais de ninguém. Indaguei-me do porquê daquele sentimento e uma resposta segura surgiu de meu íntimo: se eu não gostasse de ninguém, Jesus não conseguiria mais me atingir tão duramente.

De repente, notei o quanto aquilo parecia ridículo. Eu me achava tão importante assim, para que Jesus gastasse seu tempo me perseguindo, com tantas coisas que deveria ter para fazer? Chacoalhei a cabeça, como quem quer se livrar de uma ideia.

Como eu imaginava, o padre se mudou para a casa grande quando retornou de suas andanças, ao cair da noite. Ao cientificá-lo de que dona Mariana se encontrava presente e queria vê-lo, pensei entrever uma expressão de enfado em seu rosto. Ambos sabíamos que era esperado pelos proprietários para conviver enquanto estivesse na estância. Assim, ele cuidou logo de apanhar sua bagagem, a qual eu fiz questão de levar.

Fomos conversando no caminho e eu me surpreendia, pois o padre parecia mesmo alguém decente. Falava de algumas famílias com dificuldades e doenças, demonstrando genuína preocupação.

Seria possível? Um padre que lamentava o convívio com pessoas ricas, como eram meus patrões e deveriam ser suas visitas, e gostava de buscar pobres e enfermos, para lhes dar consolo? Eu não conseguia acreditar muito naquilo, achava que devia ser jogo de cena.

Quando o deixei devidamente instalado em seu quarto e me despedi, ele sorriu um tanto marotamente e falou:

– Parece que acabou seu suplício, não? Mas nem pense que está se despedindo de mim. Além de querer vê-lo em todas as missas de agora em diante, espero que conversemos muito mais.

– Imagine, senhor padre. Não foi suplício algum hospedá-lo. Ao contrário, foi uma honra, mas agora seu lugar é aqui.

Já que ele era irônico, eu também podia ser. Talvez estivesse na hora de aprender a mentir um pouco melhor. Mas seria essa uma arte que se aprende?

Capítulo 23

A CONDUTA DE MATIAS

FOI UM ALÍVIO ficar sozinho em minha casa, sem precisar responder perguntas incômodas sobre os mais variados assuntos. Comi em paz e logo me sentei em uma cadeira na varanda e fiquei a observar a noite estrelada. Estava quase feliz.

Bem mais tarde, observei que dois homens vinham da casa grande em direção à minha. Felizmente, nenhum deles usava batina. Eram Matias e Marco.

– Boa noite, primo. Estávamos em dúvida se você já havia dormido.

– Não. Eu durmo pouco e mal. Para evitar a tortura de ficar rolando na cama, costumo me deitar quando já estou bem cansado, normalmente de madrugada. Mas em que posso ajudá-los?

– Viemos conversar um pouco.

Eles se sentaram junto a mim e começaram a perguntar da vida ali, do que eu fazia, de como tudo estava. Parecia que estavam fugindo de algo. Com o tempo, eu viria a entender que dona Mariana era uma pessoa difícil, um tanto enfadonha e muito religiosa. Ainda mais com a presença de um sacerdote, as conversas junto dela deviam ser um pouco tediosas. Ela amava as coisas religiosas. Já aqueles dois não eram muito adeptos desse tipo de coisa.

A conversa era leve e gostosa: eu parecia estar entre companheiros. Matias fez questão de me libertar de formalidades quando estivéssemos a sós.

– Amanhã, gostaríamos de acompanhar suas atividades, para nos distrairmos.

– Tudo bem, mas o que exatamente querem fazer? Tem algo especial que querem ver?

– Nada. Queremos apenas acompanhá-lo durante seu dia. Será melhor do que ficar ouvindo cantorias o dia todo. Estamos querendo movimento.

Surpreendi-me com a sinceridade daquelas palavras. Aproveitando aquele clima de intimidade, Matias fez-me várias perguntas sobre a minha vida, das experiências que eu passara.

Como ele correra o risco de me empregar, sabendo que eu era perseguido, decidi ser bem honesto. Eu já estava chegando a uma fase da vida em que podia falar de certas coisas sem sofrer muito. Ao contrário, aqueles ouvidos amigos e solidários me confortavam de um modo estranho.

– Mas é sério isso? Seu irmão conversava com as almas do outro mundo?

– Francamente, creio que sim, por estranho que isso pareça. Quando ele apenas via e ouvia as tais almas, o problema não era muito grande, salvo para o coitado, que vivia com medo. Mas quando elas começaram a possuir o corpo dele, a situação ficou bem difícil.

– Há alguma prova disso? Não seriam só delírios?

Relatei os casos que ele havia me falado de meus parentes falecidos e dos de Rosa.

– Então, isso era verdadeiro mesmo! Mas vou alertá-lo de uma coisa: jamais mencione esse assunto perto de minha esposa. Ela o mandaria exorcizar, no mínimo.

– Não costumo falar do assunto.

A REDENÇÃO DE UM LÁZARO | 211

Aproveitei o ensejo e contei-lhes da tentação que tivera de me matar, atirando-me em um precipício, e de que ouvira a voz de minha defunta esposa.

– Credo, você também ouve e vê gente morta?

Era um Matias um tanto incrédulo que indagava.

– Graças a Deus, não. Foi apenas uma vez. Mas a impressão foi nítida. Fiquei a matutar que Rosa deve ter deixado o Céu por uns instantes, a fim de evitar que eu fizesse uma loucura.

– Sabe, aqui na estância há uma senhora que diz fazer a mesma coisa. Convenci Mariana de que é apenas uma anciã louca e que seria crueldade mandá-la embora. Dona Mercedes é a avó de um colono que nasceu aqui. Chegou faz alguns anos, quando se viu sozinha no mundo. Logo correu sua fama de curandeira, rezadeira e essa peculiaridade de ver os mortos junto aos vivos.

– Não sabia disso!

– Mariana ordenou que isso seja tratado da forma mais discreta possível. Por meio do administrador anterior, fez todos os colonos saberem que quem fosse pego comentando sobre o assunto seria mandado embora. Ela não quer que sua estância pegue a fama de abrigar feiticeiras ou curandeiras.

– Entendo.

Fiquei a imaginar se a pobre mulher sofreria muito com aquela situação, mas não tinha como saber a não ser conversando com ela. Após saber a qual família pertencia, fiz o registro mental de ir visitá-la. Primeiro, tencionava descobrir se ela ficava sozinha em casa em algum momento. Afinal, não queria que se comentasse nada de minha vida pretérita nem que eu tinha interesse nessas coisas. Vai que ela falava algo indiscreto na frente de outras pessoas? Isso é, desde que fosse verdadeira a tal habilidade de conversar com mortos.

Meus visitantes foram embora quando já era bem tarde e fiquei ali, a pensar. Eu era sozinho por um imperativo da vida. Mas aqueles dois pareciam sê-lo por vontade própria. À companhia das próprias mulheres, preferiam conversar à noite comigo. Isso sem falar na disposição de andar pela estância toda ao meu lado.

Embora essa disposição não fosse tanta a ponto de levá-los a madrugar, pois Matias determinou que sairíamos às nove horas para nossa ronda. Era tarde demais para mim, que acordava sempre bem cedo, quisesse ou não. Mas ele era o patrão e só me restava acatar a determinação.

Eles foram pontuais e às nove horas chegaram animados a minha casa, como se o destino fosse algo muito prazeroso, ou se tratasse de uma excursão. Isso apenas me fazia pensar que dona Mariana deveria ser uma companhia bem pouco interessante.

Começamos a rodar pela fazenda, eu fazendo meu costumeiro giro. Apenas agora tinha dois companheiros que não tinham pressa para nada. O que eu teria feito antes deles acordarem, acabei gastando a manhã toda para fazer.

Era mais um passeio com companheiros do que qualquer outra coisa, mas eu precisava reconhecer que era um passeio muito agradável.

Em todos os lugares éramos bem recebidos, e isso de forma genuína. Pude perceber que Matias era considerado um bom patrão, pois foram incontáveis os convites para almoçar, lanchar, tomar uma coisa ou outra. E ele ia aceitando esses convites, de modo que almoçamos longe da sede.

Ao longo do dia, foi ficando claro para mim que aqueles dois não faziam a menor questão de ficar na companhia das próprias esposas. Quanto a Matias, eu entendia a razão, mas em relação a Marco aquilo era um mistério. Apenas mais tarde vim a entender que ele gostava da esposa, mas tinha um apego especial por mim e queria aproveitar o tempo junto comigo.

Como eu já disse, por razões estranhas, eu o sentia como um grande amigo, mesmo um irmão. Aliás, embora ele não tivesse nada de atormentado, lembrava-me meu irmão Lucas, apesar de sua alegria lembrar o Lúcio dos velhos tempos.

No curso da tarde, acabamos encontrando Mário e Jaime, sujos de dar medo, em pleno trabalho firme. Eles foram respeitosos, mas de uma forma um tanto reservada e fria. Estranhei o comportamento, pois sempre eram calorosos comigo.

Como eu era um bom observador, notei que não simpatizavam com Matias, o que constituía uma surpresa para mim, pois ele era um bom camarada, divertido, e não parecia tratar mal ninguém.

Mas eu também havia reparado nele uma característica peculiar. Embora sua condição de homem casado, não se privava de lançar olhares de admiração para as mulheres bonitas que encontrávamos, fossem casadas ou solteiras.

Juntando um raciocínio a outro, veio-me a ideia de que ele talvez já pudesse ter lançado olhares equívocos em direção a Ester. Se Matias gostava de namorar, mesmo sendo casado, ela seria o alvo mais óbvio de seus ataques, pois seguramente era a mulher mais bela das redondezas.

O dia passou assim, em alegre camaradagem, enquanto eu ia notando o caráter de meus companheiros. Marco era afetuoso e respeitoso, como alguém muito carente de afeição fraterna. Já Matias era um bom vivente, que talvez não gostasse muito de trabalhar, mas gostava bastante de namorar e de viver bem. Ele aceitava praticamente todos os convites para entrar na casa dos colonos, sentar-se, comer, quando não perdia a oportunidade de observar com atenção as moças presentes.

Ao final do dia, sem ter feito quase nada do que pretendia, despedi-me dos dois e fui para minha casa. Como a noite seria enluarada, restava-me fazer algumas vistorias após o horário normal.

Deixei os dois companheiros na casa grande, tratei de me banhar e de me alimentar. Aí saí para fazer uma parte da ronda que estava faltando, pois eu costumava vistoriar os trabalhos por áreas. Havia dividido a estância em setores, conforme suas atividades e localização, e periodicamente comparecia em cada um deles para verificar a qualidade dos trabalhos e do que era produzido.

Foi com certa leveza no coração que saí para fazer minha ronda. Andei um bom tempo e devia ser bem tarde quando passei por um grande celeiro, de retorno a minha casa. O celeiro deveria estar vazio naquela época do ano, mas ouvi vozes e risadas ao passar ao lado.

Como tudo ali era minha responsabilidade, dei uma espiada e me deparei com Matias e a mulher de um colono, em estágio avançado de namoro. Os dois não pareciam ter qualquer medo, em razão do local ermo e do avançado da hora. Não cheguei a ficar exatamente surpreso com aquilo, tendo em vista o que observara durante o dia todo. Mas em minha mente uma coisa era ser galanteador e outra, bem diferente, cometer adultério.

Pensei em minha amada Rosa. Eu jamais teria coragem de traí-la. Observei a cena apenas o tempo suficiente para me inteirar do que ocorria e me afastei silenciosamente.

Fui pensando se era possível ser confiável em um setor da vida e não o ser em outro. Em suma, doravante eu teria prevenções em relação ao meu patrão. Resolvi que não comentaria aquilo com ninguém.

Na manhã seguinte, havia se decidido que eu trabalharia normalmente, para apenas tornar a ter companhia no outro que se seguiria. Aquilo havia sido um alívio para mim, pois senão sabe-se lá como estariam minhas tarefas ao final da estadia dos donos. Ainda mais que dona Mariana me esperava para uma reunião em breve, a fim de eu lhe prestar contas do que estava ocorrendo.

Assim, levantei muito cedo e me apressei em começar minhas atividades. A certa altura, Mário se acercou de mim.

A REDENÇÃO DE UM LÁZARO | 215

– Então, ontem estava com companhia importante.

– Sim, importante e lenta. Quase não fiz nada.

– Imaginei mesmo isso. O senhor me permite um questionamento ou uma conversa que talvez soe um tanto despropositada?

– Pode falar.

– O que o senhor acha de minha irmã Ester?

Entendi de que se tratava e lhe lancei um olhar compreensivo.

– Meu querido Mário, sua irmã é linda e suave, haverá de fazer a alegria de algum rapaz sortudo. Mas eu já me casei uma vez, fiquei viúvo em circunstâncias trágicas, e não pretendo me casar novamente.

– Isso é definitivo?

– Sim. Por quê?

– Serei franco. Minha mãe pretende tê-lo para genro e mesmo minha irmã ficou bastante empolgada com o senhor.

– Honestamente, sou velho demais para sua irmã.

– Ela não acha. Aliás, ela nunca deu muita atenção para nenhum rapaz das redondezas. Sempre disse que achava os homens mais velhos mais interessantes.

– Tomara, então, que apareça esse homem mais velho com intenções honradas na vida dela.

– Tomara, mesmo.

Havia um tom de desconsolo na voz dele.

– Você parece preocupado, meu jovem.

– Já que estamos sendo francos, vou lhe dizer que o senhor Matias sempre lançou olhares para minha irmã. Talvez por leviandade, talvez com más intenções. Ela ficava entre ofendida e envaidecida. Precisamos reconhecer que se trata de um belo homem.

– Incomparavelmente mais belo do que eu.

– Mas é casado. Talvez ainda não tenha percebido, mas ele se acha muito esperto com seu interesse pelas mulheres dos outros.

Contudo, pouca gente ignora que a conduta dele é um tanto estranha. Um dia isso pode terminar mal.

– Converse com sua irmã, previna-a de que só terá prejuízos com esse tipo de relacionamento.

– Meu pai fez isso várias vezes. Ela jamais faria algo que entristecesse papai. Agora, está interessada no senhor. Temo que, quando se decepcionar, fique mais vulnerável.

– Mas por que isso? É jovem e muito bela. Haverá de surgir um homem digno na vida dela.

– Ela acha que está passando da idade de se casar...

– E quanto a você, meu jovem? O casamento já está em seus planos?

– Ah, está sim. Eu e Ivete devemos nos casar no máximo no próximo ano. Pretendo fazer uma casa para nós aqui mesmo na estância. Aliás, já que o senhor tocou no assunto, não poderia defender meu pedido junto a dona Mariana?

– Mas é claro! Será uma alegria. Entretanto, não consigo lembrar quem seja Ivete.

– Ela mora em uma fazenda vizinha. Nós nos vemos apenas aos domingos, na casa dela.

Ao ver os olhos brilhando daquele rapaz, pensei que eu um dia fora parecido com ele. Mas logo retifiquei meu pensamento. Ele era feliz e despreocupado, enquanto eu sempre fora torturado por aquela questão religiosa. Jamais soubera o que era a plena despreocupação. E no fundo sempre temera que algo ruim acontecesse com Rosa.

Ele se foi feliz, já esquecido de seus temores em relação à irmã, uma vez que o assunto de seu casamento devia lhe tomar conta da mente.

Eu não conseguia entender que uma moça como Ester decidisse complicar o próprio destino ao se dar ao desfrute com um homem casado. O que passaria na cabeça daquela menina?

A REDENÇÃO DE UM LÁZARO | 217

Embora isso não fosse um problema meu, eu já gostava de todos eles.

Justamente naquela tarde, ocorreu de Ester passar por mim e quedar-se para conversar. Puxou assunto sobre o tempo, apenas para ficar perto de mim. Eu a mirei longamente, enquanto ela falava, pois a moça era bastante tagarela. Era decididamente bela. Se eu não fosse tão traumatizado, ficaria muito lisonjeado por ser desejado por tal mulher. As chances de pedi-la em casamento em tal hipótese seriam imensas.

Eu gostava dela, mas de forma leve e desinteressada. Achava-a um tanto desajuizada, preocupada com bobagens. Era vaidosa, pois se vestia de forma primorosa em qualquer dia ou ocasião. Não trabalhava ao ar livre, segundo soube, para preservar a perfeição de sua pele, que era mesmo imaculada. Em certo momento, ela comentou a respeito de algumas crianças que estavam passando. Achei o momento ideal para deixar as coisas claras entre nós.

– Se meu filho fosse vivo, teria quase a idade desses pequenos aí.

– Eu soube que o senhor teve um filho. De que ele morreu?

– Não sei ao certo, mas isso pertence a outra época. Eu era outro homem, totalmente voltado à família. Hoje nem penso mais nisso.

– Não pensa em quê?

– Em casar e ter filhos. Isso jamais ocorrerá comigo novamente. Fiz um voto de permanecer viúvo até o fim de meus dias. Devo ficar aqui algum tempo, possivelmente alguns anos, para depois ir ter com meus parentes.

– Talvez conheça alguém que o faça mudar de ideia...

– Isso nunca ocorrerá, eu lhe garanto. Minha mulher morreu em decorrência do parto e meu filho viveu poucos anos. Eu nunca correria o risco de passar por aquilo de novo. Decidi nunca mais pensar no assunto. Mesmo que alguma princesa da família real me quisesse, eu a dispensaria.

Notei que os olhos dela se entristeceram e ela ficou completamente sem jeito.

– E quanto a você? Deve ter muitos admiradores.

– Sim, não faltam rapazes interessados em se comprometer comigo. Mas eu não acho graça em homens jovens.

– É curioso isso. Penso que a vida é mais fácil se marido e mulher desfrutam da mesma fase da vida, se envelhecem juntos.

– Gosto não se explica. A gente não escolhe quem ama. Simplesmente ama.

– É verdade, mas já vi vários casos de pretensos amores que não duraram muito. Meu irmão Lúcio tinha vários amores a cada ano. Era algo impressionante de ver. Ele compunha canções, cortejava acintosamente, para logo esquecer a moça que tanto o emocionava. É fácil confundir fantasias com amor.

– E como a gente consegue discernir?

– Não sou a pessoa mais experiente do mundo. Eu apenas me encantei por minha esposa, sem nunca ter tido nenhum relacionamento antes ou depois. Ela sempre foi e será única para mim.

Desconcertada, a moça foi embora. Soube depois que ela ficou doente alguns dias. Eu apenas esperava não ter sido a causa da doença de Ester. Mas era melhor ela perder logo as esperanças.

Entendi que havia tido sucesso quando dona Eva começou a me tratar de modo diferente. Sem qualquer rudeza, mas parecia ter perdido o interesse que sempre tivera em mim. Agora, eu era apenas o administrador da fazenda e amigo de seus filhos, nada além disso.

Finalmente, duas semanas após a chegada de dona Mariana, fui convocado para falar sobre assuntos administrativos com ela. Ciente de que a mulher era possivelmente bem complicada, durante o tempo que tive, eu me preparei para a reunião.

Foi muito bom que tivesse feito isso, pois ela pediu contas e informações de absolutamente todos os setores. Parecia que eu estava tratando com um homem, tal a objetividade e a firmeza com que ela ia requisitando os dados. Em certo momento, pensei ter visto um brilho de surpresa nos olhos da senhora, por eu saber tudo o que me perguntava.

Quando fiquei menos tenso, já ao final da entrevista, notei como ela estava vestida ricamente, com muitas joias. Reparei em seus modos austeros, como se mantinha reta na cadeira. Comparei-a mentalmente com minha doce Rosa e tive pena de Matias, que parecia ter se vendido para aquela mulher. Afinal, era improvável que tivessem algo em comum.

Para azar dos filhos deles, estes se pareciam mais com a mãe do que com o pai.

Finalmente fui dispensado. A comitiva toda ficou no local em torno de dois meses, período no qual mantive muito contato com Matias e especialmente com meu primo. Com este, meu sentimento era cada vez mais profundo. Eu o amava como a um irmão. Já quanto a Matias, eu não desgostava dele. Achava-o uma companhia divertida, mas seu modo leviano com as mulheres do local não me permitia desenvolver real afeto.

Para essa quase antipatia, colaborou muito o fato de, nos últimos dias, eu tê-lo visto mais de uma vez a conversar com Ester. Esta parecia querer fazer ciúmes para mim. Quando eu os via, ela se tornava mais sorridente, balançava os cabelos, tomava ares que me pareciam estranhos, mas cujo objetivo era a sedução.

Matias já estava seduzido por ela, disso eu não tinha dúvida. Quanto a mim, o objetivo nunca seria atingido. Eu a lamentava, pois caminhava para uma desgraça certa, caso chegasse a manter um romance com o dono da estância.

Ciente de tudo o que ocorria, na condição da pessoa que mais andava por todos os cantos do local, alertei Mário quanto ao perigo.

O resultado foi a moça simplesmente sumir. Imaginei que havia sido proibida de sair de casa, enquanto o patrão não fosse embora, o que veio a ocorrer alguns dias depois. Contudo, se ela estava disposta a cometer algum desatino, eu achava pouco provável que conseguissem impedi-la.

Comecei a pensar nos homens que conhecia, mas não me lembrava de nenhum viúvo ou solteirão. Parecia que ali todos se casavam cedo. Se Ester queria mesmo um homem mais velho, conseguiria no máximo arrumar encrenca, tornando-se amante de alguém.

Embora o problema não fosse meu, eu lastimava por ela, tão moça, tão bela e tão sem juízo.

Capítulo 24

Dona Mercedes, a curandeira

COM ALÍVIO, VOLTEI a minha rotina normal. Foi quando me lembrei de dona Mercedes, a pretensa vidente. Indaguei a Mário a respeito dela. Ele me lançou um olhar assustado.

– O que o senhor quer com ela?
– Ouvi falar, gostaria apenas de conhecer.
– Ela tem fama de feiticeira, de que fala com gente morta.

Ele fez o sinal da cruz, todo supersticioso.

– Ela é maltratada pelo povo daqui?
– De modo algum. A partir do momento em que foi aceita por ordem dos patrões, é tratada com respeito. Aliás, acho que com temor mesmo. Pouca gente se aproxima da casa em que vive com o neto, salvo quando se está doente.
– Como assim?
– Parece que ela benze muito bem. A benzedura dela cura mesmo algumas doenças, especialmente de crianças.
– Então, ninguém fala com ela e todos a evitam, salvo quando precisam.

Mário ficou meio sem graça, mas confirmou com a cabeça. Devidamente informado de onde ela morava e ciente de que a região era evitada, senti-me tranquilo para ir conversar com a tal senhora.

Só que estava com o trabalho meio atrasado e foi só no domingo seguinte, após o almoço, que decidi fazer a visita.

O neto dela, jovem órfão chamado Mateus, estava sentado na porta da casa quando me viu chegar.

– Boa tarde, senhor Inácio.

– Boa tarde, Mateus.

Notei que ele ficou preocupado com a novidade, que talvez eu o tivesse vindo recriminar e cuidei de tranquilizá-lo.

– Gostaria de conhecer sua avó, dona Mercedes. É possível?

– O senhor está doente?

– Não. Gostaria apenas de falar com ela.

O rapaz me lançou um olhar desconfiado. Não devia ser mesmo comum ele receber visitas em casa. Ter uma avó com fama de feiticeira não deveria facilitar muito a vida do jovem. Cheguei a imaginar se ele conseguiria se casar.

Ele foi chamar a avó, que estava repousando. Logo uma senhora simpática, muito envelhecida, que andava curvada e apoiada em um cajado, apareceu na sala em que eu fora recolhido.

– Boa tarde, dona Mercedes.

– Boa tarde. Meu neto disse que o senhor quer falar comigo. Antes de mais nada, gostaria de dizer que tenho cumprido o trato. Fico apenas em casa. No máximo, faço curtas caminhadas. Não tenho atrapalhado em nada o andamento dos trabalhos da fazenda.

Ao ouvir aquele discurso, vi o quanto a coisa era séria.

– Não se preocupe. Não ouvi reclamação alguma da senhora. Gostaria apenas de conversar.

Ela me lançou um olhar surpreso e ficou um tempo parada, observando-me com curiosidade. De repente, um brilho em seus olhos pareceu indicar que ela havia entendido algo importante.

– Uma mulher de minha idade tem o direito de tratar a todos por filho. Acho que não se oporá.

A REDENÇÃO DE UM LÁZARO | 223

– De modo algum. É uma honra.

Ao vê-la tão idosa e com todos a temendo, lembrei de meu irmão Lucas e pensei em tudo o que ele sofrera ao longo da vida. Imaginei como seria a vida dele, caso não tivesse ido para o convento. Uma expressão de simpatia e compaixão deve ter surgido em meu rosto.

– Mateus, acho que nossa conversa deve ser particular. Vá dar uma volta, encontrar seus amigos.

O rapaz, que não devia gostar da fama da avó, embora tivesse claro carinho por ela, cuidou de sair rapidamente de casa.

– O que o traz aqui?

– Eu poderia mentir, mas não vou. Ouvi falar que a senhora é benzedeira, cheia de talentos. Fiquei curioso.

Ela me lançou um olhar matreiro, um tanto desconfiado.

– Vamos falar francamente?

– É o que mais quero.

– Veio confirmar se falo com os mortos ou se sou uma fraude.

– Não posso negar que a situação me parece singular.

– Mas não deveria, não é mesmo? O senhor já conviveu com algo assim.

Meu olhar foi de espanto.

– O que a senhora quer dizer?

– Parece que é para ser sincera mesmo. Então, eu vou ser, embora isso me exponha. Costumo ser cautelosa, pois é fácil acabar em uma fogueira por estas bandas.

Eu apenas a olhava.

– Eu realmente ouço e vejo gente morta. Não sou uma fraude. Em minha idade, seria ridículo inventar algo assim, que aliás complicou bastante a minha vida. Foi com alívio e dificuldade que consegui abrigo junto a meu neto, após ter confiado em pessoas em quem não devia. Cheguei aqui praticamente fugida, prestes a ser acusada de bruxaria. Minha situação era muito ruim.

– Lamento em saber.

– Para que não tenha dúvida do que lhe digo, vou fazer uma descrição de uma jovem senhora que o acompanha. Ela diz se chamar Rosa, tem belos cabelos negros, que cobre com um pequeno véu branco rendado, como se estivesse na igreja. Usa um vestido azul-claro. Diz que foi sua esposa.

Era exatamente assim que eu me lembrava de Rosa. De como ela estava vestida na primeira vez em que a vira cantar na igreja. Eu estava mudo.

– A informação confere?

– Sim, confere. O que mais ela lhe diz?

– Diz que não se preocupe com seu irmão Lucas, pois ele não se matou e está em paz. Fala algo estranho, que entendo com dificuldade. Parece que o senhor deve deixar de fugir do senhor Jesus e deixar que ele comande sua vida. Nunca ouvi nada parecido antes. O senhor consegue interpretar?

Eu sufoquei, mas não tinha nada a fazer, a não ser concordar com um aceno de cabeça.

– A moça diz que realmente o impediu de se matar e que por isso nunca deve duvidar da bondade celeste. Que precisa parar de confundir Deus com homens que O representam mal. Diz que cuida do senhor.

– Quanto a meu filho?

– Ela diz que ele deve renascer em breve.

– Renascer. O que significa isso?

– É algo que se aprende quando se convive com os mortos de forma tranquila, permitindo-se instruir por aqueles que sabem do que falam. Vivemos várias vidas. Umas são continuação das outras, para que aprendamos as lições de que necessitamos.

Achei a informação muito exótica, mas na hora não tinha argumentos.

– Onde João Cristiano renascerá?

A REDENÇÃO DE UM LÁZARO | 225

– A moça silencia. Creio que é algo ainda indefinido.

– Será perto de mim?

– Ela permanece em silêncio, apenas acaricia seus cabelos. Efetivamente, naquele momento eu senti a habitual carícia. Estava estupefato. Era verdade: aquela senhora, como meu irmão Lucas, falava com os mortos. Talvez eu tivesse muito a aprender com ela...

– Esse seu irmão, de quem a moça falou, era quem conversava com os mortos?

– Sim.

– Ele se encrencou e morreu por conta disso?

– Ele decidiu virar religioso. Isso complicou tudo.

– Por quê? Parece estranho ele não saber que na Igreja essa habilidade seria malvista.

– Ele tinha medo dos mortos. E a partir de determinado momento, eles começaram a tomar o corpo dele. O coitado achou que na Igreja encontraria alguma proteção contra isso. O abade era nosso tio, mas morreu logo. Aí, a proteção que ele imaginava conseguir virou tortura e assassinato.

– Entendo. Ainda bem que ele não se matou. A situação de quem se mata costuma ser bem triste.

– A senhora entende exatamente o quê? Que os mortos pudessem tomar o corpo de meu pobre irmão e falar e agir livremente? Como pode isso? Que espécie de maldição é essa?

– Não é maldição, mas um talento que algumas pessoas têm. Creio que a maioria trata de esconder e manter isso em segredo. Já seu irmão tomou outro rumo e o resultado não foi bom.

– Parece-me um talento bem estranho. Algo como facilidade para cantar, dançar, aprender outros idiomas, pintar? Um talento a pessoa exerce quando quer. Ninguém é obrigado a sair cantando e dançando pela rua e passando por louco. Já Lucas era simplesmente tomado por seres infernais, a julgar pelo que faziam.

– Com o tempo, talvez ele aprendesse a dominar isso. Não é sempre assim. Espíritos bondosos também se manifestam. Eles costumam pedir licença. E é possível controlar, manter os maldosos à distância.

– Como a senhora sabe disso e fala com tanta certeza?

– Meu filho, eu já tenho mais de sessenta anos e lido com isso desde praticamente a infância. Por sorte, uma tia minha também tinha esse talento tão problemático. Assim, ela me ajudou. Mas no começo foi bem difícil. Durante muitos anos, eu sofri muito, até que aceitei o inevitável. Aprendi a ouvir os espíritos do bem, em vez de tentar fugir de todos com pavor. Assim, pude receber a orientação de meu bom anjo. Mas é sempre um pouco difícil. As pessoas são muito ignorantes e acham que se trata de bruxaria ou de pacto com o demônio.

– A senhora quer dizer que os mortos também falam por seu corpo?

– Se eu deixar, alguns podem falar. Não sei exatamente a razão, mas não é com todos que isso dá certo.

– Eu poderia falar com Rosa?

– Acabou de falar, não é mesmo?

– Mais ou menos. Ouvi a senhora me dizer coisas que ela lhe disse. Receber recados é diferente de falar com alguém, não é mesmo?

– Talvez seja possível. Isso só se sabe tentando. Quem sabe, um dia aconteça.

– Por que não hoje? Por que não agora?

– A moça ri de sua impaciência, meu filho.

– Não consigo ver nada de engraçado nisso.

– Mas ela ri. Diz que o senhor sempre foi assim, ruim para disfarçar seus sentimentos. E muito impaciente.

– Então, não ocorrerá...

– Hoje e especialmente agora, não. Desculpe, mas não ocorrerá.

– Posso saber o motivo?

– Meu filho, a idade me tornou cautelosa. Eu quase fui queimada como bruxa por conta disso. Achava que estava em situação segura e fui me tornando mais e mais confiante. Isso até ser surpreendida pela deslealdade de quem recebeu informações que lhe desagradaram. Em vez de ficar bravo apenas com o finado, resolveu calar minha voz. Imagino que deve ter ouvido coisas muito desagradáveis. Talvez algum segredo dele tenha sido dito pelos meus lábios e ele achou que eu fiquei sabendo. Mas eu não sei o que se passou quando o evento terminou. Assim, jamais poderia delatá-lo ou chantageá-lo.

– Eu lhe afianço que jamais farei algo contra a senhora. Dou-lhe minha palavra. Lembre-se de que acompanhei o sofrimento de meu irmão por conta disso, de que tive a desdita de vê-lo com marcas de corda no pescoço, como se tivesse se enforcado.

– Eu acredito que tudo deve ter sido muito difícil. Mas por que a pressa? Já lhe passou pela cabeça que as pessoas o viram vir nessa direção? Que o viram entrar em minha casa e que meu neto logo saiu? Muitos boatos correm a meu respeito. Repare como fiquei perto da porta para falar com o senhor.

– O que quer dizer?

– Que as pessoas suspeitam de que tenho pacto com o demônio. Muitas me vigiam. Trazem as crianças ou vêm elas próprias para que eu as abençoe, quando estão doentes. Mercê de Deus, isso costuma dar algum resultado. Mas essas mesmas pessoas me evitam. Ninguém vem me visitar, a não ser em caso de absoluta necessidade.

– Entendo.

– Acho que não entende. Certas coisas é preciso viver para entender. Se eu permitir que uma alma use meu corpo, alguém pode estar vigiando e me ver falar coisas estranhas. Minha voz muda nesses eventos. Preciso tomar muito cuidado. Seguramente não é algo que eu possa fazer em pleno dia, em circunstâncias tão peculiares: o administrador da fazenda, sabidamente com a mulher e o filho mortos, vem falar comigo. O senhor não parece doente. A conclusão dos vizinhos, se eu fechar a porta e as janelas, para a necessária privacidade, será de que veio aqui para falar com seus mortos. Na cabeça deles, isso só ocorre com a intervenção do demônio.

– Nunca tinha pensado nisso. Nunca imaginei que fosse algo tão sério e difícil.

– Entretanto, viu o que fizeram com seu irmão. Acredite, é preciso cautela com a ignorância das pessoas. Mesmo que não sejam más, algumas se acreditariam fazendo a vontade de Deus ao ajudar a mandar para a fogueira uma velha que lhes abençoa os filhos e os netos.

– Realmente, a senhora tem razão. Peço que perdoe. Em minha ignorância, não achei que a colocava em situação tão delicada com meu pedido.

– Não preciso perdoá-lo, pois não me ofendi. Entendo que tenha vontade de falar com sua esposa. Isso é normal, a partir do momento em que compreendeu ser possível.

– Mas eu posso vir visitá-la de vez em quando? Após conviver com meu irmão, tão torturado por essa habilidade, como a senhora diz, tenho muita curiosidade sobre o assunto. Especialmente após vê-la tão serena e confiante.

– As aparências enganam. Apenas aprendi a viver com o medo. Se algumas pessoas souberem que vivo aqui, estarei perdida. Por isso, não posso chamar a atenção. Estranhamente, minha salvação foi meus filhos já estarem todos mortos quando a coisa se deu. Fui avisada por meu bom anjo e fugi a tempo. Como as pessoas sabiam que meus filhos haviam morrido, não tinham ideia de para onde eu poderia ir. Saí fugida, em plena noite, ciente de que no dia seguinte seria chamada para esclarecimentos. Ambos sabemos como isso costuma terminar.

A REDENÇÃO DE UM LÁZARO | 229

– Nesse contexto tão difícil, como a senhora conseguiu chegar aqui, achar seu neto?

– Graças a Deus e a meu bom anjo. Fui orientada a falar com o senhor Matias. Ele gosta da boa vida, mas não é má pessoa.

– Contou para ele a história?

– Foi um pouco mais dramático do que isso.

– Como foi que tudo ocorreu?

– Já vi que ficou mesmo curioso a meu respeito. Felizmente, os mortos a seu lado parecem ser todos do bem.

– Eu lhe reafirmo que pode confiar em mim. Dou-lhe minha palavra de que jamais farei ou falarei nada que a prejudique. Se estiver em meu poder, eu a defenderei.

A boa senhora me olhou longamente, como se já houvesse ouvido aquilo antes. Seus olhos ficaram marejados de lágrimas e pude perceber que sua vida devia ter sido mesmo muito difícil. Pareceu finalmente se decidir.

– Eu pedi para falar com o senhor Matias em seu estabelecimento. Orientada, disse que havia conhecido sua irmã, Fátima. Ele imediatamente me fez entrar. Eu não sabia exatamente o que ocorreria. Contudo, mal nos acomodamos e vi a menina Fátima, já falecida. Segundo entendi, deve ter falecido enquanto adolescente e era a irmã favorita dele.

– Que curioso.

– Deve ter sido, pois tão logo me sentei, a menina se aproximou e eu deixei que tomasse meu corpo. Quando acordei, o homem me olhava espantado, como se tivesse tido a maior surpresa de sua vida. Ele suava e tinha o rosto lavado em lágrimas.

– Não achou que era o demônio?

– Felizmente, isso não é do temperamento dele. Parece que não simpatiza muito com a carolice, em razão de alguns episódios marcantes de vidas passadas. Ao menos foi isso o que me disseram.

– O que ocorreu?

– Para minha surpresa, ele me agradeceu comovidamente. Disse que não tivera oportunidade de se despedir da irmã e se culpava por isso. Que eu havia lhe dado o maior presente de sua vida. Ao que parece, Fátima contou-lhe minha história e a situação de perigo em que eu me encontrava. Ele providenciou de imediato que eu fosse abrigada e, logo que conseguiu, me trouxeram até aqui.

– Como o pessoal da fazenda soube ou ouviu boatos de suas habilidades?

– Ingenuidade e tagarelice de meu neto. Quando cheguei, ele ficou muito feliz e, ao que me pareceu, espantado de que eu estivesse viva. Eu o havia visto apenas enquanto criança e em minha cidade. Contei-lhe tudo o que vivera. Os olhos do menino, pouco mais do que um adolescente na época, brilharam meio em dúvida. Seu pai jamais havia comentado com ele nada a respeito disso. Mas Hermano, meu filho e pai dele, ali estava e me contou certas coisas que fizeram o rapaz perder as dúvidas. Além de tudo, poucos meses depois, ele ficou doente e eu consegui curá-lo, com a ajuda de alguns amigos mortos.

– Ele falou para quem? Não sabia do perigo que corria?

– Ele era apaixonado por uma moça da fazenda. Desejoso de lhe captar as atenções, falou-lhe algo a meu respeito, em clima de total sigilo. Deu certo para ele, pois a moça ficou muito impressionada e até veio me visitar. Mateus notou meu desagrado, mas não tinha como voltar atrás no que havia feito.

– E a moça espalhou a história?

– Sabe como são essas coisas. Uma pessoa conta em segredo para outra, que também conta em segredo. Assim, a história acabou nos ouvidos de dona Mariana.

– Como a senhora não foi expulsa?

– O senhor Matias havia se afeiçoado a mim. Sempre que vem

A REDENÇÃO DE UM LÁZARO | 231

aqui, trata de me visitar. Ele é curioso como o senhor. Defendeu-me perante a esposa com unhas e dentes. Ela acreditou nele, quando disse que eu era apenas uma benzedeira. Mas fez questão de me chamar para ir à casa grande. É aristocrática demais para vir em minha casa, claro.

– Deve ter sido uma conversa difícil.

– Nem tanto. Eu garanti para ela que era uma boa cristã, disse-me devota da mesma santa que ela. Os mortos são bondosos por nos ajudarem a saber previamente desses detalhes, não?

– São para a senhora que consegue falar com eles em tão bons termos. Meu pobre irmão só sofria.

– Pois é. A gente demora a aprender a lidar com isso mesmo. Dona Mariana acreditou em mim. Eu lhe afirmei que apenas abençoava pensando na santa. Ela pareceu estranhamente emocionada com isso e me deixou ficar. Mas temos o acordo de que devo ser o mais discreta possível, o que é bom para todos.

– Mas a senhora vive sozinha...

– Tenho meu neto e os familiares mortos sempre me rodeiam. Isso sem falar nas visitas envergonhadas de pessoas doentes ou com parentes enfermos. São mais numerosas do que o senhor imagina.

Tivemos uma longa e surpreendente conversa, da qual saí com muita coisa para pensar. Então, era verdade: Rosa cuidava de mim. Quanto à história de João Cristiano voltar a viver, isso me surpreendia enormemente. Sem falar na história de vidas passadas e futuras. Considerando aquilo, meu sonho com a figura do Cristo ficou ainda mais perturbadora. Eu realmente fora aquele homem mesquinho e envilecido, que ajudara a perdê-lo?

Era muita informação. Durante a conversa, eu mais ouvira e perguntara, mas aquelas coisas pareciam íntimas e dolorosas demais para falar para alguém. Meu sonho era meu segredo mais oculto. Somando-o a minha dificuldade com as imagens de Jesus, eu tinha muita coisa em que pensar. Ao que eu entendera, as coisas não resolvidas em uma vida, ficavam para a seguinte. Com base nisso, o que eu teria de fazer, se fora mesmo aquele homem?

Capítulo 25

As visitas de Matias

Fiquei dias refletindo, indeciso quanto a falar com dona Mercedes sobre aquilo, tentar obter com ela alguma orientação. Embora ela me tivesse dito que só sabia o que os mortos falavam de bom grado. É possível que ninguém soubesse algo de tal magnitude, algo tão antigo. Será que os mortos iam esquecendo suas vidas, como tudo se dava?

Com muitas dúvidas em mente, mas indeciso quanto a elas, entendi que não podia chamar muito a atenção com visitas constantes à dita casa proibida. Embora o desejo intenso de conversar e saber mais com aquela mulher tão singular, eu me contive e tratei de ser muito econômico em minhas visitas.

Tudo ia nesse diapasão, quando Matias apareceu novamente na fazenda. Eu não sabia se ele vir sozinho era normal ou não, de modo que não me preocupei muito com o evento.

A título de comitiva, trazia apenas seu criado de quarto. Cumprimentou-me efusivamente, mas não disse a que vinha nem me ocorreu perguntar. Instalou-se na casa grande, onde costumava ficar boa parte do dia. Saía apenas para dar curtas caminhadas e para cavalgar.

Imaginei que havia brigado com dona Mariana, mas não era

um assunto que me dizia respeito. Ele gostava de andar a cavalo e a propriedade era realmente muito ampla, de modo que eu o perdia de vista.

Aliás, lembrava-me de sua presença exclusivamente quando o via. Não parecia interessar-se de modo algum pelos trabalhos da fazenda. Parecia estar fazendo uma expedição de férias.

Como sua presença durante o dia não era acintosa e não foi visto a conversar com Ester, os parentes da moça devem ter entendido que fora tudo uma bobagem passageira. Como ela pouco saía de casa, pois era verão e a moça era muito ciosa da brancura de sua pele, ninguém prestou atenção nela ou cuidou de vigiá-la mais intensamente.

Lá pela quarta semana da presença de Matias no local, eu estava fazendo uma de minhas costumeiras caminhadas noturnas. Como já conhecia tudo muito bem, não costumava portar nada que iluminasse o caminho. Foi quando vi um vulto que se encaminhava furtivamente para a casa grande. Embora coberta por uma ampla capa negra, não havia dúvida de que se tratava de um vulto de mulher, pela delicadeza do andar.

Certa curiosidade despontou em mim. A noite estava muito avançada. Alguma mulher de colono teria coragem de deixar o marido e os filhos para ir se dar ao desfrute com Matias, em local tão longe? Sim, pois as residências dos trabalhadores, rendeiros e colonos, ficavam bem distantes!

Atendendo a minha curiosidade, acompanhei discretamente a figura que se deslocava em um silêncio mais do que suspeito. Ninguém se envolve em uma capa daquelas e anda com extrema cautela se não quiser evitar ser descoberto.

Eu não temia que fosse um ladrão, pois não havia notícias de furtos e sumiços de bens nas cercanias. Foi quando vi a figura bater em uma porta lateral da casa grande, onde foi recebida por Matias. Aí, sob o abrigo de uma luz precária, identifiquei a jovem Ester!

A moça estava realmente envolta em um romance obscuro com um homem casado. Para que, bom Deus, submeter-se a algo assim? Já que eu estava ali, decidi ficar de tocaia para entender o que realmente ocorria. Foi somente umas duas horas depois que a moça saiu novamente, sempre envolta em sua capa.

Entendi que era aquela a razão da visita. Matias devia ter arrumado uma desculpa muito boa em sua cidade, em especial junto à esposa, para ali se quedar. Talvez houvesse mentido que viria se ocupar dos negócios da fazenda, ver como era meu trabalho.

A partir daí, estabeleceu-se uma rotina, ele se encaminhava para sua cidade por alguns dias e logo retornava. Oficialmente, estava fazendo negócios com os produtos da estância, mas eu sabia qual era a razão daquelas visitas.

Pouco mais de um ano depois, aconteceu algo inusitado. Matias chegou para passar um tempo, mas não ficou muito. Logo no dia seguinte, chamou-me e pediu uma prestação de contas bem escrupulosa das atividades da fazenda. Disse que não viera passar muito tempo, mas apenas se inteirar das contas.

Achei o proceder estranho, pois eu mandava relatórios para dona Mariana, que era quem realmente administrava tudo e cuja opinião realmente importava. O homem parecia assustado, frequentemente suava, mas era clara sua vontade de ir embora logo.

Soube que, no mesmo dia, estivera junto de dona Mercedes. Os boatos diziam que ele saíra de lá com cara de poucos amigos, o que era surpreendente, pois era boa praça e parecia gostar da velhinha.

Mas ele logo se aprestou e, tão logo pôde, tratou de ir embora. Decididamente, algo o desagradara na visita e eu não atinava com o motivo. Será que Ester rompera com ele e estava namorando algum rapaz do local?

Não me preocupei em excesso com aquilo, que não fazia parte de minha vida. Limitei-me a cumprir suas ordens. Entretanto, ao se despedir, algo no semblante do homem pareceu-me entre triste e arrependido.

Passaram-se uns dois meses quando encontrei a jovem Ester andando no cair da tarde, um tanto distante de sua casa. Ela chorava. Abordei-a com carinho:

– Boa noite, Ester. Por que chora? Há alguém doente em sua casa?

Ela se assustou muito, como se pega em flagrante.

– Não é nada. Choro de saudade de meu pai, em quem tenho pensado muito.

– Entendo. É difícil acostumar-se à morte de alguém amado.

Ficamos ali conversando amenidades, mas notei algo estranho. Ela cuidava de compor as roupas de um jeito peculiar, de modo a esconder a cintura. Isso não era normal nela, que sempre gostava de usar uma fita para demarcar seus encantos.

Lancei nela um olhar entre discreto e curioso e reparei como estava mais robusta. Notei seu desassossego, seu desespero mesmo, e concluí que estava esperando um filho de Matias. Não conseguia imaginar o que mais ela poderia ter esperado dele. Mas, fosse o que fosse, não dera muito certo.

Uma coisa era certa: ela não poderia esconder a gestação por muito tempo. Se eu já a notara, quanto mais sua mãe, pois dona Eva era muito esperta. Contudo, eu aprendera ao longo da vida que as pessoas demoram a perceber o que não querem.

De um jeito ou outro, a coisa surgiu. Poucas semanas depois, Ester simplesmente desapareceu. Não era mais vista em lugar algum. Imaginei o que teria ocorrido com ela.

Em meus costumeiros passeios noturnos, certa feita, encontrei Mário que chorava embaixo de uma árvore.

– Mário, meu amigo, o que o coloca nesse estado?

– Ah, senhor Inácio, minha família está desgraçada.

– O que houve?

A REDENÇÃO DE UM LÁZARO | 237

– Vou lhe contar em segredo, pois confio no senhor. Minha irmã Ester espera um filho para breve. Recusa-se a contar o nome do pai, mas ninguém ignora que deve ser o senhor Matias.

– Como ela está?

– Mamãe trancou-a em seu quarto. Estamos discutindo. Sou de opinião que se doe a criança em local longínquo, inclusive para iludir os comentários. Afinal, muitas comadres notaram a silhueta mais robusta de Ester e falam que ela está grávida. Mas mamãe quer esperar o parto, enviar a criança para doação, e ainda encerrar minha pobre irmã em um convento pelo resto da vida. Aliás, já está em tratativas para isso.

– Ambas as soluções não me parecem muito boas. Por que sua mãe não adota a criança? Ou mesmo você e sua futura esposa?

– Mamãe é muito orgulhosa. Não admite, sob qualquer pretexto, a presença de um bastardo na família.

– Por que será que sua irmã se recusa a dizer o nome do pai?

– Ah, isso é fácil de saber. Se dona Mariana souber do ocorrido, colocará a culpa em nossa irmã. Ela é convencida de que todas as mulheres querem lhe tomar o marido. O resultado será sermos todos expulsos daqui, se houver uma confrontação.

Eu não sabia o que falar, de modo que apenas abracei o bom rapaz, que soluçou longamente nos meus braços.

Naquela noite eu não dormi pensando na loucura humana. Ester, que parecia destinada à felicidade, por sua beleza, saúde e família numerosa e amiga, colocara-se na situação mais difícil possível. Imaginava o que não deveria passar, presa em um quarto, com a perspectiva de perder o filho e de ser encerrada em um convento para sempre. Para mim, não haveria destino mais terrível do que aquele. Quase lamentei não ter pedido a mão dela, quando era interessada em mim.

Mas só de pensar em ser marido de outra mulher, que não minha estimada Rosa, eu me apavorava. Entretanto, como perdera um filho, podia aquilatar a dor que Ester sentiria. No fundo, ficava estarrecido de que a solução a ser aplicada pela família fosse aquela. Por que não instalar Ester em uma casa em uma cidade distante, como se viúva fosse, e mantê-la? Não seria um sacrifício muito grande.

Mas para dona Eva era uma questão de honra e orgulho. Eu refletia que nem a título de exemplo aquilo serviria, pois Ester era a única filha. Todos os outros filhos de dona Eva eram homens. Ela tinha sobrinhas, é fato. Será que desgraçar Ester teria também o propósito de prevenir a leviandade de outras mulheres da família?

Quando não aguentava mais ficar na cama, levantei e fui eu mesmo preparar meu desjejum. Depois, porque era final da madrugada, sentei-me na varanda e fiquei a observar as estrelas.

Não conseguia deixar de pensar em Ester e seu filho. Pobre criança, que nunca conheceria os pais. O que seria dela? Acabaria virando padre ou freira, mesmo sem vocação. Ou então seria o servo de alguém que praticamente o compraria. Meu coração doeu pela criança. Deu-me vontade de tomá-la para mim.

Assustei-me com aquele sentimento. O que eu faria com uma criança pequena? Como cuidaria dela? Mas a ideia não me abandonava e fiquei pensando nela alguns dias. À medida que o tempo passava, a ideia ia ficando mais plausível e eu me afeiçoava mais a ela.

Ester poderia ir embora, se fosse do gosto de sua mãe, mas o filho ficaria ali. Eu até faria um pequeno teatro para dizer que era um sobrinho meu que perdera os pais, ou uma criança que eu adotara longe dali, para não sentir tanta saudade de meu próprio menino.

Com aquele projeto cada vez mais firme em meu coração, fui atrás de Mário no final de certo dia, quando sabia que ele terminaria sua labuta.

A REDENÇÃO DE UM LÁZARO | 239

– Mário, preciso falar com você.

– Pois não, senhor Inácio.

– Vamos andando e conversando. Como está sua irmã?

– A pobre definha trancada em seu quarto. À noite, mamãe deixa que ela circule pela casa, depois que todas as janelas são fechadas. Acho que nunca se viu grávida tão triste.

– Inácio, andei pensando. Vocês vão dar a criança, não é mesmo?

– Sim. Isso já está decidido.

– Por que não a doam para mim?

– Para o senhor?

– Sim, ninguém precisará saber de nada. Faremos o teatro que se fizer necessário e tudo se resolverá. Vocês decidem o destino de Ester, mas me deixam criar a criança. Ao menos, não correrá o risco de se tornar um servo ou serva por aí. Prometo cuidar muito bem e vocês poderão vê-la crescer, ao menos durante uma parte da vida.

Os olhos do rapaz brilharam.

– Vou falar com mamãe e à noite lhe darei a resposta!

Uma esperança brotava em meu coração. Eu, que jamais pensara em ter novamente um filho, de repente me animava e já fazia projetos.

Mas foi um Mário triste que veio falar comigo.

– Mamãe não concordou com a ideia.

– Por quê?

– Teme que reconheçam a semelhança da criança com nossa família e saibam da existência do bastardo, da vergonha. Enfim, tudo é uma questão de orgulho.

Eu estava começando a sentir raiva de dona Eva. Seria ela uma santa, digna de um altar? Além de querer dirigir a vida de todo mundo, primava pela falta de sensibilidade. O destino de seu neto não lhe interessava minimamente. Contudo, eu não podia fazer nada, de modo que tive de engolir meus projetos.

Capítulo 26

A VOLTA DE JOÃO CRISTIANO

NO DOMINGO SEGUINTE, para me distrair, fui falar com dona Mercedes. Agora, já era um costume. Quando eu chegava, o jovem Mateus avisava a avó, ficava o mínimo possível para não parecer descortesia, e tratava de sair de casa. Eu e dona Mercedes nos sentávamos em pequenos bancos confortáveis que havia do lado de fora da casa e ficávamos conversando.

Eu não podia contar a história de Ester, pois não era um segredo meu. Mas minha vontade de falar do assunto era imensa. Contudo, a conversa tomou um caminho que eu jamais imaginaria.

– Senhor Inácio, a moça que o acompanha parece estar um tanto aflita.

– Rosa está aflita? Por quê?

– A criança por nascer, que o senhor quer perfilhar, é o seu filho perdido.

– O quê? É João Cristiano?

– Ela confirma e diz que o senhor deve se esforçar para ficar com ele.

– Mas eu já tentei e agora é uma questão de dias até que o destino da criança seja decidido de forma irreversível.

– Trata-se da jovem Ester, não?

– Como sabe que ela está esperando um filho?

– Vou lhe contar em total segredo, como aliás são secretas todas as nossas conversas.

– Certamente. Pode confiar em mim.

– Eu sei que posso. Pois bem, logo no princípio da gestação, o senhor Matias veio falar comigo apavorado. Queria saber se eu conhecia alguma erva ou preparado para impedir o nascimento.

– O quê?

– Não se faça de ingênuo. Muita gente comete essas loucuras, mas eu jamais faria isso. As consequências são graves demais por interromper uma vida que está para começar. Assumem-se responsabilidades muito grandes. Ele não ficou feliz comigo, mas esclareci-lhe tais responsabilidades e disse que eu estava velha demais para participar de semelhante loucura. Como devo morrer logo, seria um desatino começar a dirigir meus passos para o vale dos suplícios.

– Eu tentei adotar a criança, mas não permitiram.

– Sei que não vai gostar da ideia, mas ela é de sua amada esposa, e não minha.

– O que ela sugere?

– Diz que o ama para além de qualquer pequenez. Sugere que despose a jovem infortunada, que não se prenda pelo orgulho, e garanta a presença de seu filho com o senhor. Diz que isso é muito importante.

– Eu? Casar-me com uma jovem grávida de um homem casado?

– É exatamente isso.

– Rosa sugere que eu me case com outra?

– Ela diz que sabe que o senhor a ama, mas que nem por isso precisa ficar sozinho até o fim da vida. Como ela o ama além desta vida, não faz questão alguma de que permaneça só e infeliz. Além de tudo, há o seu filho que está chegando.

A conversa não foi longa, pois eu fiquei muito desassossegado e de repente senti uma necessidade urgente de decidir a coisa.

A REDENÇÃO DE UM LÁZARO | 243

Eu poderia desposar Ester e manter com ela apenas um relacionamento de aparência. Ou talvez até pudéssemos ser de fato um casal... Jamais a amaria como amara Rosa, mas havia a questão de meu filho.

Andei em volta de minha casa durante um bom tempo, até que me decidi. Com passos firmes, segui em direção à casa de dona Eva. Bati palmas, como era costume na fazenda, e aguardei ser atendido. Saiu um dos filhos mais jovens de dona Eva, com o semblante um tanto carregado demais para alguém que era pouco mais do que um adolescente.

– Senhor Inácio, boa tarde. Seja bem-vindo.

– Gostaria de falar com sua mãe.

Ele hesitou e parecia não saber o que fazer. Nisso observei um carroção ao lado da casa, como sinal de que alguma mudança estava em vias de ocorrer.

– Sabe, senhor Inácio, talvez a hora não seja muito boa.

Eu intuí que o carroção tinha algo a ver com Ester e concluí que chegara na hora extrema.

– É muito importante. Por favor, diga que preciso falar com ela com urgência.

Meio sem jeito, mas também sem me convidar para entrar, o que era muito estranho, o rapaz se foi. Demorou um tempo razoável e foi Mário quem apareceu, com o semblante igualmente carregado.

– O que ocorre que vocês estão todos com cara de assustados?

– Parece que a hora de Ester se aproxima. Ela já está com as dores do parto e uma tia nossa fará as vezes de parteira, para evitar mexericos da vizinhança. Depois, tão logo se recupere, Ester será mandada embora acompanhada de nossa tia, que a levará para ser internada em um convento.

– Eu preciso falar com sua mãe.

– Lá dentro, ouvem-se os murmúrios de Ester, que começa a sofrer bastante. Creio que a hora não é boa.

– Diga para sua mãe que é importante e que a espero aqui fora.

Ele se foi meio constrangido, pois eu era o chefe de todos, mas ninguém ignorava que dona Eva era uma mulher difícil de tratar. Demorou um bom tempo e ela saiu. Eu estava em pé, olhando o campo.

– Boa tarde, senhor Inácio. Soube que quer falar comigo, mas a hora não é boa. Não podemos falar amanhã?

– Não. Talvez amanhã seja tarde demais.

Ela me lançou um olhar espantado.

– A senhora sabe que estou a par do ocorrido com Ester, tanto que propus a Mário adotar a criança por nascer.

Os olhos dela ficaram mais duros do que o habitual.

– Sim, e a resposta continua a mesma.

– Mas a proposta agora é outra. Vamos andar um pouco dona Eva, para a senhora se descontrair.

O rosto dela era de poucos amigos, mas sabia que não podia se indispor em demasia comigo. Minha amizade com o patrão era de todos conhecida. Seguramente, imaginavam que não me seria difícil fazer com que qualquer família fosse mandada embora.

– Dona Eva, eu refleti muito sobre tudo o ocorreu aqui na fazenda e também em minha vida. Pensei em tudo o que já vivi e em como sou sozinho. Não sou o pai do filho de Ester, como a senhora deve saber. Mas gostaria de pedir a mão dela em casamento.

– O quê?

– Sim. Creio que isso não a desagradará demais. Afinal, houve um tempo em que mostrou interesse em mim. Ainda mais se pensarmos quais são as opções dela agora, penso que aceitará meu pedido.

– O senhor pretende realmente se casar com minha filha? Ou se trata de alguma mancebia?

– Não sou homem dessas coisas. Casaremos de verdade. Se for do agrado de todos, na próxima vez que o padre vier, já providenciarei para que venha instruído de que celebrará a união. Calculo que algo discreto atenderá ao interesse de todos.

Ela estava realmente surpresa.

– O destino de Ester é o convento.

– Não precisa ser. Eu quero me casar com ela. A senhora tem medo da vergonha e quer punir sua filha. Talvez ela já tenha sido punida bastante. Como sou viúvo, não haverá vergonha alguma em que me despose. Ademais, eu perdi um filho. Gostaria de refazer minha vida.

– Mas por que logo agora?

– Eu estava convicto de que ficaria sozinho para sempre. Mas, com o sumiço de Ester, acabei sentindo falta dela. O filho que ela trará consigo será uma bênção para mim, não um prejuízo. Prometo tratar muito bem de ambos.

O semblante de dona Eva suavizava. Ela jamais esperara um desfecho assim para todo aquele drama.

– A senhora poderá ver seu neto crescer. Poderá fazer as pazes com sua única filha. Por favor, considere minha proposta.

– De minha parte, está aceita. Eu vou falar com Ester.

– Será agora o momento correto? Soube que ela está com as dores do parto.

– Ela sofre muito, mas acho que isso tem a ver com a tristeza por se separar da criança e ser encerrada no convento. Talvez, se souber que um destino diferente é possível, fique mais calma e forte.

– Por favor, então acalme Ester. Ficarei aqui fora esperando a resposta.

Creio que dona Eva não demorou uns dez minutos para me trazer a resposta. Embora sua aparência naturalmente severa e sisuda, parecia estranhamente relaxada.

– Ester aceitou seu pedido de casamento. Pediu que o senhor fique para conhecer a criança.

Aquilo para mim era o paraíso. João Cristiano voltaria para

meus braços, desta vez para ficar. Melhor do que isso, apenas se Rosa também voltasse. Mas seria muito estranho eu cuidar de uma Rosa menina, quando amara e ainda amava a Rosa mulher...

Quando entrei na sala em que a família esperava, Mário veio me abraçar e chorou muito.

– Muito obrigado! Muito obrigado!

– Não estou fazendo favor algum. Eu decidi e quero mesmo me casar com Ester.

– Sabe, é a minha única irmã. Eu sempre me senti responsável por ela e a perspectiva de que fosse embora para sempre cortava meu coração.

– Pois agora ela ficará em minha casa, a poucos passos daqui, e você poderá ver seu sobrinho crescer!

Os outros irmãos de Ester também vieram me abraçar. Todos estavam aliviados por um final feliz tão surpreendente. De repente, um forte choro de criança foi ouvido.

Uma senhora radiante, a tia de Ester, chamada Lourdes, abriu a porta para dar a notícia:

– É um menino forte e bonito e tudo correu bem.

Minha alegria foi imensa. O meu pequeno João voltava! Esperei que todos os irmãos cumprimentassem Ester, pois havíamos combinado que eu falaria com ela depois. Após um tempo que me pareceu longo demais, chegou a minha vez. Entrei timidamente, com o chapéu na mão.

Ester estava bastante mudada, pois sofrera muito durante a gestação, com todas as ameaças que rondavam seu futuro. Bastante abatida, ela me deu um sorriso constrangido.

– Senhor Inácio, não sei como lhe agradecer.

– Pois eu sei. Deixe-me segurar nosso filho.

Com um sorriso feliz, sem dúvida fruto da expressão 'nosso' que eu havia utilizado, ela me passou o menino.

Segurei a criança e a mirei com uma paixão infinita. Todos os

A REDENÇÃO DE UM LÁZARO | 247

bebês são um pouco parecidos, mas eu seria capaz de jurar que ele lembrava o querido menino que eu havia perdido tão cedo.

– Então, aceita casar-se comigo?

– Claro que aceito. Teria aceitado seu convite muito antes disso tudo acontecer. Sempre lhe tive simpatia.

– Desculpe a franqueza, mas não ama o pai da criança?

Ela corou, mas foi mulher o suficiente para me olhar nos olhos e falar o que pensava:

– Eu achava que o amava. Mas, quando tudo complicou para o meu lado, ele não moveu um dedo para ajudar. O amor imaginado virou desprezo.

– Gostaria de lhe fazer uma promessa e lhe pedir um favor.

Ela me lançou um olhar curioso.

– Prometo que sempre a tratarei com respeito e nunca lembrarei as condições em que o menino foi concebido. Este é o nosso filho, você será minha esposa e a tratarei com toda a consideração. Não tema nenhuma represália, nenhum constrangimento de minha parte.

O olhar dela foi de alívio.

– Quanto ao pedido, ao favor, gostaria que o menino se chamasse João Cristiano. Era o nome de meu filho que morreu.

– É um lindo nome. Mas agora é a minha vez de perguntar. Por que decidiu se casar comigo?

– Ester, eu não quero que nossa vida familiar comece sob o signo da mentira. Poderia dizer que estou apaixonado por você, apenas para alegrá-la, mas não é verdade. Eu gosto de você, tenho-lhe simpatia, considero-a bonita, muito bonita. Achei horrível o destino que lhe preparavam, pois sei o que é perder um filho. E não gostaria de viver encerrado em um convento. Passei a refletir sobre minha vida, como sou sozinho, e entendi que poderia tentar ser feliz ao seu lado. Prometo-lhe fidelidade e fazer o que eu puder para torná-la feliz.

248 | Dineu de Paula – Pelo espírito Inácio

Os olhos dela brilharam e ela começou a soluçar.

– Minha verdade é assim tão desagradável?

Ela demorou um tempo para controlar os soluços e conseguir me responder.

– De modo algum. Fico feliz que seja sincero comigo. Após ter sido enganada com promessas vãs, com protestos de paixão e devoção, o seu falar me parece infinitamente precioso. Há alguns meses, eu me sentiria ofendida com semelhante pedido de casamento. Contudo, após o que vivi nas mãos de mamãe nesses meses, vejo tudo de forma diferente. Todos os parentes dizem que me amam, mas foi o senhor, que não me ama, quem estendeu efetivamente a mão para me salvar. Não sei se estou explicando bem. Enfim, prefiro o afeto suave, mas com atitude, que me dedica, à paixão ou ao amor que não movem um dedo para me socorrer.

– Parece que você está muito mais madura...

– Ninguém passa pelo que eu passei nos últimos meses sem repensar a vida.

– Apenas lhe digo uma coisa: seus irmãos a amam verdadeiramente. Creio que tentaram convencer dona Eva a agir de outro modo, mas sem sucesso.

– Eu conheço minha mãe muito bem. Mas passei a considerar as coisas de outra forma. Essa força toda dela junto à família tem boa parte origem na falta de resistência. Ninguém a contraria, todos a temem. E não é senão uma mulher acostumada a mandar e a ser obedecida.

Entendi que dona Eva havia perdido o afeto da filha e que teria dificuldade em recuperá-lo. Também notei que algo muito importante em Ester havia mudado. Eu não sabia se para melhor ou para pior, mas ela lançava em torno de si um olhar mais realista, talvez mais duro.

– Ester, já que estamos falando com tanta franqueza, serei sincero ao extremo. Espero que não me ache muito duro. Sei que o senhor Matias é o pai de seu filho. Ando demais pela noite para não saber o que ocorria entre vocês.

Ela corou, mas não negou.

– Quero sua promessa solene de que me será fiel, de que nunca permitirá nenhuma liberdade da parte dele. O passado não me importa, mesmo. Mas o futuro, sim. Não quero passar a vida com medo de que sua paixão por ele retorne. Ambos sabemos que é um homem muito belo. Não me lembro de outro tão garboso. Enquanto eu, sou apenas um homem de 40 e poucos anos, sem qualquer atrativo a mais.

Ela me olhou longamente e respondeu:

– Eis uma diferença imensa entre a forma como os homens e as mulheres consideram as coisas. A beleza masculina é algo muito pouco importante, em especial quando não vem alicerçada em um caráter firme, em posições fortes. Mesmo que Matias enviuvasse e viesse aqui em casa amanhã, pedir-me em casamento, eu diria não. Tenho-lhe desprezo. Quanto ao senhor, penso que deveria se olhar mais no espelho. Sua firmeza sempre gentil, a confiança que inspira, sem falar em sua aparência. Não sei de onde tirou que não é atraente. Por certo, tem cabelos brancos e algumas rugas, mas desde quando isso enfeia um homem? É alto, encorpado, tem belos traços e as cores da saúde. Não consigo pensar em marido melhor para mim. Não desejaria nenhum outro. Desde a primeira vez em que o vi, entendi que me apaixonaria pelo senhor.

Aquele discurso me surpreendeu e envergonhou. Em minha idade, não achava mais que ficaria vermelho de vergonha. Tossi, sem jeito, enquanto ela ria.

Voltei minha atenção para o menino, encantado por saber quem ele fora, quem ele de fato era. A vida era mesmo surpreendente. Quando João Cristiano morrera, algo meu morrera com ele: a razão de viver, a esperança de dias melhores. Eu continuara a viver por hábito. Agora, ao tê-lo novamente nos braços, sentia-me reviver.

O preço daquela alegria era casar-me com outra mulher, que não minha amada Rosa. Entretanto, Rosa não se importava com aquilo. Tratava-se de uma sugestão dela. E a mulher em questão era muito bela e, aparentemente, tomara juízo.

Quando fiz menção de sair do quarto, Ester falou, um tanto constrangida.

– Há algo que gostaria de saber.

– Diga.

– Faz questão de que eu leve dote?

– Por que a pergunta?

– É bem-posto na vida, nem queria mais se casar. Não é um rapaz que precisa de auxílio para se colocar, para construir uma casa, estabelecer-se em um negócio.

– Com efeito. Aliás, não havia nem pensado ou esperado um dote.

– Ótimo. Ficarei feliz em dizer para mamãe que não quero mais nada dela. Levarei apenas minhas roupas, quando nos casarmos.

– Entendo.

Saí dali convicto de que me casaria com uma mulher forte, mas talvez um tanto rancorosa. Ela não pretendia facilitar em nada as tentativas de reconciliação com dona Eva.

De minha parte, mandei um recado para o padre Manoel, rogando-lhe que se preparasse para celebrar meu matrimônio com Ester, tão logo fosse possível.

Passei a frequentar a casa de dona Eva na qualidade de prometido de Ester. A família literalmente me adorava, como se eu tivesse feito um bem infinito a todos. Eu notava em minha noiva uma postura diferente. Parecia mais prática, firme. Tomava decisões em relação ao filho levando em conta apenas minhas considerações. Não era rude com a própria mãe, mas parecia ignorá-la na maior parte do tempo. Apenas quando era estritamente necessário, ela lhe fazia ou respondia alguma pergunta. Pediu-me que providenciasse o enxoval de nosso filho, o que fiz com gosto. Com isso, ela teve a satisfação de dispensar dona Eva do encargo.

O semblante da senhora, à parte sua extrema gentileza comigo, não era muito feliz. Ela não imaginara que continuaria a conviver com a filha. Sabe-se lá o que lhe falara ou fizera durante o período da gestação. Agora, a vida da moça mudava de rumo, com nosso casamento na iminência de ocorrer.

Poucos dias após o término do período de resguardo de Ester, uma cerimônia extremamente simples foi realizada na capela da fazenda. Foi em um domingo à tarde e apenas a família mais imediata da noiva compareceu.

A noiva estava vestida com grande simplicidade, mas seu maior ornamento era sua beleza, seus olhos expressivos, seus cabelos magníficos.

Embora a singeleza da cerimônia, comentou-se com escândalo da moça que se casava já com um filho nos braços, pois tentar esconder a criança seria algo ridículo. O boato que sobrou era em relação à paternidade. Muitos acharam que eu era o pai da criança, enquanto outros duvidavam, muitos apontando na direção certa.

Contudo, nós não escondíamos que já nos casávamos com um filho, tratávamos aquilo com a maior naturalidade possível, de modo que ninguém que morava na fazenda nos abordou para tratar do assunto.

Após a cerimônia, houve um lanche comemorativo na casa de dona Eva, ao qual o padre Manoel compareceu. Ciente de que seria estranho ele pedir abrigo na casa de um recém-casado, quedou-se junto aos parentes de Ester.

No começo da noite, eu, ela e João Cristiano nos encaminhamos para minha casa. Na manhã daquele dia, Ester e Maria haviam feito as mudanças necessárias, de modo que foi apenas questão de andar um pouco. As roupas de Ester e de João já estavam em nossa casa e ela já havia feito algumas mudanças nos móveis, para que ficassem a seu gosto. De minha parte, aquela questão de arrumação de mobília me interessava muito pouco.

O bebê nos divertiu um tempo, mas logo dormiu e o colocamos em seu berço, que ficava em nosso quarto mesmo.

Eu havia refletido sobre a questão de manter um casamento meramente formal, mas achei que aquilo seria antinatural e uma ofensa para Ester. Seria privá-la de uma vida normal. Quanto a mim, meu coração sempre pertenceria a Rosa, mas ela estava morta. Jamais tivera outra mulher, antes ou depois dela, mas não havia escândalo algum em que fosse efetivamente o homem de minha mulher.

A noite de núpcias esteve longe de traduzir o encantamento que vivera em meu primeiro casamento. Mas Ester era bela, carinhosa e eu estava sozinho há tanto tempo... Não posso negar que fui feliz nos braços dela e que a manhã pareceu chegar cedo demais. Pelo semblante alegre e relaxado de Ester quando acordou, entendi que ela também fora genuinamente feliz naquela noite e que estava tranquila quanto ao futuro de nosso matrimônio.

Ela havia dispensado Maria de comparecer naquele dia e cuidou de providenciar nosso desjejum. Compreendi logo que havia casado com uma mulher prendada, pois a comida que me serviu era realmente boa.

Conversávamos com naturalidade e entendi que não fizera nenhuma besteira. Minha consciência doía um pouco, ao pensar em Rosa, mas eu afastava o pensamento de traição com a lembrança de que ela, além de estar morta, sugerira aquele matrimônio por meio de dona Mercedes.

Capítulo 27

A CURA DE ANGÉLICA

TIREI AQUELE PRIMEIRO dia de folga e fiquei junto de Ester e de João Cristiano. Eu não me cansava de mirar o menino. Vê-lo sendo amamentado era um deleite. Pensei em como a vida era surpreendente. Eu, naquela idade, recomeçando a vida e com esperança de ser feliz. Quem diria?

Certo temor me invadia ao lembrar de todas as desgraças que vivera, a cada vez que tentava construir minha vida, mas eu o afastava com vigor.

Ao cabo de alguns dias, dona Mariana e sua comitiva chegaram para a costumeira estadia. Seguramente, haviam sido informados de meu matrimônio. A senhora nos ofertou uma rica baixela e precisei me desculpar com ela por não haver cuidado de convidá-la. Esclareci que o casamento fora decidido meio às pressas e que aproveitáramos a presença do sacerdote.

Ela me lançou um olhar severo, como que deixando entender que sabia que houvera uma criança concebida antes do casamento. Mas, como a cerimônia fora celebrada, abdicou de me passar o sermão que em outras condições eu receberia. Notei que a pobre estava longe de imaginar que seu marido era o pai da criança.

Quanto a Matias, mostrou-se reservado para comigo. Era

mesmo estranha nossa situação: ele, casado, engravidara uma moça e fugira da responsabilidade. Eu a desposara e assumira a paternidade.

Fiquei pensando se ele não tinha curiosidade em conhecer seu filho, mas não pretendia lhe facilitar em nada a vida. Claro que não o convidei para ir a minha casa.

Quanto a Ester, tão logo soube da chegada dos patrões, ficou bastante incomodada.

– Não precisamos convidá-los para vir aqui, não?

– Creio que não. Nunca havia nem pensado nisso. Embora, como homem solteiro, ninguém poderia esperar que eu fizesse recepções.

– Façamos o seguinte. Vou ficar dentro de casa e fora de vista o máximo que conseguir. Se falarem em alguma visita nossa a eles ou deles a nós, diga que o menino está febril e ainda não identificamos qual enfermidade o está incomodando. Dona Mariana, sempre cuidadosa com seus filhos, não deverá querer qualquer contato.

Aquela ideia foi boa, pois dona Mariana realmente nos convidou para um café. Pelo seu semblante, notei que achava fazer um grande favor ao se aproximar de nós, em um gesto amplamente humilde e democrático.

– Dona Mariana, a senhora muito nos honra com seu convite. Contudo, nosso bebê está doente há dias, bastante febril, sem que logremos identificar a causa. Mãe pela primeira vez, Ester está muito preocupada e não consegue deixar o menino um instante sozinho.

A senhora pareceu ficar aliviada pelo meu bom-senso em não misturar nossa enfermidade com a saúde radiosa de sua família. Mal sabia ela que as coisas rapidamente mudariam de figura.

Ao cabo de umas quatro semanas, a filha mais nova de dona Mariana, a menina Angélica, realmente adoeceu. Uma

A REDENÇÃO DE UM LÁZARO | 255

febre estranha parecia consumi-la. Consumir era a palavra exata, pois a menina definhava. A mãe parecia enlouquecer de cuidados. Chamou-me para saber de meu filho e eu lhe disse que ele havia sarado. Que deveria ter sido apenas uma gripe mais forte, nada que se comparasse com aquilo que se via na pequena menina.

Ali, longe de todos os recursos da cidade grande a que estava acostumada, a mãe alucinava. Quanto a Matias também mostrava grande abatimento, e seu habitual sorriso amplo não era mais visto. Parecia-me que ele achava ser punido por Deus. Havia abandonado um filho e deixado uma moça em maus lençóis. Agora uma filha sua talvez morresse. Desde o primeiro instante, ele quisera trazer dona Mercedes para benzer a criança, mas enfrentara férrea oposição da esposa.

Entretanto, essa oposição em algum momento cedeu. Quando se trata de um filho que parece caminhar para o túmulo, todos os preconceitos se tornam quimeras. Embora a religiosidade extrema de dona Mariana, certo dia eu vi dona Mercedes, com sua bengala, caminhando vagarosa e dolorosamente para a casa dos patrões. Entendi que ela tentaria seus recursos. Seria algo interessante de ver, mas por certo eu não seria convidado para acompanhar o evento.

Segundo dona Mercedes me contou mais tarde, ela teve de fazer suas benzeduras, sob o olhar atento de dona Mariana, à semelhança de uma figura da Santa Inquisição. Entretanto, desde o primeiro dia a menina deu sinais de viva melhora, o que confortou o coração dos pais e descongelou, em alguma medida, o coração da mãe.

Tornou-se um espetáculo comum as chegadas e partidas de dona Mercedes da casa grande e logo correu na fazenda toda que a benzedura havia surtido efeitos praticamente imediatos.

Isso não seria nada, se não houvesse também os convidados

da capital, que ali se encontravam, muitos dos quais se tomaram de grande curiosidade sobre a nossa pobre curandeira.

Ela se fazia de tonta e de bronca, como se soubesse falar pouco e entendesse menos ainda. Seu medo era evidente para mim, enquanto tentava passar a imagem de uma velha camponesa ignorante, que mexia com ervas e que havia conseguido um sucesso inaudito.

Mais ou menos por aquela época, o padre Manoel apareceu por lá e se inteirou do ocorrido, pois as visitas ainda estavam. Se dona Mariana podia se dar ao luxo de impor silêncio aos trabalhadores da terra, o mesmo não ocorria com seus convidados da nobreza.

O olhar do padre brilhou de modo estranho quando me contou o incidente. Ele havia se feito convidar para minha casa e estamos os três a conversar, eu, o padre e Ester.

– Achei curioso o método dessa senhora. Digam o que disserem, há algo misterioso ali.

Ester havia sido criada no sistema de estrito respeito ao padre, de modo que não argumentava muito. Mas naquele momento pareceu ter sido cutucada.

– Meu bom padre, se há algo de misterioso, trata-se da mão de Deus socorrendo pobres crianças e suas mães. Dona Mercedes já me ajudou com meu pequeno João e serei para sempre grata. Não será de acordo com as escrituras que Deus se manifeste aos simples e prodigalize recursos aos bons? Ora, dona Mercedes é boa. Após tantos anos aqui, nunca ninguém pediu a ajuda dela sem receber o que ela podia dar. Fosse uma boa palavra, ervas para chás, conselhos úteis.

– Vejo que a defende ardorosamente. Quanto a você, meu filho?

– Creio que minha esposa está com a razão. Penso que, com tanta maldade no mundo, não devemos nos preocupar com quem faz apenas o bem. Que perigo dona Mercedes representa com suas ervas e suas orações?

– Não lhe parece que a cura pela imposição das mãos é um apanágio dos sacerdotes?

– Falta-me fase teológica para discutir isso. Mas o senhor irá me perdoar por observar que, se dona Mariana ficasse esperando sua presença para algo tentar em favor da filha dela, a menina já estaria no túmulo. A situação ficou muito crítica durante um tempo. Quando o senhor chegou, tudo já estava se resolvendo.

– Entendo que simpatizem com ela. Contudo, o mal por vezes toma aparências enganadoras. O que parece um bem na verdade é um mal, pois direciona para o caminho das heresias e afasta da providência divina. Penso ser melhor morrer na graça do que viver longe dela.

Eu e Ester trocamos um olhar que dizia tudo. Ele pensava aquilo porque nunca tivera um filho à morte. Se o tivesse tido, teria entendido que toda ajuda, da espécie que fosse, era bem-vinda. Mas nós não queríamos polemizar com o sacerdote.

Este teve o cuidado de ir visitar dona Mercedes e lá permanecer uma tarde toda. Mais tarde, vi-o conversar seriamente com dois dos convidados de dona Mariana com os quais eu jamais simpatizara. Rígidos, pareciam dois religiosos sem batina. A rigor, eram iguais a dona Mariana, mas naquele assunto o coração desta havia sido abrandado pela graça que obtivera.

Dentro de mais alguns dias, todos foram embora e eu finalmente tive a oportunidade de falar com dona Mercedes. Encontrei-a envolta em uma tristeza tocante.

– Boa tarde, dona Mercedes.

– Boa tarde, meu filho.

– A senhora parece triste. O que ocorre?

– Achei que poderia viver até o fim de meus dias em paz aqui, mas parece que isso não ocorrerá. O padre Manoel ficou sabendo da história da cura da criança. Veio falar comigo, crivou-me de perguntas, queria saber de onde eu vinha, se acaso não era originária de Oviedo, o que me trouxera até aqui.

– A senhora veio de Oviedo?

– Vim, sim, mas menti que era originária de Madri. Em suma, acho que ele já tinha ouvido falar de mim e creio que estou em perigo.

– O que diz seu anjo?

– Diz-me que espere mais um pouco, pois as coisas ainda estão se delineando, mas eu não gosto muito do modo como ele coloca as coisas. Sinto coisas estranhas no ar.

– Por quê?

– Eu estou velha, talvez pouco disposta a procurar outro lugar para morar, ainda mais em minha pobreza. Talvez fosse melhor me deixar apanhar. Quem sabe tenham pena de meus velhos ossos e apenas me prendam, sem acender com eles nenhuma fogueira.

– Credo. A senhora não tem o direito de se entregar assim.

– Talvez eu tenha, mas a questão pode ser um pouco mais grave.

– Por quê?

– O padre também me fez perguntas a respeito do senhor, que igualmente não lhe parece muito convencional, digamos.

– O que queria saber?

– Tudo, mas eu disse que quase nada sabia. Mas não lhe parece que, se o pessoal da Santa Inquisição aparecer por aqui, em minha homenagem, também o senhor ficará em situação delicada?

Entendi e me assustei, pois agora eu tinha por quem temer e a quem proteger. Ester e João Cristiano precisavam ser poupados. Ademais, se algo me acontecesse, o que ocorreria com eles?

A REDENÇÃO DE UM LÁZARO | 259

– Rosa está aqui? Ela lhe diz alguma coisa?

– Ela está sim. Fala algo sobre o começo de sua tarefa.

– Que tarefa?

– Se entendi bem, tem algo a ver com cuidar dos outros, como um verdadeiro cristão.

– E o que isso tem a ver com a Santa Inquisição?

– Creio que também ela espera para ver como as coisas se desenrolarão. Mas, como o senhor tem muito a perder, em seu lugar, eu começaria a pensar em meios de uma mudança rápida.

– E a senhora?

– Penso em ficar aqui, com meu neto. Cansei de fugir e de me esconder. Não sou uma criminosa.

– Dona Mercedes, eu já vi o resultado de uma estadia nos calabouços da Santa Inquisição. Meu pai morreu lá dentro e meu irmão saiu um trapo, direto para a fogueira. Garanto que, no primeiro dia lá, a senhora já estará arrependida. E quanto a seu neto? Não acha que também ele corre algum risco?

– Ele é jovem. Pode embrenhar-se no mato e voltar depois.

– Dona Mercedes, dado esse novo panorama, terei de contar toda a verdade da história de minha vida a Ester. Não sei se ela quererá ir embora comigo, caso eu tenha de fazer isso. Espero que sim, para evitar atritos em relação ao menino. Mas, se eu for, quero que a senhora e seu neto venham junto comigo.

– Fala sério? Quer mesmo se sobrecarregar com uma velha e um jovem linguarudo?

– Mateus é um grande trabalhador e está amadurecendo. Acho que sua situação de pária o ajudou a refletir sobre a necessidade de guardar segredos. Então, estamos combinados?

– Para onde iríamos?

– Ainda não sei, mas tenho um tio bem rico. Não deve ser difícil conseguir que ele me forneça dinheiro para comprar um pedaço de terra cultivável em um lugar bem ermo. Não seria uma vida divertida, mas é sempre melhor do que morrer queimado.

– Vou falar com meu neto sobre isso.

– Ótimo. De minha parte, tenho pela frente uma árdua conversa com Ester.

Capítulo 28

NOVA FUGA

CHEGUEI EM CASA naquela tarde de domingo e vi Ester brincando com o pequeno João no gramado que havia em frente a nossa casa. Aquela visão me tornou ainda mais consciente de minha vulnerabilidade, do tanto que eu poderia sofrer, caso eles se tornassem infelizes em razão de meu passado.

Ester, que estava se tornando uma mulher bem atilada, reparou em meu semblante.

– O que houve, Inácio?

– Precisamos ter uma conversa muito séria.

Ela me lançou um olhar interrogativo e me seguiu, carregando o menino, para dentro de casa.

– Ester, eu lhe contei o essencial de minha vida antes de nos casarmos, mas há coisas que estão se revelando importantes agora.

– De que se trata?

– Peço que releve não ter falado disso quando devia, mas foi tudo tão inusitado em nossa união, tão apressado, que as coisas se atropelaram um pouco.

– Você está me deixando preocupada. Acaso é casado com mais alguém?

– Não, de modo algum, mas sou um perseguido da Santa Inquisição.

Os olhos dela brilharam de espanto genuíno. A partir daí eu lhe fiz um relato tão minucioso quanto possível das coisas que vivera, das ocorrências envolvendo minha família, da morte de um deles em pleno mosteiro, de outro queimado pela Santa Inquisição. De como ali viera. Ocultei-lhe apenas a parte que atinava a João ser meu filho falecido e que eu me casara com ela pelo conselho da falecida esposa. Achei que aquilo seria demais para a pobre moça. Mas fi-la entender que as visões de dona Mercedes eram tão genuínas quanto as de meu irmão Lucas, e mais precisas. Em suma, ela estava em perigo e possivelmente eu também. A questão que lhe colocava era a seguinte: se eu tivesse de ir embora, como provavelmente ocorreria, ela me acompanharia ou preferiria ficar entre os seus? Por ora, nada a comprometia e muitos poderiam testemunhar a seu favor.

O semblante de Ester passou por várias facetas, enquanto ela processava o ocorrido. Um silêncio bem longo passou-se após minhas palavras. Ela foi colocar João Cristiano para dormir e voltou para a sala.

– Inácio, tudo isso é muito surpreendente, mas eu prefiro segui-lo para qualquer lugar, viver com você, sob qualquer circunstância, do que voltar a viver com minha família. Apenas acho que precisamos começar a nos preparar para o que virá. Começarei a arrumar as coisas para nossa retirada, tão discretamente quanto possível.

Um alívio imenso invadiu meu peito. Temia ter de brigar por João Cristiano. Não queria separá-lo da mãe, mas também não poderia voltar a viver sem ele.

– Inácio, eu nunca esquecerei que você foi o único que me estendeu a mão quando minha vida estava sendo destruída. Posso ser um pouco sem juízo, mas não sou ingrata. Ademais, eu real-

A REDENÇÃO DE UM LÁZARO | 263

mente não quero mais morar com minha mãe, nem faço questão de ver minhas tias. Quando vêm aqui, é um suplício. Talvez seja uma bênção ir embora. Sentirei falta apenas de meus irmãos, em particular de Mário e mesmo de Jaime. Talvez pudéssemos manter algum contato com eles. Gostaria de saber da vida deles, quando se casarem, quando tiverem filhos.

– Sim, sim, tem toda razão.

Fomos longe combinando os detalhes de nossa mudança, que não poderia demorar muito. Coloquei dona Mercedes ao corrente dos planos e cuidei de informar Matias. No próximo comboio que seguiu para a capital, eu fui junto, pois queria falar com ele.

Foi um Matias surpreso que me recebeu. O clima entre nós ficara estranho desde meu casamento, mas eu não podia esquecer que ele me socorrera em um momento crítico.

– O que o traz aqui, Inácio?

– Vim acompanhar os carroções porque preciso conversar com o senhor.

Fiz questão de restabelecer as formalidades, tendo em vista todos os acontecimentos. Ele me recolheu a sua saleta particular no entreposto e eu lhe fiz um relato sincero do que ocorria, das ameaças que pairavam sobre dona Mercedes e sobre mim, em razão da cura da pequena menina.

Matias ficou furioso.

– Mas esses padres são mesmo intrometidos! Em vez de se ocuparem com o mal que há no mundo, atrapalham quem faz o bem.

Contei-lhe que dona Mercedes me havia falado de tudo o que houvera entre eles e que eu teria em breve de deixar a estância e ela me acompanharia, com o neto.

O semblante do homem revelou uma genuína tristeza.

– Inácio, sentirei falta dos dois. Para onde vão? Como vão?

– Vim lhe avisar que sumiremos de repente. O destino ainda

está sendo decidido. O sumiço repentino prevenirá que envolvam mais alguém nessa história toda.

– Então, é a última vez que nos vemos.

– Sim. E trouxe os livros para que façamos os acertos necessários. O normal seria fazê-lo com dona Mariana, mas isso parece impossível no momento.

– Realmente. Mariana não saberia lidar com esse tipo de informação. A chance de ela buscar conselhos com algum pároco seria bem grande.

Eu chegara no final da tarde, de modo que deixamos os acertos para o dia seguinte.

Eu já havia me instalado em uma pensão e um dos carroções permaneceria a minha disposição, para quando eu retornasse. Os outros voltariam para a estância no dia seguinte.

Embora sabendo que era falta de educação, fui bater à porta de meu primo.

O criado foi anunciar-me, mas quem voltou para me receber foi Marco, com um sorriso franco aberto no rosto.

– Mas que surpresa boa! Há de ficar para o jantar!

– Primo, não quero lhe dar trabalho. Apenas preciso falar com você.

Ele pareceu captar algo diferente em meu tom de voz.

– Façamos o seguinte. Dolores é implicante com essa história de horário para jantar. Jantemos primeiro junto com ela e as crianças e depois conversaremos.

Foi bom rever a prima, sempre bela e suave, e as crianças, cujo alarido os pais continham com dificuldade.

A comida era muito boa, mas a conversa complicou um pouco, pois eu não tinha como responder com sinceridade às perguntas que me eram feitas. Finalmente, a refeição terminou e Marco me conduziu, sob o olhar surpreso da esposa, para um aposento privado.

A REDENÇÃO DE UM LÁZARO | 265

Ali eu lhe fiz o relato de tudo e de que me afastaria para destino incerto.

– Mas tem algum plano?

– Vou falar com o tio José, irmão de minha mãe. Ele tem várias propriedades. Haverá de me colocar em alguma bastante remota, para não despertar suspeita alguma. Se não tiver, talvez me empreste o dinheiro necessário para eu comprar um recanto onde possa viver em paz, cultivando a terra.

– É uma ideia, mas enquanto você falava fiquei pensando. Também eu tenho, herança de uma tia morta recentemente, um pequeno sítio. É distante, pobre, mas não miserável. Creio que a pobre velhota nunca foi muito feliz em explorá-lo. Por que não o visitamos e vemos o que você acha?

– É muito longe daqui?

– É, mas isso é bom, não?

– Muito bom.

– Sua esposa deve ter ficado prevenida de que você talvez demorasse.

– Com efeito.

– Pois vou prevenir a minha de que farei uma viagem de negócios com você. Quando pode partir?

– Amanhã, eu tenho de acertar contas com Matias. Depois, estarei livre.

– Excelente. Só preciso de um dia para me organizar para nossa viagem.

No dia aprazado, começamos nossa viagem em uma charrete de Marco. O ritmo era tranquilo, pois não tínhamos pressa. Paramos em hospedagens para fazer refeições e para pernoitar.

Ao fim de dois dias, estávamos chegando ao sítio. Embora a descrição de Marco, não me pareceu tão ruim.

Havia alguns trabalhadores, que foram saudar o proprietário. Vistoriamos tudo e vi que ali, embora em condições bem mais modestas do que aquelas às quais eu estava habituado, era possível viver. Eu esperava que Ester não ficasse muito frustrada. Ela parecia uma mulher modificada, mas seria possível mudar tanto em tão pouco tempo? Era algo a ser visto.

Pernoitamos ali e Marco combinou de me ceder o local para uso, sem remuneração alguma. Eu tentei demovê-lo da ideia, convencê-lo a cobrar alguma coisa.

– Que ideia mais ridícula. Você precisa e eu tenho até demais. Acha que conseguirá tirar grandes rendimentos daqui?

– Por que não? Com as técnicas corretas, com trabalho duro e disciplina, tudo é possível.

– Então, façamos o seguinte. Primeiro você consegue se equilibrar aqui, com aqueles que trará consigo. Depois que começar a ter lucro, falaremos em pagamento. Mas não se sinta pressionado, pois eu realmente não estou preocupado com isso. Você pôde ver que estava tudo meio abandonado, com meia dúzia de trabalhadores. Exatamente como minha tia me deixou.

Assim, voltamos. Eu, se não estava exatamente feliz, ao menos estava tranquilo. De minha parte, talvez não me incomodasse em arder em alguma fogueira. Mas agora tinha mulher e filho e precisava cuidar deles. Além de tudo, desenvolvera um carinho especial por dona Mercedes e por seu neto, rapaz tímido e desajeitado, que dificilmente seria feliz ali.

Deixei Marco em Madri, conversei com Matias novamente, apanhei o carroção e me dirigi para a estância.

Quando lá cheguei, Ester me recebeu com as faces coradas de emoção. Será que ela estava apaixonada por mim? Achei engraçada a situação, após tantas reviravoltas do destino.

Como cheguei à noite, João Cristiano já dormia e eu me perdi na contemplação do menino.

– Inácio, acho tocante o afeto que tem por João. Se fosse mesmo seu filho, não poderia amá-lo mais.

– Você nem sabe a verdade que diz.

Deitamo-nos e pouco dormimos, entre carícias e planos para nossa nova vida. Ela não parecia de modo algum incomodada com a partida. Combinamos que ocorreria dali a uma semana. Isso daria tempo a que fizéssemos as despedidas discretas ou mesmo silenciosas e que também dona Mercedes se aviasse com seu neto.

Na noite seguinte, convidamos Jaime e Mário para jantarem conosco, quando os colocamos a par de nossos projetos.

Os dois ficaram boquiabertos com aquela história toda e claramente tristes.

– Onde fica esse sítio para onde irão?

– A aproximadamente dois dias de Madri.

– E como entraremos em contato com vocês?

– Depois que tudo se acalmar, poderão nos visitar. Mandarei recados via os carroções. O senhor Matias me autorizou esse proceder.

Foi uma noite triste. Os visitantes se sentiram de certo modo honrados com a ideia de que apenas eles seriam formalmente comunicados de nossa ausência. Os demais, apenas notariam a casa vazia e fariam conjecturas.

Embora toda a aparente dureza de Ester, ela levou o menino na casa de sua família e ficou ali o máximo de tempo possível, convivendo com os irmãos e com a mãe. Com esta, é preciso dizer que o relacionamento nunca mais passou de meras formalidades. Ela também visitou os parentes que não a haviam maltratado muito durante a gravidez.

Dona Mercedes e Mateus conformaram-se com o que lhes pude informar quanto a nosso destino. Na noite aprazada, logo após a meia noite, eles chegavam a minha casa com uma pequena carroça cheia de seus pertences.

Não era a primeira vez que dona Mercedes fugia e ela não

parecia muito triste. Mas Mateus estava claramente ressentido por abandonar o local em que havia nascido.

Com o máximo silêncio possível, colocamos os pertences deles, que não eram muitos, no carroção que havíamos preparado. Jaime e Mário ali estavam para se despedir de nós.

Foi uma noite emocionante. Quando o dia raiou já estávamos longe da estância. Foram vários dias de viagem até chegarmos ao sítio em que doravante moraríamos.

Capítulo 29

A VIZINHANÇA

O LOCAL ERA claramente mais pobre, mas tinha sua beleza. Com exceção de Mateus, todos demonstraram alguma alegria ao vê--lo. Havia um belo riacho que passava ao lado de uma meia dúzia de casas, das quais apenas duas estavam ocupadas.

Eu e Ester nos instalamos na casa maior, ao passo que dona Mercedes escolheu a que lhe pareceu melhor dentre as restantes.

Havia necessidade de reparos, mas, àquela altura de minha vida, eu estava habilitado a fazer esse tipo de trabalho, e serviço não me assustava.

No dia seguinte, conheci melhor os trabalhadores, que já sabiam que eu seria seu novo patrão. Eram autênticos matutos, que precisavam de orientação. Organizei o que consegui, com planos de ir à cidade mais próxima para adquirir o necessário, a fim de fazer aquele lugar progredir.

Com a companhia de um mal-humorado Mateus, fui às compras. Logo, estávamos envolvidos em reformas, que foram feitas rapidamente. Aí era aguardar a ocasião de plantio e colheita, pois não havia como apressar essas coisas.

Mas eu trouxera muitos mantimentos, fruto de meu acerto com Matias, de modo que nada nos faltaria. A vida parecia que iria seguir um ritmo mais calmo, longe de tudo e de todos, ou ao menos assim eu esperava.

Após algumas semanas, um andarilho fez um barulho com tabuinhas, à guisa de palmas, um tanto distante de nossas casas. Achei o proceder um tanto estranho. Por que ele não se aproximava?

Como eu estava por perto, cuidando de algumas plantas, fui atendê-lo. À medida que fui me aproximando dele, senti um arrepio. Aquele homem era cheio de feridas. Seria um leproso?

– A que vem, amigo?

– Moro não muito distante daqui. Notei uma nova movimentação e vim pedir comida. Estamos à míngua.

– Estamos, quem?

– Eu e alguns amigos igualmente doentes. Temos um abrigo não muito longe daqui, mas não conseguimos produzir quase nada. Assim, saímos pedindo. Se o senhor tiver a bondade de nos ajudar, basta que deixe os mantimentos e se afaste. Eu irei buscá-los.

Notei seu rosto desagradável, bastante cheio de chagas e não sei por que me lembrei de que Jesus cuidava dos leprosos. Aquilo me deu um arrepio imenso, uma impressão que eu não conseguia precisar. Na mesma hora, senti o costumeiro roçar de mãos em meus cabelos e a certeza de que precisava ajudar aquelas pessoas.

– Espere aí, amigo. Vou providenciar alguma coisa para você.

Ester ficou apavorada com a ideia de semelhante vizinhança, mas não havia nada que pudesse fazer. Ela não tinha mau coração, de modo que não se opôs a que eu desse comida para aquelas pessoas.

Coloquei uma boa quantidade de alimentos no chão. Antes de me afastar, indaguei:

– Quantos vocês são?

– Isso varia com o tempo. Alguns morrem, outros chegam. Agora, não devemos ser mais do que uns dez ou doze, não sei ao certo.

Cuidei de saber a localização exata do local em que os enfermos ficavam e senti uma curiosidade muito peculiar a respeito deles. Era como se aquilo, aquele encontro, aquelas presenças ali perto, fizesse repercutir algo em mim.

A partir daí, ir vê-los virou uma obsessão para mim, à qual eu resistia, por saber do perigo. Sem saber exatamente o que fazer, meus sentimentos em relação àquele local mudaram. Eu simplesmente sentia que estava em meu lugar, que sempre estivera destinado àquele sítio.

Acostumei-me a fornecer mantimentos aos enfermos, o que me dava uma alegria muito peculiar. Eu, que era sempre triste e lançava um olhar desesperançado à vida, começava a me alegrar.

Era fácil conviver com minha esposa, embora ela lamentasse um pouco que morássemos tão longe de tudo. Mas parecia gostar sinceramente de mim e ambos éramos apaixonados por nosso João.

Plantamos e a colheita foi abundante, o que me permitiu começar a adquirir alguns animais.

Após alguns meses, Marco veio me visitar e por ele fiquei sabendo que a perseguição a mim e a dona Mercedes realmente ocorrera. De algum modo, descobriu-se quem eu era. A identidade e a origem dela também foram revelados. A partir disso, concluiu-se que ambos nos uníramos para adorar ao diabo.

Dona Mariana havia ficado muito desgostosa com tudo aquilo, inclusive com meu sumiço. Sentiu-se desrespeitada, mas não havia como fazê-la saber da verdade. Felizmente, ela era muito bem relacionada e sua religiosidade era notória. Tinha parentes na alta nobreza, de modo que não lhe aconteceu nada. Entendeu-se que fora enganada ao admitir trabalhadores de caráter duvidoso.

Contudo, era muito perigoso para mim e para dona Mercedes aparecer em qualquer lugar em que fosse possível identificar-nos. Nesse contexto, decidimos ficar ali um bom tempo, o que me agradou muito.

Dona Mercedes também gostava do local, embora seu neto, como Ester, achasse tudo muito ermo. Inclusive, os dois tinham muito medo dos leprosos, de qualquer possível contato, enquanto eu e dona Mercedes não nos preocupávamos com isso.

Dona Mercedes mais de uma vez me falou que gostaria de viver ali até o fim de seus dias. Se eu fosse embora, ela pretendia permanecer. Seu neto a olhava com pavor quando ouvia isso. Ele seguramente pensava que a avó viveria bastante e que estava condenado a permanecer ali talvez para sempre.

Eu assegurei a Mateus que, se quisesse ir embora, poderia fazê-lo. Que eu considerava dona Mercedes como se fosse minha parenta e cuidaria dela.

O rapaz ficou claramente tentado a ir embora. A velha senhora, em sua bondade, incentivou-o a que buscasse o melhor caminho para si.

Quando Marco apareceu outra vez para nos visitar, falamos a respeito do rapaz e ele lhe prometeu uma colocação em seus estabelecimentos em Madri. Os olhos do moço brilharam e todos o incentivamos. Afinal, parecia mesmo uma crueldade que, por conta de meus problemas e dos de dona Mercedes, tivesse de ficar ali, onde não havia jovens nem perspectiva de futuro.

Assim, ele, embora claramente se sentindo culpado por abandonar a avó, foi embora para trabalhar com Marco. Dona Mercedes veio morar em minha casa, o que foi bom para todos. Afinal, Ester ficava o tempo todo sozinha, enquanto eu trabalhava.

Havia apenas um porém: Ester temia imensamente o dom de dona Mercedes, de modo que tacitamente chegamos a um acordo. Só falávamos a respeito quando ela estava ausente, passeando com João Cristiano, ou já deitada, uma vez que era a única de nós que tinha bom sono.

Eu me sentia mais e mais em casa naquele lugar. Dona Mercedes dizia que Rosa sempre estava por perto e sorria quando eu falava sobre aquela sensação, mas não dizia nada.

Como era de se esperar, Ester concebeu novamente. Aquilo me deixou preocupado, haja vista meu histórico. Contudo, como ela tivera o primeiro filho com relativa facilidade, tentei controlar meus sentimentos, inclusive para não perturbar a gestante. Apenas mais um problema se apresentou: o de uma parteira. Por sorte, a esposa de um dos poucos colonos que ali estavam quando chegamos, e que permaneceram, já havia feito alguns partos.

Não era grande coisa, mas já era um conforto. Ademais, era de se esperar que a natureza agisse. Imaginei que um parto bem-sucedido, após um primeiro filho, não deveria ser algo tão complicado.

Um dia tivemos a surpresa de ver Mário chegando em uma charrete, com seu sorriso largo.

– Por Deus, cunhado, que alegria revê-lo!

– A alegria é minha em recebê-lo aqui. Espero que fique bastante tempo.

Ester ouviu a conversa e veio correndo para abraçar o irmão, de quem gostava muito.

Foi um dia de sorrisos e lágrimas, pois ficamos sabendo de todas as novidades. Inclusive que Mário ali estava para nos convidar para seu casamento, que deveria ocorrer em poucos meses. Claro que o convite era uma cortesia, pois nunca poderíamos voltar à estância.

Ester chorou ao saber que o irmão se casaria e ela não poderia estar presente. Aliás, com o passar do tempo, a mágoa que ela tinha em relação à família havia passado. Creio que isso se devia em grande parte à solidão em que nos encontrávamos.

A estância onde sempre vivera era grande, com muitas fazendas por perto, e ela conhecia praticamente todos os da redondeza. Em suma, lá tinha vida social e vivia rodeada de gente.

Ali, nossa vizinhança era desinteressante, pois o local era mesmo ermo. À parte nossos colonos, bastante rústicos e ignorantes, nada conhecíamos. Inclusive pelo medo que eu sempre tinha de ser reconhecido. Isso fazia com que pouco fosse à cidade mais próxima, apenas para comprar ou vender alguma coisa.

Para Ester, aquilo começava a ser pesado. Sozinha, ela revia suas mágoas e sentia falta de todos. Quis saber da mãe e fez questão de mandar um recado carinhoso para ela.

Fiquei feliz por aquilo, mas eu tinha um problema íntimo, de consciência. Gostava daquele local, amava socorrer os enfermos a quem nem conhecia direito, mas sabia que minha esposa começava a se sentir enfadada com a situação. Aliás, nesse sentido, a gravidez viera em boa hora, pois ela teria mais com que se ocupar. Ester continuava muito vaidosa e nem pensava na possibilidade de trabalhar fora de casa, expor-se ao sol e ver sua pele ficar mais morena.

Eu, tentado a ali quedar-me por longuíssimo tempo, também sentia pesar em meus ombros a promessa que havia feito a mamãe: a de cuidar de meus irmãos.

Com isso em mente, indaguei a Mário se ele ou Jaime não poderiam ir até minha cidade para ver como minha família estava. Mais especificamente, se um deles poderia conversar com meu tio José e saber da situação atual e do que se desenhava para o futuro.

Intimamente, eu tinha a esperança de que meu tio acertasse a situação de todos os meus irmãos. Que lhes fizesse doações em vida ou os incluísse em seu testamento. Se isso ocorresse, eu ficaria mais tranquilo naquele local onde finalmente tinha alguma paz e via meu filho crescer forte e saudável.

A REDENÇÃO DE UM LÁZARO | 275

Meu cunhado prometeu-me ir ele próprio conversar com meu tio, aproveitando-se da folga que estavam lhe dando em razão de seu iminente matrimônio. Ninguém ignorava que ele possuía parentes em vários locais e era compreensível que se ausentasse um pouco.

Como se tratava de um grande trabalhador, o que parecia ter sido reconhecido pelo novo administrador, gozava de certa dose de liberdade e confiança.

Aliás, caso isso se fizesse necessário, eu pediria a meu primo Marco para intervir junto a Matias, a fim de permitir que eu obtivesse as informações de que precisava para tranquilizar meu coração.

Mário ficou poucos dias conosco e logo se foi, entre feliz e tristonho, uma vez que nos deixava por longa data, mas estava em vias de se casar com a mulher que amava.

A gestação de Ester progredia. Desta vez, eu a acompanhava e notava como sua vaidade era mesmo forte. Era natural que engordasse, mas ela se incomodava com aquilo e buscava disfarçar o máximo que podia. Como se fizesse alguma diferença, naquele local afastado em que nos encontrávamos. Não havia ninguém que se ocupasse em reparar se ela estava ou não acima do peso ou ficando com a pele prejudicada.

Eu não entendia muito do assunto, mas dona Mercedes tentava tranquilizar minha insatisfeita esposa de que era natural que a gravidez fosse mais aparente da segunda vez.

Ester não parecia se conformar muito com isso e imaginei como ela lidaria com o envelhecimento ou com outros futuros filhos. Se não mudasse o modo de sentir as coisas, haveria de sofrer muito.

Completamente desligado daquilo, eu envelhecia com grande tranquilidade e continuava a achá-la uma bela mulher. Agora que gestava meu filho, achava-a ainda mais preciosa. Ciente de quanto aquilo era importante para ela, elogiava-a constantemente.

Em meu coração, notando tanta preocupação com a aparência pensei que, se tivesse alguma chance, talvez ela tentasse de algum modo impedir o avanço de futuras gestações.

Era incrível: uma mulher de bom coração, que sofrera tanto, cujo marido a achava bela de qualquer modo, preocupada com a própria aparência a um ponto que chegava a parecer doentio!

Mas o tempo passou e chegou o dia do nascimento da criança. Eu fiquei nervosíssimo, mas tudo correu bem e logo eu tinha nos braços uma pequena menina, a quem decidimos chamar de Ana.

Ester era boa mãe e logo estava apaixonada pela criança, embora reclamasse dos prejuízos que aquela gestação lhe trouxera ao corpo. Era uma verdade. Afinal, quando do nascimento de João, ela não mudara em nada. Mas eu lhe lembrei o quanto sofrera, trancada em seu quarto. De como se encontrava magra e abatida por ocasião do parto do menino. Desta vez, fora muito mais bem tratada. Era natural que algo nela se modificasse durante um tempo.

Eu sabia que meus comentários não surtiam muito efeito, de modo que não havia nada mais a fazer.

Capítulo 30

Comportamento suspeito de Ester

UM DIA, NO final da tarde, percebi que um homem se aproximava de nossa casa. Olhando-o, achei-o um tanto familiar, mas não consegui saber quem era. Deu-me medo de que se tratasse de alguém perigoso. Mas o medo logo se desvaneceu, pois o homem avançava sozinho, em seu cavalo.

Se fosse algo oficial, potencialmente prejudicial a mim ou a dona Mercedes, era de se esperar que fossem muitos os homens.

– Boa tarde, senhor Inácio.

– Boa tarde.

– Vejo que o senhor não me reconheceu.

– Realmente. Parece-me familiar, mas não sei quem é.

– Sou Tiago, empregado de seu tio José.

– Ora, é isso mesmo! Seja bem-vindo, Tiago. Mas é natural que não o tenha reconhecido logo. Era o menino de recados, o faz-tudo de meu tio, na última vez que o vi. Agora é um homem.

– O tempo passa, meu senhor.

– O que o traz aqui?

– Venho da parte de seu tio, para lhe entregar um pacote e esperar sua resposta.

Dizendo isso, mexeu em seu bornal e tirou um amplo pacote, que me estendeu.

Convidei-o para entrar e ficar conosco até se refazer da viagem, que não era pequena.

Agradecido, ele entrou em minha casa e cumprimentou Ester, todo respeitoso. Esta pareceu bastante feliz por ter alguém diferente com quem conversar. Apenas uma coisa não me agradou muito: ela se ausentou um pouco, enquanto eu conversava com Tiago, e logo apareceu com outra roupa. Preocupara-se com a opinião daquele estranho sobre sua aparência. Achei censurável tal conduta por parte de uma mulher casada. Ela nunca era desleixada, nunca se vestia de qualquer jeito, mas buscara refinar a indumentária ante a presença de um homem estranho: trocara de vestido e enfeitara os cabelos.

Eu recordei o passado, do modo como ela se entregara ao marido de outra mulher, de como gostava de provocar os rapazes da fazenda, embora não se decidindo por nenhum. Aquilo me deixou um pouco incomodado. A mãe de meus filhos ainda teria falha de caráter tão pronunciado, a ponto de me trair? Sim, pois se se vestia com cuidado para impressionar Tiago, qual seria a razão? Apenas ser admirada?

Um tanto inquieto, abri a encomenda que meu tio me enviara. Nela, havia uma carta e alguns documentos. Sempre generoso, tio José me informava de tudo o que estava acontecendo com nossa família. Tranquilizou-me quanto ao presente e ao futuro dela. Soube pela missiva que todos estavam bem. Ele, imensamente rico, havia distribuído vários bens aos filhos ainda em vida e cada um deles possuía no mínimo uma fazenda de bom tamanho.

Assim, doara para meus irmãos em conjunto uma grande fazenda, a qual eles faziam frutificar. Disse-me que as atenções da Igreja ainda estavam sobre a família, mas que nenhum de meus outros parentes fora incomodado. Apenas se buscavam informações sobre mim, o que não conseguiam. Inclusive por ignorância, pois ninguém por lá sabia de nada a meu respeito, até que eu fizera a caridade de me comunicar com ele.

Ah, meu bom tio! Ele entendera absolutamente o que me movia e em sua generosidade fizera até mais do que eu poderia esperar. Disse-me que ficasse tranquilo quanto ao futuro dos meus. Falou-me de minha irmã Anita, que continuava feliz no convento, embora tudo o que ocorrera.

Para minha surpresa, comunicava-me que, com a anuência de seus três filhos, destinara para mim em seu testamento, a fazenda em que morava. Senhor! Era um local lindo, imenso, fértil, rico mesmo!

Entretanto, eu estava tão feliz ali, naquele lugar perdido no meio do nada... Ele informava estar idoso demais para longas viagens, convidava-me para ir visitá-lo quando pudesse e pedia que lhe enviasse um relato minucioso de tudo o que me ocorrera.

Eu deveria saber que Mário, discreto desde sempre, seria econômico nas informações!

Os olhos de Ester brilharam de modo peculiar ao saber que um dia deixaria de ser colona, pois, ainda que esposa de administrador, era isso que ela era, para se tornar proprietária de uma grande e rica fazenda.

Quis saber de absolutamente tudo sobre o que nela havia e não se privou de indagar a Tiago sobre a idade e a saúde de meu tio. Aquilo foi de uma indelicadeza extrema, mas eu nada podia fazer para impedir, a menos que lhe chamasse a atenção na frente do rapaz.

Escrevi uma longuíssima carta para tio José, falando de absolutamente tudo o que me ocorrera desde que nos separáramos. Ocultei, claro, a parte mística, aquela história de Rosa se manifestando e de meu filho tornando a viver. Aquilo era demais para qualquer membro de minha família suportar.

Parti do pressuposto de que Tiago era de confiança, pois aquela carta em mãos indevidas significaria minha condenação e a de dona Mercedes.

O rapaz ficou dois dias em minha casa, período em que prestei muita atenção na conduta de Ester. Tristemente, concluí que o casamento talvez tivesse sido algo apressado demais, pois eu não a conhecia direito.

Parecia que, passado o susto que a leviandade lhe causara, com a gravidez de João Cristiano, ela mantinha seus maus instintos. Não se privou de flertar com o rapaz, quando pensava que eu não prestava atenção.

Como era uma mulher muito bonita, o moço se empolgou visivelmente. Eu sempre soubera que Ester não gostava de rapazes jovens, mas talvez estivesse mudando de gosto à medida que ela amadurecia e eu envelhecia.

Eu estava disposto a suportar muita coisa, mas não uma traição. Foi o que lhe fiz questão de dizer certa noite, quando estávamos sozinhos em nosso quarto.

Ela se assustou e se fez de desentendida.

– Ester, diga você o que disser, não gostei de seus modos com Tiago. Para uma mulher casada, você se permite intimidades demais com ele. Não se esqueça de que irá para perto de minha família e fará relatos do que viu. Haverá o relato oficial para meu tio, e os boatos que talvez ele espalhe entre seus camaradas de que você é uma mulher casada que não se dá ao respeito.

Ela se mostrou indignada, mas não havia muito a fazer, pois eu apontei fatos que havia notado.

Também aquele gosto dela por dinheiro era algo novo para mim. Tudo isso somado a sua notável vaidade constituía um conjunto bastante complicado de administrar.

Ela se empolgara com a ideia de se mudar para a fazenda de

A REDENÇÃO DE UM LÁZARO | 281

minha família. Disse que, com certeza, eu logo seria esquecido. Ela não queria ficar naquele local ermo por muito tempo.

Tivemos uma longa e cansativa conversa.

Quando caminhava para o arrependimento em relação ao casamento, lembrei-me de João Cristiano e entendi que tudo valera a pena. Se tivesse de ser um marido desonrado, ao menos eu o tinha junto a mim, o que era sem preço.

Talvez instigada pela ideia da fazenda da qual seria proprietária, Ester começou a se mostrar mais e mais exigente e reclamona. Nada parecia satisfazê-la. Para evitar brigar, eu pouco falava com ela. Limitava-me a trabalhar e a dar atenção a dona Mercedes e às crianças.

Um dia, João Cristiano simplesmente sumiu. Quando cheguei para o almoço, Ester parecia em vias de ter um ataque histérico.

– O menino não está com você?

– É claro que não. Quando saí, todos vocês dormiam.

Dona Mercedes havia saído para cuidar de uma das colonas, que se encontrava às portas da morte e com muitos pavores. Naquele ambiente simples, junto à moribunda, fazendo-a jurar silêncio, nossa vidente a confortava com informações que os mortos, por ela amados, lhe passavam. Eu já sabia que isso ocorria. Mas, como tal só se dava para os moribundos, ninguém mais desconfiava. A única coisa que se sabia é que ela conseguia confortar quem estava em vias de comparecer perante o tribunal divino.

Após gritar por João Cristiano ao redor da casa e procurá-lo em seus lugares de se esconder favoritos, um suor frio tomou conta de mim.

Fiz com que Ester se aquietasse e fui para a casa onde dona Mercedes se encontrava, na condição de enfermeira dotada de múltiplos talentos.

Ela me viu chegando, pálido e suarento e lançou um olhar inquiridor.

– Preciso falar com a senhora um pouco.

– Pois não, meu filho. Maria, eu vou sair um pouco e já volto. Não se preocupe.

A moribunda parecia trazer uma aura de alegria, certamente fruto das certezas que a sensibilidade especial de dona Mercedes lhe trazia.

Afastamo-nos um pouco e eu lhe disse:

– João Cristiano desapareceu. Será que a senhora não consegue saber onde ele está?

Ela se aquietou um pouco e pareceu olhar para o nada, como ocorria quando tentava entrar em contato com alguém específico dentre os mortos.

– Rosa diz que ele está com os enfermos...

– Que enfermos?

– Aqueles aos quais você sempre dá alimentos. Deve ter ido lá por curiosidade.

Senti um pavor profundo. O pequeno João junto a inúmeras pessoas portadoras de moléstia contagiosa!

– Obrigado, dona Mercedes.

Nem tive tempo de ouvir o que ela respondeu, lendo em seu olhar piedoso tudo o que as palavras não poderiam traduzir.

Para acalmar um pouco Ester, se é que tal informação a acalmaria, fui para junto dela e contei o ocorrido.

Branca como papel, ela caiu sentada em uma cadeira, com a pequena no colo.

– Senhor...

Apanhei um cavalo e me lancei correndo pela estrada. O local não era longe. Eu já o avistara a alguma distância, mas nunca chegara muito perto. Ao ir me aproximando, vi uma porção de homens e mulheres de aparência triste. Eles se aglomeravam, enquanto João estava sentado um pouco distante.

– João!

A REDENÇÃO DE UM LÁZARO | 283

Ele me viu e veio correndo. Saltei do cavalo e o abracei.

– Por que veio aqui? Você quase matou a mim e a sua mãe do coração!

– Eu queria conversar com o avozinho.

– Quem é o avozinho?

– O senhor que sempre vai lá em casa buscar comida. Ele sempre parece tão triste, tão abandonado. Eu o segui algumas vezes e sabia onde morava. Hoje, quando colhi amoras maduras, pensei se ele não ficaria feliz em ganhar algumas. Recolhi o que pude e vim aqui.

Nisso, o senhor que costumeiramente ia buscar alimentos se aproximou.

– Boa tarde, senhor!

– Boa tarde.

– Não se preocupe demais. Logo que notamos o menino junto de nós, tratamos de colocá-lo a uma distância que pareceu segura. Sabíamos que o senhor logo apareceria para buscá-lo. Não me animei a colocá-lo na estrada sozinho, também não achei correto acompanhá-lo.

– Agradeço por seu cuidado.

– Infelizmente, preciso lhe dizer que demoramos um pouco a percebê-lo. Estávamos entretidos com nossas coisas e ele perambulou por aí. Com a graça de Deus, isso não haverá de ser nada.

– Sim, com a graça de Deus.

Mas pensando em meu histórico de graças, duvidei um pouco de que tivesse tanta sorte naquele episódio.

Despedi-me de todos, abracei meu pequeno tesouro e levei-o para casa. Ester quase teve uma síncope quando o viu e soube da história. Lavou-o como se quisesse tirar o couro, passou-lhe um sermão como o menino nunca ouvira. Ele em geral era comportado, embora fizesse as traquinagens naturais da idade. Em seus quatro anos, nunca nos dera maiores preocupações.

Contudo, a partir dali, eu sabia que passaríamos meses atentos à epiderme do menino, apavorados com a ideia de que algo de diferente aparecesse.

Capítulo 31

A DOENÇA CONTAGIOSA

OS MESES FORAM correndo e, como nada de estranho aparecia no pequeno João, fomos relaxando.

Nesse entrementes, dona Mercedes caiu de cama. Apanhou uma gripe que lhe minou as energias. Ela já era bastante idosa e sofrida, sem muitos motivos para viver.

Ester viu-se obrigada a fazer o papel de enfermeira. Ela não tinha mau coração, apenas era um tanto egoísta e tendia a achar que o mundo girava em torno dela própria e de suas necessidades. Tendo uma casa e duas crianças para cuidar, parecia achar demais aquele excesso de atribuições.

Dona Mercedes, com sua sensibilidade, claramente notou que se tornara um fardo notável para minha esposa, mas silenciou. Eu a confortava como podia, pois passara a querê-la como a uma mãe. Naquela situação em que me encontrava, em um casamento sem muita harmonia e sem amigos ou irmãos próximos, as conversas com dona Mercedes, que também me dava notícias de meus finados, era uma alegria, talvez minha maior distração.

Nos meses em que a boa senhora ficou de cama, pude notar que João Cristiano era um menino diferenciado. Ele encontrava prazer em passar boa parte de seu dia junto a ela. Brincava com a velhinha, contava-lhe histórias que inventava, colocava-lhe a mão na cabeça, imitando os gestos que já nos vira fazer.

Seguramente, aquela carinha infantil, bonita de doer, plena de doçura, era o maior remédio que dona Mercedes poderia ter. Para alguém que sofrera tanto na vida, ao menos ela terminava a dela, como parecia que ocorreria em breve, cercada de meu carinho e do de meu filho. E também dos cuidados de Ester. Esta, se não era carinhosa, mantinha respeito pela pobre enferma e prezava pela dignidade dela.

Contudo, algo ocorria naqueles tempos em que nenhum de nós prestava atenção. João passava uma boa parte de seu dia, notadamente as manhãs, junto a dona Mercedes.

Contudo, depois do almoço, saía para brincar pelos campos. Todos achávamos aquilo natural, pois não era de se esperar que uma criança passasse o dia todo dentro de casa, cuidando de uma enferma, por mais dotada de bom coração que fosse.

Ele até nos falou de seu amigo Antônio e presumimos que se tratava do filho de um dos colonos. Afinal, à medida que o tempo passava, progredíamos materialmente, o sítio se tornava mais produtivo e era natural que mais gente fosse contratada.

Gradualmente, o local se enchia de gente.

Algum tempo depois, veio a notícia da morte de meu tio José, o que me encheu de tristeza e de raiva. Tristeza pelo passamento dele, tão longe de mim. Raiva pelo brilho de alegria que entrevi nos olhos de Ester.

Além da fazenda que herdara, também recebi de meu tio uma boa quantia. Sem sequer consultar Ester, que queria ir embora imediatamente, acreditando ou querendo acreditar que a Santa Inquisição já desistira de mim, comprei o sítio de Marco.

Ele me fez um preço muito camarada, sabedor de que a propriedade havia se transformado sob meus cuidados.

Com o tempo, informei-me de quem eram os proprietários

das terras vizinhas e aumentei um pouco a extensão de meu sítio, que agora era de bom tamanho.

Aquilo gerou uma violenta discussão com Ester, que queria ir embora. Ela me indagou o que eu esperava para ir morar na fazenda que herdara.

– Ester, você acha mesmo que, logo após o falecimento do tio, posso aparecer por lá e tomar conta da herança, sem que ninguém preste atenção? Meu irmão Lúcio está cuidando de tudo para mim e confio plenamente nele.

– Sim, mas eu e seus filhos apodrecemos aqui, longe de tudo e de todos.

– Não estão exatamente apodrecendo, pelo que vejo. Aliás, poderia parar de se dar grandes ares e começar a confraternizar com nossos colonos. O perfil deles mudou bastante. Tudo se encaminha para o melhor aqui.

Ela bufou e nem quis terminar a conversa.

Certa tarde, eu voltei mais cedo do trabalho, pois adquirira o hábito de labutar firme junto com os peões e colonos. Nisso, observei João Cristiano sentado nos galhos de uma árvore junto com um menino. Entendi que era o famoso, mas desconhecido Antônio.

Ao chegar mais perto, meu coração gelou: o menino tinha a pele cheia de manchas brancas e seus dedos pareciam um pouco retorcidos. Entendi que fazia parte de uma das famílias dos enfermos a quem eu alimentava sem conhecer.

Aproximei-me com cautela, sabendo que tratava com crianças, com o pobre Antônio parecendo ser um ou dois anos mais velho do que o meu rapazinho.

Disse-lhes que já estava tarde, que iria chover e deveriam ir para casa. O amigo de meu filho lançou-me um olhar entre assustado e triste, e meu coração ficou pequeno. Gostaria tanto de ajudá-lo, mas como? Sabia que teria de proibir a amizade que ele tinha com meu filho, como responsabilidade de um pai que vê seu rebento em constante contato com alguém que possui doença contagiosa.

Peguei meu filho pela mão, enquanto o outro menino ia embora. Cheguei em casa, esperei que ele dormisse e tive uma conversa franca com dona Mercedes e Ester a respeito do que estava ocorrendo.

Ester ficou estarrecida, sem saber o que dizer. Seu silêncio durou muito. Eu e dona Mercedes a olhávamos. Finalmente, ela disse:

– Eu quero ir embora daqui imediatamente. Não quero mais conviver com semelhante vizinhança.

Entendi os motivos dela. Embora minha última intenção fosse me afastar de João, cuidei de deixar a situação bem clara.

– Ester, acho que você tem razão. Ainda é cedo para mim, mas você, João e Ana podem ir morar em nossa fazenda. Lúcio haverá de cuidar bem de vocês.

– Graças a Deus.

– Contudo, vamos tomar uma cautela. João convive há meses com esse menino, que está claramente doente. Seria irresponsabilidade enviá-lo para junto de minha família, sem antes observá-lo durante um tempo.

Os olhos dela brilharam contrariados, mas não havia muito a fazer. Exausta daquelas emoções todas, ela foi dormir, enquanto eu fiquei falando com dona Mercedes.

– Creio que terei de me separar de minha família.

– As coisas nem sempre caminham como pensamos.

– Por favor, dona Mercedes. Rosa diz algo a respeito da situação de nosso filho, da saúde dele?

– Diz que é preciso saber se entregar à vontade de Deus.

– Sacramento! Quanta ambiguidade. Falou sem dizer nada. Esse contato com os mortos é sumamente injusto. Eles sabem tudo o que pensamos, mas só nos falam o que querem.

A REDENÇÃO DE UM LÁZARO | 289

– É exatamente assim, para nosso bem.

Eu fui dormir pensando que era antes para nosso mal, mas não havia nada a fazer a respeito.

Certa tarde, quando cheguei em casa, encontrei um clima de velório.

– Inácio, acho que nosso filho pegou lepra!

Ao ouvir aquilo eu também empalideci. O menino não sabia o que era lepra, mas estava assustado com a situação, com o visível desespero da mãe.

– Pai, eu vou morrer?

– Só quando for muito velho, meu filho. Você tem bastante a viver ainda.

Observei que ele tinha umas manchas esbranquiçadas no braço esquerdo. Meu coração sangrou ao imaginar o que viria pela frente. Confortei o menino, disse que aquilo não era nada. Depois que ele dormiu, tive uma conversa séria com Ester.

– Parece que ele está mesmo doente.

– Claro que está. Não viu as marcas? Não podemos mais ficar fingindo que o risco não existe e que moramos no paraíso.

– O que pensa fazer?

– Irá me achar uma mãe horrível, mas não quero ficar aqui esperando ficar doente também e me deformar toda, especialmente porque há alternativa. Amanhã mesmo eu e Ana iremos embora para nossa fazenda.

– Nesse plano, como ficamos eu e João Cristiano?

– Poderiam vir conosco e morar em local afastado. Talvez pudéssemos internar o menino, deixá-lo aos cuidados de alguém.

– De modo algum. Jamais abandonarei meu filho. Entendo que você quer ir embora e respeito isso. Vá, cuide de Ana, conviva com minha família. De repente, essas manchas de João são alguma outra coisa e desaparecem. Caso contrário, irei cuidar dele do modo que for possível.

Ao fazer aquele plano, Ester chorava. Ela não era uma mãe insensível. Mas era vaidosa demais e muito mais apegada à filha do que ao filho. Em seu coração, era como se o menino já estivesse condenado. Ester queria ao menos salvar a filha e a si própria. Quanto a mim, até acredito que me tinha algum afeto. Mas gostava demais de si mesma para sofrer e se sacrificar por qualquer pessoa, mesmo por seu marido.

Ao longo dos anos, eu compreendera Ester. De certo modo, ela não deixava de ser a moça vaidosa que eu conhecera. Esperava apenas que não enlameasse meu nome, dando-se a desfrute perto de meus parentes. Aliás, disse-lhe aquilo claramente.

– Credo! Você realmente não confia em mim.

– Francamente? Desde que vi sua conduta com nossa visita, acho que deveria refletir mais sobre o que é adequado para uma esposa e mãe.

O que se seguiu foi bastante triste. Ester começou os preparativos em regime de urgência. A rigor, não pretendia levar quase nada. Entendi que, tão logo chegasse na fazenda, tencionava se desfazer de tudo o que levara. Colocar fogo, extinguir, na esperança de estar livre da maldição que entendia pesar sobre nosso filho.

Em momento algum lhe passou pela cabeça ficar com o menino, cuidar dele em sua doença. E a beleza dela? E se suas feições se deformassem, se sua pele se enchesse de manchas e equimoses?

Encarreguei um senhor de minha confiança de conduzir a carroça, pois nem era preciso um carroção para levar as poucas coisas que seriam necessárias na viagem. Armado, ele haveria de garantir a segurança das duas. Ester fez questão de se munir do máximo de dinheiro que pôde, a que acedi de bom grado. Ela me devolvera João Cristiano e eu lhe seria para sempre grato por isso.

Se agora se afastava de nós, ao menos o menino ficava comi-

A REDENÇÃO DE UM LÁZARO | 291

go. Eu também amava a pequena Ana, cujo semblante me lembrava o de minha irmã Anita, enclausurada em seu convento. Mas achei que não seria justo sujeitá-la a apanhar uma enfermidade tão triste, se havia alternativa.

Escrevi uma longa carta a Lúcio, rogando que cuidasse de minha pequena família enquanto eu ficasse longe. Preveni-o, com riqueza de detalhes, de que talvez aquele afastamento fosse para sempre.

Quem sofreu muito foi João Cristiano. Ele não entendia o que ocorria, queria saber quem iria viajar. Queria ir junto com sua mãe, estranhava que ela não mais cuidasse dele como antes. Agora, quem o banhava e colocava para dormir era eu. Ester sempre ficava meio longe. Depois que ele estava deitado, ela se sentava em uma cadeira um tanto distante e falava com o garoto, por vezes com voz embargada.

O menino quis correr atrás da carroça, não se conformou com o ligeiro abraço que ganhou. A gentil mentira de que logo estariam de volta não o convenceu, nem confortou.

Ele ficou chorando em meus braços ao ver a mãe e a irmã lhe dando adeus rumo a uma viagem que não deveria ter retorno.

À noite, eu estava extremamente abalado. Após colocar João para deitar-se, sempre meio choroso, fiquei sem saber o que fazer. Haveria algum tratamento para aquilo, será que eu já apanhara ou apanharia a moléstia? E quanto a dona Mercedes?

Eu estava no quarto do menino, vendo-o dormir, pensando que era a segunda vez que ele perdia a mãe, quando dona Mercedes me chamou. Fui até seu quarto.

– Meu filho, tenho a saúde já muito abalada, o que impede que os espíritos tomem o meu corpo. Mas Rosa deseja falar com você. Terei de transmitir o recado. Espero conseguir interpretá-lo a contento. Sente-se.

Pouca coisa poderia me confortar tanto.

– O que ela me diz? Peça que seja sincera. Após tantas desgraças, eu posso suportar tudo, absolutamente tudo.

– Então, vamos lá. Ela diz que seu sonho foi verdadeiro. Você esteve envolvido na trama sórdida que implicou a crucificação de Nosso Senhor. Ele já o perdoou naquela época mesmo, mas você nunca conseguiu conviver com o que fez. Há séculos, sempre dá um jeito de fugir da realidade. Contudo, está chegando a hora disso mudar.

Eu estava suando frio, mas firme.

– Por favor, prossiga.

– Ela quer que comece a estudar o Evangelho a sério. Que pare de confundir a mensagem cristã com os erros dos homens. Propõe que o leiamos todo dia, no princípio da noite, com a participação de João Cristiano. O menino precisa ser instruído em matéria religiosa. Ela estará sempre presente, assim como alguém que denomina como frei Antônio, a fim de nos esclarecer. Em suma, você precisa resolver sua pendência com o Cristo, virar um cristão de verdade.

– Ora, e onde irei arrumar uma Bíblia?

– Eu tenho uma, que sempre leio. Mas não sou muito entendida nem letrada. Há muita coisa que não entendo.

– Pois então façamos o que é necessário. Amanhã mesmo começaremos.

– Rosa diz que você precisa entender questões básicas e que nossos serões, com o tempo, devem ser abertos a quem sofre.

– E quem seriam os sofredores?

– Ela não diz. Mas penso que seriam os doentes...

– Bom, João já está enfermo e eu não me importo muito de partilhar o destino de meu filho. Mas e quanto à senhora?

– Filho, em minha idade, que diferença faz se morrerei de um modo ou de outro? Não tenho beleza para perder. Ao contrário, acho que só tenho a ganhar. Se seremos instruídos para consolar

A REDENÇÃO DE UM LÁZARO | 293

os desgraçados, acho que nossa alma se embelezará ao final disso. Penso que, na situação em que estamos, em particular eu, só temos a ganhar.

– Por que foi preciso que meu filho ficasse doente?

– Ela diz que há uma programação em torno disso, que envolve vocês dois, a título de resgate de erros de vidas passadas. Que não se ocupe muito com a tal doença, não se rebele, mas comece a refletir em termos de vidas que se sucedem. Pense que é uma alma imortal, destinada à felicidade, que deve se livrar de algumas impurezas, de alguns erros e dificuldades, para atingir seu destino.

– Sabe, dona Mercedes, há alguns anos, se eu soubesse que viveria tantas desgraças e que o resultado seria eu me tornar cristão, chegaria a rir. Sempre detestei as coisas religiosas. Mas agora, após tudo o que me aconteceu, em especial depois daquele sonho, de seus esclarecimentos, penso que talvez seja mesmo o momento de rever a vida. Talvez todas as desgraças que me atingiram não foram exatamente malefícios. Talvez eu apenas estivesse aprendendo com elas a aceitar o inevitável, a me desapegar. Especialmente, o que parece mais difícil, a aceitar que a morte do corpo, mesmo de um ser muito amado, não é uma tragédia.

– É isso mesmo, meu filho.

– Há alguns anos, quando João Cristiano morreu, eu quase morri com ele. Hoje, após o milagre de tê-lo novamente nos braços, o sabê-lo doente parece pouco. Não sei me explicar direito. Não quero que ele sofra. Mas ele já morreu e voltou. Perto disso, o que é uma doença?

– As vidas que se sucedem nos fazem rever os conceitos mesmo. Veja o meu caso. Durante muito tempo, considerei uma maldição o meu dom. Agora, com toda a família perdida para mim, penso que talvez esteja para viver a redenção de minha alma pecadora junto com você. Talvez devamos nos alegrar.

– Alegrar-se é muito para mim. Minha esposa foi embora, talvez nunca mais veja minha filha. Mas, enfim, depois de todas as reviravoltas de minha vida, não tenho como saber o que ocorrerá na sequência.

Conversamos muito, muito mesmo. A madrugada nos apanhou em colóquio. Conjecturamos se ficaríamos os dois doentes e teríamos de nos mudar para onde ficavam os enfermos. Afinal, não poderíamos continuar convivendo com os colonos sadios. Se eles soubessem da doença de meu menino, haveriam de exigir a saída dele ou sairiam todos.

Felizmente, eu os tratava muito bem, de modo que gostavam de mim. Eu contava com isso para fazer um arranjo. Conforme as coisas progredissem, eu nomearia o senhor que levara Ester para nossa fazenda, como administrador. Ele cuidaria de tudo e nos alimentaria.

Eu confiava muito naquele senhor já entrado em anos, mas bastante forte. Ele perdera a esposa e todos os filhos, o que o tornava caridoso e compreensivo com as dores dos outros. O senhor Damião era a pedra em que se assentava o meu projeto de futuro.

Eu havia lhe contado tudo o que ocorria, antes de mandá-lo levar Ester e Ana. Afinal, não me escapava que elas talvez já estivessem enfermas e ele, na viagem, conviveria vários dias com ambas. Pareceu-me muito desonesto sujeitá-lo a semelhante risco. Seria quase um assassinato. Assim, sentei-me com ele ao ar livre e contei tudo. Seus olhos brilharam de compaixão e disse-me que poderia contar com ele para tudo.

Seu caso era mais ou menos semelhante ao meu. Já havia perdido tudo. Mas lhe sobrara um coração enorme, pois chorou com minha desdita, em especial com a moléstia de João Cristiano, a quem costumava pegar no colo quando ele andava ao ar livre, isto é, antes de aquilo tudo começar.

Capítulo 32

O BARRACÃO

Assim ficamos em nosso pequeno projeto. Já na próxima noite começamos a estudar a Bíblia, mais particularmente o Evangelho, seguindo as orientações de nossos mortos amados, em especial de frei Antônio, de quem jamais tinha ouvido falar.

Como era preciso que João Cristiano entendesse algo, eu lia muito vagarosamente. Depois, dona Mercedes nos repassava os comentários do dito frei e de minha querida Rosa. Na sequência, comentávamos tudo, da forma mais singela possível.

A necessidade de explicar a figura do Cristo para uma criança levou-me a falar dele de forma suave, o que foi uma espécie de cura para mim, como se eu fizesse as pazes com ele.

Não foi algo que ocorreu de repente, mas antes um longo processo. Enquanto os meses corriam e eu ia elogiando Jesus para meu menino, começava a vê-lo de modo diferente também.

Em especial, as instruções do frei nos auxiliavam muito. Ele colocava as palavras evangélicas em um contexto muito interessante, tornava-as compatíveis com as várias vidas.

De repente, Deus ia surgindo aos meus olhos com uma roupagem nova. Eu, apesar de tantas desgraças passadas e possivelmente futuras, começava a me sentir um amado filho de Deus.

Foi com surpresa que recebi a informação de que Jesus é filho de Deus, e não o próprio Deus, como havia sido me ensinado e era de saber corrente, por força dos ensinamentos da religião oficial. Ele era, por assim dizer, um alto mandatário, que viera exemplificar aos homens como deviam viver.

Gradualmente, tudo ia ficando simples e claro. Ao mesmo tempo, como nossa leitura era lenta, eu tinha tempo de me preparar para os episódios críticos que envolviam a traição e a crucificação do amado Mestre.

Como eu já estava previamente alertado, à medida que ia me afeiçoando a sua figura sublime, que surgia realmente maravilhosa aos meus olhos, também crescia a culpa por saber que participara de algum modo dos episódios que culminaram em sua morte.

Certa feita, o frei abordou diretamente esse assunto e disse que eu deveria deixar a culpa de lado e pensar que, nos séculos que haviam corrido, eu havia amadurecido. Que deveria ficar feliz por estar sendo preparado naquela existência para mostrar a figura excelsa do Cristo para os mais necessitados, os sofredores por todos desprezados.

Eu digeria aquilo tudo com alguma dificuldade, mas com vagar entendia que o Evangelho realmente não se destinava aos puros, que nem deviam habitar a Terra, salvo uma ou outra exceção. Nosso Senhor viera, falara e vivera para os decaídos, os ignorantes, os viciosos e mesmo os maus.

Como nenhuma alma conseguia se perder em definitivo, com esse sistema de vidas sem fim, eu conseguia aos poucos entender que era simplesmente igual a todo mundo. Tivera de diferente a oportunidade de conviver com o Messias, de ouvir diretamente de seus lábios a sabedoria, o cântico da vida imortal. Vira-o fazer milagres e ainda assim o vendera por algumas moedas.

Mas, como já estava tudo feito, restava cuidar de reparar o

que era possível. Se meu papel era, depois de tudo o que vivera, aprender o Evangelho em sua essência e levá-lo para os pobres enfermos, até que não era tão ruim assim. O pior já ficara para trás, embora talvez eu também ficasse leproso. Imaginava que aquilo deveria doer bastante, além da dor moral do repúdio dos outros.

Mas me preocupava infinitamente mais com João Cristiano e com dona Mercedes do que comigo. Parece que o egoísmo começava a me abandonar. Também, após fazer bobagens ao longo de séculos, pelo que parecia, estava na hora de eu tomar juízo.

João Cristiano se ressentia por não poder brincar com outras crianças, de modo que me fiz um pouco criança para brincar com ele. Também o senhor Damião, após seu retorno, gostava de passar muito tempo com meu filho.

Por ora, o menino tinha apenas aquelas manchas, que não chamavam muita atenção. Nada mais parecia diferente nele. O senhor Damião me disse que não tinha medo de contrair a moléstia. Se ocorresse, azar. Já estava velho demais para se ocupar em excesso com isso. De um modo ou outro, ele morreria. Preferia ficar leproso e poder brincar e acariciar aquela criança que lhe falava tão de perto ao coração, a se afastar dela e morrer de outra coisa.

Contudo, era preciso tomar cuidado para não expor os outros colonos, que nada sabiam da história. A partir do momento em que decidimos continuar a conviver com João na intimidade, cuidamos de nos afastar o máximo possível do contato com os demais trabalhadores do sítio, na verdade já uma autêntica fazenda, e de seus familiares.

Quando conversávamos com eles, era sempre ao ar livre. Eu não tocava em ninguém, apenas cumprimentava com acenos de cabeça e de mão. Como era simpático e tentava ser generoso com todos, ignoro se estranhavam muito aquela minha postura arredia. Em especial porque algo semelhante se verificava com o senhor Damião.

Passaram-se três anos de estudo do Evangelho e de meditação sobre a vida sob a orientação direta de frei Antônio e de Rosa, quando notei que algo diferente ocorria comigo. Também eu tinha os braços manchados e com a sensibilidade alterada.

Entendi que era o momento de colocar em prática o projeto de cuidado direto com os doentes, já que agora eu era um deles. Naquela noite, após João dormir, mostrei meus braços para dona Mercedes, que me lançou um olhar compadecido.

– Lamento muito, meu filho.

– Dona Mercedes, pretendo conversar com os enfermos e começar a preparar minha mudança e a de João para lá. O senhor Damião continuará a cuidar da senhora.

– Irá providenciar uma morada para vocês dois lá?

– Acho que farei mais do que isso. Se os doentes concordarem, penso em providenciar uma casa bem grande para todos morarmos juntos. O senhor Damião ficará aqui administrando tudo. Cuidará da senhora e nos fornecerá alimentos.

– Eu irei junto com você e João para lá.

– Não tem cabimento! A senhora não está doente.

– Em minha idade, isso não faz diferença. Acha mesmo que ficarei sozinha aqui, olhando as paredes? Deixe-me ir com você para confortar aqueles pobres. Permita que eu seja útil. Será um belo fim para minha vida, que justificará tudo o que vivi.

– A senhora tem certeza? A chance de enfermar nessa convivência tão íntima é imensa.

– Não tem problema, pois não durarei mesmo para sempre.

Tratei de colocar logo o plano em prática. Na manhã do dia seguinte, conversei com o senhor Damião e alertei-o da novidade. Dei ordens para que fossem providenciadas madeiras para a construção de um amplo galpão, o qual pretendia construir no local onde nossos vizinhos residiam, caso aceitassem nosso auxílio.

Também o senhor Damião me lançou olhares de piedade, mas, coisa esquisita, eu não estava realmente triste. Se pensava muito, era assustador, não exatamente pela questão da aparência, que nunca fora uma preocupação minha, mas com eventuais dores que acompanhassem as transformações físicas que cedo ou tarde se apresentariam.

Após aquela conversa, encaminhei-me em uma tranquila caminhada para onde residiam os meus atendidos e futuros amigos. Como eu sempre lhes dava comida em abundância, já gozava de certa simpatia no local.

Quando me viram chegar, por certo estranharam, pois não costumavam receber visitas, como era óbvio.

O senhor a quem João Cristiano nominara de avozinho, que se chamava Fernando, veio me receber.

– O que o traz aqui, patrão? Está se aproximando demais.

– Eu vim ter uma conversa com vocês.

Ao dizer isso, mostrei as manchas em meus braços, que deveriam servir como uma espécie de senha de aceitação.

– Patrão, que pena. Lamento muito. Se de algum modo contribuímos para isso, foi sem querer, acredite.

– Eu acredito. Gostaria de conversar com todos. É possível?

– Sempre há alguns que saem a andar no meio do mato para se distrair, mas os que estão por perto não será difícil de reunir.

Dito isso, ele bateu as plaquinhas de madeira com as quais costumava se anunciar quando ia para minha fazenda pedir comida.

Pessoas tristes e feias foram se reunindo, nos mais variados graus de deterioração e sofrimento. Eu já havia olhado em torno e visto que residiam de forma bastante precária. Todos me lançaram olhares indagadores.

300 | Dineu de Paula – Pelo espírito Inácio

– Amigos, gostaria de falar com vocês. Como podem ver pelos meus braços, somos irmãos de sofrimento e de enfermidade. Também o meu menino está doente.

Um olhar de compaixão se seguiu àquilo, creio que em especial por lembrarem que meu filho estivera entre eles por boas horas.

– Como sabem, sou dono da fazenda vizinha, mas não posso ficar lá. Eu e meu filho seríamos a causa do afastamento de todos os colonos, que estão muito bem instalados. A fazenda é próspera e seria uma pena se ficasse abandonada. Com sua permissão, gostaria de montar aqui um amplo barracão, com os devidos compartimentos para que cada um possa ter sua intimidade. Mas moraríamos juntos. Comigo também viria uma senhora, a quem trato como mãe. Ela não está enferma, mas quer estar conosco. O que me dizem?

Eles confabularam e o senhor Fernando foi naturalmente o porta-voz das dúvidas. Inclusive porque muitos tinham dificuldade para falar. Naquele momento, eu tinha dificuldade para entender o que diziam, mas com o tempo decerto me habituaria.

– O patrão pode vir e será bem-vindo, bem como aos seus. Sabemos que devemos nossa alimentação praticamente toda à generosidade que demonstra. Contudo, aqui não temos o hábito de obedecer ordens. Não temos chefe, costumamos decidir tudo em conjunto.

– Isso me parece muito certo. Não venho para mandar. Venho para conviver. Creio que é mesmo o momento da sinceridade. Eu apenas não admito intervenções na educação de meu filho e espero que respeitem a idade de dona Mercedes. E saibam que, comigo aqui, a alimentação será garantida. Aliás, penso que muita coisa poderemos fazer aqui mesmo. Enquanto eu mantiver as forças, pretendo trabalhar.

– Todos gostam de manter alguma atividade, enquanto pos-

A REDENÇÃO DE UM LÁZARO | 301

sível, e aqui ninguém desrespeita ninguém, muito menos uma senhora idosa. Quanto a seu filho, ninguém também terá a pretensão de educá-lo em seu lugar.

– Há mais um detalhe. Eu, meu filho e dona Mercedes somos cristãos. Ninguém é obrigado a partilhar de nossas crenças, mas temos o hábito de ler o Evangelho de Nosso Senhor e de comentar sobre ele. Espero ter liberdade para cultivar esse hábito aqui.

– Se lhe parece importante, desde que não nos incomode muito, nem nos queira doutrinar, fique à vontade.

Feitos os acertos necessários, saí a andar pelas redondezas com Fernando, que tinha mais ou menos minha idade, mas já estava bem prejudicado pela doença. Seu andar era difícil e ele visivelmente sofria dores.

Eu sabia que dona Mercedes, em razão de sua fragilidade física, não podia mais ceder seu corpo para os espíritos falarem. Mas será que ela não mantinha sua capacidade de aliviar dores? Seria algo a ser testado.

Alguns dias depois, eu levei madeira para lá, em várias viagens de carroça. O senhor Damião também havia tratado de comprar para mim todo o restante do que era necessário para construir um amplo barracão. Atendendo determinações minhas, ele adquiriu móveis e utensílios variados.

Após tantas andanças e peripécias em minha vida, não apresentava grande dificuldade erguer uma construção, dar-lhe arremates para que ficasse confortável, nem construir alguns móveis com a madeira de boa qualidade que tinha em mãos.

Um tanto céticos no começo, os meus novos amigos foram pouco a pouco se empolgando com o que ocorria. Os que tinham forças colocaram-se à minha disposição e começaram a obedecer às minhas ordens.

Embora eu não fosse realmente chefe de ninguém, gradualmente o termo 'patrão' para se referir a mim, se tornou comum e era assim que eu realmente era tratado. Naquela época, eu ainda nem imaginava, mas chegaria o dia em que esse tratamento mudaria para 'paizinho', que seria o título e o tratamento mais honroso que eu poderia receber em minha vida.

Após algumas semanas de trabalho duro, o barracão, que era bem mais requintado do que o nome sugere, estava pronto para ser habitado. Com vários quartos a serem ocupados, dois dos quais, contíguos, eu reservara para mim, João Cristiano e dona Mercedes. Também havia uma ampla cozinha e uma sala de convivência.

Todos queriam se mudar logo, mas esperavam minha aprovação, pois eu realmente começava a ter ascendência sobre eles. Inclusive porque era evidente que eu sabia comandar, construir coisas e dispunha de meios financeiros.

Após tantos anos de abandono, aquela era uma mudança inesperada e bem-vinda na vida daqueles irmãos de caminhada.

Eu achei justo que todos nos mudássemos no mesmo dia. Assim, acomodei dona Mercedes em um carroção com seus pertences, juntamente com os meus e os de João Cristiano. Após, despedi-me de todos e disse que precisava me afastar por um bom tempo, mas que o senhor Damião me representaria no local e que suas ordens valiam tanto quanto as minhas.

Em um primeiro momento, ninguém suspeitou de que se tratava, mas também ninguém se incomodou de ficar sujeito ao senhor Damião, cuja bondade e sabedoria eram manifestas.

Deve ter causado estranheza o fato de eu me manter distante de todos, de não abraçar, nem apertar a mão de ninguém. Mas para eles, talvez, aquilo apenas sinalizasse que eu me achava melhor ou superior. Não era uma impressão que eu gostaria de deixar, mas não havia nada a fazer a respeito.

Capítulo 33

Os ensinamentos de Jesus

Foi uma viagem rápida e logo estávamos em nosso novo local de morada. Eu havia alertado João Cristiano sobre o que ocorreria e ele não estava assustado. Disse-lhe que nem todos os doentes se deformavam ou tinham dores. Que isso era decidido por Jesus. Após tantos anos de serões evangélicos, ele estava pronto para aceitar com tranquilidade que Jesus dispusesse dele. Era algo surpreendente para uma criança de pouco menos de dez anos de idade, mas meu menino era maduro e naturalmente bom.

Dona Mercedes foi recebida com carinho e entendi que não tardaria a virar uma espécie de avozinha de todos.

Eu e ela havíamos combinado de que a vida após a morte, as vidas sucessivas e seus contatos com os mortos seriam tratados com naturalidade. Parecia pouco provável que algum daqueles coitados se animasse a se movimentar por dias a fio para nos dedurar. Ademais, nosso destino já parecia traçado mesmo. Já que tínhamos por tarefa difundir o Evangelho, cuidaríamos de fazê-lo com o máximo de recursos e informações. Se havia um preço a pagar por aquilo, estávamos dispostos a tanto.

Todos nos acomodamos. Após o abandono de Ester, eu havia aprendido a cozinhar e fiz um jantar bastante razoável, o qual todos comeram com gosto. Havia uma estranha alegria reinante no seio daqueles desprezados da sociedade.

Após, dona Mercedes fez o convite:

– Amigos, eu e meus meninos temos o hábito de ler e refletir sobre o Evangelho de Nosso Senhor todas as noites. Se muitos tiverem interesse, poderemos fazê-lo na sala. Caso contrário, pode ser em meu quarto mesmo.

Um silêncio se seguiu àquele convite, um tanto inesperado. A rigor, essa parte do combinado parecia ter sido esquecida.

– Sei que nem todos se animam com as coisas religiosas, pois às vezes falta compaixão aos religiosos. Mas peço, como uma avó pede a seus netos, que me deem uma oportunidade de lhes mostrar que pode ser interessante.

Quem resistiria àquela senhora tão simpática, com seus cabelos de neve, que sorria com tanta doçura? Muitos devem ter imaginado que não custava uma vez só se submeter àquela coisa chata, para não contrariar a velhinha.

Assim, todos nos dirigimos à sala, onde me sentei ao lado de dona Mercedes, na cabeceira da grande mesa que eu fizera colocar ali. Os demais ficaram em torno da mesa. Eu tomei o Evangelho, abri-o ao acaso e comecei a ler. Um arrepio imenso me percorreu, uma paz infinita me invadiu, como se eu finalmente estivesse vivendo algo para que me preparara a vida toda. Senti a mão de Rosa nos meus cabelos e precisei fazer força para conter as lágrimas.

Mas meus olhos marejaram, o que causou algum impacto. Muitos me olharam com um respeito novo, enquanto outros devem ter achado que eu era um tanto perturbado das ideias.

O primeiro trecho do Evangelho, que abriu nossos serões, foi sobre a imensa bondade divina, muito superior à bondade de qualquer homem. Mais especificamente a parte em que Jesus diz que mesmo um homem mau dá coisas boas a seus filhos, e que Deus é muito melhor. Se o filho pedir pão, qual o pai que lhe dará uma pedra?

A REDENÇÃO DE UM LÁZARO | 305

Eu entendi que a leitura era oportuna, mas que as reflexões seriam difíceis. Para aquelas pessoas ali reunidas, parecia difícil acreditar na bondade de Deus. Mesmo para mim, até há pouco, parecia algo inconcebível acreditar que me acontecia o melhor, embora eu sofresse muito com os episódios da minha vida.

Após ler, eu resolvi abrir uma espécie de debate, haja vista a cara de deboche de muitos deles.

– O que lhes parece melhor, sofrer por algum tempo ou para sempre?

– A que o amigo quer chegar com essa conversa?

Fora um jovem algo revoltado, talvez o mais revoltado e triste de todos, quem falara.

– Responda-me. Prefere sofrer algum tempo ou para sempre?

– Eu prefiro não sofrer.

– Então, reflita comigo. Digamos que um homem tenha cometido muitos erros, assassinado pessoas, prejudicado famílias. Ele morre e comparece perante o tribunal divino. O que seria melhor: que sua condenação fosse por alguns anos ou pela eternidade?

– Claro que é melhor sofrer menos ou por menos tempo.

– Então, se Deus der oportunidade para esse homem, mediante sacrifícios, refazer o caminho e merecer a felicidade, estará sendo bom?

– Sim, estará.

– Todos os homens são filhos de Deus. Acha fácil que o pai que teve um filho assassinado forneça condições para que o assassino seja feliz?

– Acho muito difícil. Aliás, creio que nenhum pai faria isso.

– Antenor, é esse o seu nome, não?

– Sim.

– Antenor, já refletiu sobre a possibilidade de vivermos mais de uma vez?

– Como assim? Morrer e ressuscitar?

- Não exatamente, pois não parece ser essa a regra. Não vemos mortos levantando-se das tumbas. Mas e se depois da morte pudéssemos renascer em um corpo de criança, e recomeçar tudo de novo?

- Isso é um absurdo!

- Por quê? Penso que se trata do verdadeiro significado do que Jesus disse ao afirmar que nenhum homem poderá ver o reino de Deus se não nascer de novo.

- Nunca ouvi falar nisso.

- Mas é verdade. Agora, acompanhe meu raciocínio. Digamos que, eu, na vida passada, tenha feito mal a algumas pessoas, ou tenha abusado de meus servos. Aí, de um mau rico, depois de algum tempo de estudos e aprendizagens, renasço como um pobre de bom coração, que sofre injustiças, mas faz o bem que pode. Que eu dê do meu pouco para acudir o semelhante. Vivo com dificuldades, mas sou bom. É a forma de reparar o mal que fiz na vida passada. Não lhe parece bom e justo?

- Parece-me uma história inventada. Jamais se ouviu falar nisso. Quer dizer que somos leprosos porque fizemos o mal em outra vida?

- Talvez tenha sido isso mesmo. Ou talvez seja simplesmente uma lição. Se a vida é eterna e vamos renascendo, a cada vida aprendemos um pouco. Assim, em nossa condição difícil, podemos desenvolver simpatia e compaixão por quem sofre. Aí, em nossa próxima existência, se tivermos recursos, poderemos fazer muito e merecer uma felicidade muito grande depois dela. Não lhe parece lógico?

- Sinceramente, preciso pensar a respeito.

Muitos se manifestaram e estabeleceu-se um intenso debate a respeito desse viés de interpretação. Aquelas pessoas pareciam haver sido provocadas no que tinham de mais precioso ou crítico. Consideravam-se vítimas abandonadas e agora viam-se de repente como quem pode apenas estar vivendo o que preparou para si.

– E o que os mortos ficariam fazendo enquanto não renascessem?

Era Antenor novamente quem falava.

– Quem sabe, alguns nos acompanham para nos auxiliar ou para aprender conosco, enquanto outros ficam se preparando para renascer.

– Nunca se ouviu falar em morto que voltou para falar ou ajudar alguém.

A resposta coube a dona Mercedes.

– Meu filho, você já viu o rei da Espanha?

– Não.

– Eu também não. Acho que ninguém de nossas relações jamais o viu. Mas isso não quer dizer que ele não exista, não lhe parece?

O rapaz ficou mudo.

– O simples fato de você nunca ter visto ou falado com nenhum morto não quer dizer que isso seja impossível.

– Seria uma bruxaria!

– De modo algum. Nosso Senhor não falou com Moisés e Elias, ambos já mortos há séculos, quando ele estava em vias de findar a própria vida?

– Nunca havia pensado nisso. Mas a senhora, que já viveu tanto, conhece alguém que já viu ou falou com um morto?

– Sim, conheço.

– Quem?

– Eu mesma.

Os olhos de todos se arregalaram de espanto.

– É sério? Quando isso ocorreu? Conte para nós.

– Meu filho, não tenho como contar as vezes, pois ocorre o tempo todo. Posso lhe dar um exemplo, sem que se assuste demais?

O rapaz ficou com o semblante meio estranho. Eu duvidei de que ele estivesse convicto, quando falou:

– Claro.

Dona Mercedes relanceou os olhos pela sala, como que indagando aos demais o que pensavam daquilo. Todos se entreolharam, cheios de espanto e temor, mas ninguém resolveu assumir o papel de medroso. Silenciosamente, começaram a mover a cabeça em sinal afirmativo.

– Já que todos concordam, vou dar um exemplo. Será o que bastará por hoje para que reflitamos sobre a lição do Evangelho. Antenor, você alguma vez me contou sobre sua vida?

– Não. Nunca conversamos.

– Então, eu não tenho como saber de sua história, de sua família. Concorda?

– Sim.

– Pois eu lhe digo que você teve uma irmã chamada Berenice, a qual morreu de gripe quando você ainda era um rapazinho, pouco mais do que um menino. Ela era sua irmã mais velha.

– Como a senhora sabe disso?

– Porque ela está ao seu lado e me conta isso. Diz que morreu aos 20 anos. Que estava noiva, mas demorava para se casar porque o rapaz de quem gostava era muito pobre e ela própria tinha de ajudar sua mãe, que sempre foi muito doente, a cuidar da família.

– Meu Deus! É verdade! Berenice está ao meu lado? Onde?

– Está com a mão no seu ombro.

O rapaz deu um salto.

– Você tinha medo de sua irmã quando ela era viva?

– Claro que não.

– Ela era uma pessoa boa? Cuidava de você?

– Sim, ela cuidava de todos. Levantava-se de madrugada para fazer comida e limpar a casa, antes de sair para seu trabalho de criada.

A REDENÇÃO DE UM LÁZARO | 309

– Então por que a teme agora? Apenas por que ela morreu? Acha que isso a tornou uma pessoa má?

– Não sei dizer. Parece muito estranho que um morto venha falar com os vivos.

– Eles estão o tempo todo ao nosso lado. Apenas a maioria não consegue vê-los.

Um silêncio sepulcral se instalou no salão, com as pessoas olhando em torno de si, algo receosas.

– Sua irmã usa o cabelo trançado em uma única e longa trança. Tem olhos castanhos e uma pinta em cima da boca. Não é mesmo?

– Sim, senhora.

– Ela diz que o ama muito e que está feliz por você estar aqui e poder refletir sobre o Evangelho de Nosso Senhor.

Novo silêncio cheio de temor. Aí eu tomei a palavra.

– Meus amigos, como vimos, os mortos não vão para o Inferno nem para o Céu para sempre. E lhes digo que eles próprios nos contam que renascemos várias vezes. Que essa é a forma de todos serem igualmente atingidos pela bondade e pela justiça divina, que é plena de misericórdia. Creio ser o suficiente por hoje. Amanhã, para quem tiver interesse, retomaremos o assunto.

Eu levei dona Mercedes para seu quarto, onde ela me lançou um olhar risonho:

– Jamais imaginei que faria algo assim. Falar disso em público. Foi divertido, mas acho que quase ninguém conseguirá dormir esta noite.

Saí rindo do quarto dela, levando João Cristiano para nosso quarto. Havia sido um bom começo de conversa. Após muito tempo eu estava incompreensivelmente feliz, sentindo-me pleno.

Capítulo 34

A REDENÇÃO

NO DIA SEGUINTE, começamos a ensaiar uma rotina. Dona Mercedes preferia ficar em sua cama, pois quase não podia se locomover. Eu lhe levei a refeição matinal, conversei com ela um tanto e saí para verificar o que poderia produzir no local.

Embora o natural assombro e desassossego daqueles infelizes, a curiosidade também era um elemento forte a ser considerado. De modo gradual, dona Mercedes começou a receber visitas de pessoas que queriam saber mais detalhes daquele estranho intercâmbio que ela mantinha com os mortos.

De forma simples e tranquila, ela cuidou de elucidar os interessados de como aquilo se dava, para espanto de muitos, incredulidade de vários e temor de alguns. Os detalhes singelos de parentes e irmãos que os acompanhavam pareciam pitorescos demais para a maioria, a rigor.

Mas não havia como contestar o que ocorria, pois a senhora nunca era pega em erro flagrante e sempre era muito cautelosa em dar informações.

Gradualmente, ela ganhou um amplo e temeroso respeito e passou a ser chamada por quase todos de avozinha. Aliás, à medida que perdiam o medo, as pessoas se permitiam esse tratamento. Era fácil descobrir quem já lidava de forma mais tranquila com a informação do intercâmbio entre vivos e mortos pela forma como tratava dona Mercedes.

Creio que alguns meses se passaram até ela ser amplamente chamada de avozinha e cuidada por todos. Para quem vivera sempre com medo, aquilo era um lenitivo. Era finalmente tratada com carinho e respeito por pessoas com quem falava de forma clara de sua realidade, do dom que ostentava e exercia abertamente.

Quanto a João Cristiano, após tanto tempo isolado, pôde finalmente brincar com alguns meninos que moravam no local, o qual pouco a pouco parecia se tornar mais povoado. A continuar naquele ritmo, eu logo teria de providenciar outro barracão para acolher a todos.

Eu havia conseguido sementes e mandado trazer alguns animais. Com o auxílio de alguns que ainda não estavam muito prejudicados, tratei de providenciar atividade útil. Cultivávamos a terra e cuidávamos de um pequeno rebanho. Fazia bem a todos sentir que não dependíamos completamente dos outros para sobreviver.

Claro que o senhor Damião sempre trazia acréscimos de mantimentos e deixava em um local previamente combinado. Não demorou para algum colono mais curioso me ver no novo ambiente e logo a notícia de minha enfermidade se tornou conhecida na fazenda. Naturalmente, supuseram que dona Mercedes e João Cristiano também estavam infectados.

Como já havíamos nos afastado do local e o senhor Damião foi hábil em explicar que tal se dera logo aos primeiros sintomas, não houve maiores prejuízos para a fazenda, salvo duas famílias de colonos que resolveram ir embora. Mas logo foram substituídas por outras que pareciam não se incomodar com o fato de o proprietário ser um enfermo afastado, que tinha o cuidado de jamais se misturar com os sadios.

A REDENÇÃO DE UM LÁZARO | 313

Já os serões evangélicos progrediam e eu me encantava com a facilidade com que falava da Boa-Nova. Finalmente, fizera de fato as pazes com a figura de Jesus. Refletira longamente sobre Rosa, minha mãe e Anita e entendera que ele era a inspiração a que cuidassem dos doentes e necessitados do mundo.

Deixar isso apenas para instituições governamentais, que quase não existiam, equivalia a lançar quase todos os desvalidos aos tormentos da sorte. Quem do governo real se animava a visitar aquele local ermo que habitávamos para saber de nós?

Mesmo as pessoas sadias, que se diziam cristãs, ali não compareciam. Eu me indagava se havia algum local gerido pela Igreja, ou por qualquer instituição ligada a qualquer religião, que se interessasse por quem tinha a desdita de apanhar uma enfermidade contagiosa. Talvez houvesse um ou outro abnegado que o fizesse, mas eu nunca ouvira falar a respeito.

Felizmente, minha enfermidade não parecia progredir. À parte as manchas que tinha pelo corpo, não sentia mais nada. O mesmo não se dava com João Cristiano, que ia gradualmente tendo deformidades em suas mãos, braços, pés e pernas. Meu menino sofria, tinha dores que o incomodavam muito.

Isso se dava com a maioria dos residentes. Foi com surpresa que se descobriu que a convivência com dona Mercedes aliviava momentaneamente essas dores, quando elas se tornavam muito acerbas.

Cada vez com mais dificuldades de movimentação, ela se limitava a sentar na cama e a abraçar longamente os enfermos, sem qualquer medo de contágio. Após esses eventos, eles se sentiam pacificados e acalmados em suas dores. Dessa forma, nossa velhinha se tornava cada vez mais requisitada. Contudo, ela já era bastante idosa. Durante três anos, fez-nos companhia e reforçou, com seus exemplos, as explicações do Evangelho que eu ministrava àquelas criaturas sofredoras.

314 | DINEU DE PAULA – PELO ESPÍRITO INÁCIO

Com o passar do tempo, à força de argumentar e refutar a descrença, de meditar longamente, eu era um cristão convicto e estava apto a falar do Evangelho com segurança e fé.

Mas, aproximadamente três anos depois de nossa instalação, uma manhã, quando fui levar a refeição para dona Mercedes, encontrei-a inerte na cama, o corpo já gelado.

Verti lágrimas de sofrimento, mas sem qualquer sombra de revolta. Também chorei de gratidão pelo tanto que ela havia me dado, pois suas informações e esclarecimentos haviam sido muito importantes para que eu desenvolvesse uma fé compatível com minha razão e mesmo com minhas decepções.

Seguiu-se um velório melancólico, mas não exatamente triste. As pessoas dali já estavam habituadas a considerar a morte sob outro prisma, de modo que não se permitiam espetáculos de dor incompatíveis com a mensagem cristã que todos iam gradualmente assimilando.

Ao final do dia, enterramos dona Mercedes, com um carinho e um respeito que ela só viera a conhecer naquele local ermo, com tantos sofredores reunidos. Aliás, fora o talento dela, tão complicado de possuir, que permitira o conforto de tantos. Eu não tinha dúvida de que ela retornava ao mundo espiritual repleta de paz.

Essa paz era perceptível no ambiente, se bem que o hábito de orarmos muito em conjunto também devia colaborar para isso.

O tempo foi passando, com alguns morrendo e outros chegando. De notável, eu tinha o meu garoto a cada dia mais doente. Era um espetáculo triste para mim, mas entendia que aquela vivência era necessária para ele. Do mesmo modo, eu vivia as dores que me cabiam, a situação de enfermo, de estigmatizado. Embora eu fosse sincero em admitir que não sofria tanto assim.

Tinha as razões de meus sofrimentos bem definidas: a saudade de minha família, em especial a falta de notícias de minha filha. Também a enfermidade de João Cristiano e o temor de que minha esposa estivesse fazendo loucuras longe dali.

Quanto a Ester, meu sentimento era antes paternal. Após tanto saber da vida espiritual e na idade que já tinha, parecia ridículo que tivesse ciúme ou mesmo temor pelo meu bom nome. Quem se incomodava com a honra de um leproso?

Ainda assim, eu gostaria de saber notícias de meus irmãos, saber de Anita, de como as coisas caminhavam para eles.

Contudo, aí eu me lembrava do questionamento de Jesus sobre quem era a real família. E pensava que minha família do momento estava ali, na figura daquelas criaturas a quem tinha o dever de consolar e cuidar.

Não era apenas um dever, mas um prazer. Eu jamais tivera prazer e paz tão grandes quanto as de que desfrutava na situação em que vivia.

Mesmo meu primo Marco, que continuava a me visitar eventualmente, não entendia a expressão de júbilo em minha face. Quando ele vinha, sentávamo-nos ao ar livre, com uma distância que reputávamos segura entre nós.

– Não é possível que você esteja feliz aqui!

– Mas estou. Descobri a paz. Finalmente entendi o Evangelho de Nosso Senhor, em sua essência, e o ensino a esses miseráveis a quem tenho a felicidade de acudir.

– Mas você perdeu tudo.

– Tudo o que eu perdi, acabaria perdendo mesmo no curso da vida. Parentes morrem e ficam doentes, nós ficamos doentes. Mas a paz que encontrei é para sempre.

Gradualmente, comecei a revelar para meu bondoso primo a essência do que havia aprendido e ele parecia entender, embora com alguma dificuldade, a paz que me habitava.

Quando meu filho tinha pouco mais de 20 anos, ele faleceu. Foi um evento triste, mas eu já tinha fé bastante para não me abater. Entendi que ele fora antes para os cuidados de Rosa, que nos haveria de esperar a ambos.

Compreendi que formávamos uma família espiritual, mas que ela nos precedera nos caminhos da evolução. João Cristiano, com sua bondade e resignação, merecera retornar antes.

Quanto a mim, a oportunidade era preciosa demais para que não fosse bem aproveitada. Embora doente, a enfermidade em mim não avançava. Limitava-se àquelas manchas e à sensibilidade alterada de minha pele, muito pouco afetando meus dedos.

Com o tempo, o local foi ficando mais lotado e chegou um momento em que havia dezenas de doentes, que ali encontravam amparo e abrigo.

Eu envelheci, sendo chamado de paizinho por todos, sempre cuidando de ministrar o Evangelho, com a pureza que conseguia. Desse modo, onde talvez pudesse brotar a revolta e o inconformismo, reinava um clima de paz, gratidão e fraternidade.

Quando eu já estava perto de meus oitenta anos e andava com dificuldade, certa feita, vi a chegada de um senhor idoso, que me parecia estranhamente familiar.

– A que vem, amigo?

– Procuro meu irmão Inácio

– Inácio sou eu. Quem é você?

– Sou Lúcio, ora essa. Não me reconhece?

Quem reconheceria naquele homem de setenta anos o jovem galante de tantos anos atrás?

Embora minha natural prevenção, ele fez questão de me abraçar.

– Creio que já passei da época de me ocupar com moléstias. Seria absurdo me privar do abraço de meu irmão favorito, após tanto tempo.

Sentamo-nos ao ar livre. O tempo não fora mau para Lúcio. Soube que ele nunca se casara e ficara na fazenda que meu tio me deixara. Com seu falar despachado, Lúcio quis saber se eu gostaria de saber a verdade sobre minha família ou preferia uma versão mais suave.

– Por favor, fale a verdade.

– Não me dei bem com sua esposa Ester. Tão logo chegou à fazenda, ela se deu ares de grande dama, começou a dar festas e a gastar alucinadamente. Embora a propriedade fosse rentável, achei que ela exagerava. Ao receber meus conselhos, expulsou-me logo de lá. Não irei lhe mentir: ela virou uma espécie de mulher de ninguém. Creio que se entregou a todo mundo. Como era natural, engravidou e tentou esconder a gestação mediante uma vida mais reclusa, fazendo com que mais tarde uma de suas criadas assumisse a maternidade. Mas, na gestação seguinte, decidiu fazer um aborto. Este foi muito malsucedido. Após alguns meses de sofrimento, ela faleceu. Pouco antes de morrer chamou-me novamente na fazenda. Creio que estava muito arrependida de tudo o que fizera e vivera. Nomeou-me tutor de sua filha e pediu-me que desse amparo ao filho bastardo que tivera. Concordei, pois sempre gostara muito de Ana.

– O que houve com Ana?

– Casou-se com um rapaz bom, mas um tanto preguiçoso, que se contenta em tocar e cantar, sem se ocupar de fato com a produção.

– Esse parece você quando era jovem.

– De fato, mas alguém precisa trabalhar na fazenda. Cuido de tudo e perfilhei o filho bastardo de Ester. Dei-lhe o nome de Lucas, em homenagem a nosso irmão. Vive conosco na fazenda.

Por meio dele, fiquei sabendo que todos nossos irmãos estavam bem, embora a antiga história de feitiçaria. Claro que alguns já haviam falecido. Ninguém se animava a vir a um antro de leprosos. Mas eu era lembrado com carinho, embora a vergonha que lançara sobre o nome da família ao escolher uma segunda mulher tão sem juízo.

Conversamos longamente e vi que ele não perdera o habitual bom humor. A certa altura, indaguei-lhe.

– Por que não se casou?

– Sei que parecerá ridículo, vindo de mim. Vivi a vida amplamente, nunca fui casto, como sabe. Mas tinha na mente uma imagem de mulher que procurei a vida toda. Deve ter sido alguém que vi de relance em alguma oportunidade, pois cheguei a sonhar com ela algumas vezes. Mas sempre me parecia chorosa, como se eu lhe houvesse feito algo muito ruim. Enfim, nasci para ser solteiro. No fim, até que não estou me saindo muito mal. Afinal, estou cuidando de sua filha e do filho bastardo de sua esposa.

Eu me lancei em uma longa explicação sobre vidas sucessivas, que durou horas. Não sei se o convenci, mas quando foi embora ele ia com certo ar cismarento. Aquele foi um dia feliz para mim e também a última vez em que vi alguém de minha família.

Naquele local abençoado, fui pouco a pouco perdendo as forças. Quando tinha pouco mais de oitenta anos, acredito que meu coração começou a falhar e o Evangelho tinha de ser em meu quarto. Isso quando não me levavam no colo para falar na grande sala.

Nunca me senti tão amado quanto naqueles anos de reclusão entre leprosos.

Ao fazer um balanço de minha vida, entendi que tudo o que vivera, fora para minha aprendizagem e crescimento, me levando a fazer o que fizera. Especialmente, para modificar minha visão do Cristo e de Deus.

A partir de certa feita, grande era a minha fragilidade. Acreditei que estava mais para o lado de lá do que do lado de cá. Comecei a vislumbrar Rosa ao lado de um bonito jovem, o qual tinha certeza de que era João Cristiano, livre das máculas que a enfermidade lhe trouxera.

Lentamente, fui me despedindo de todos, escolhi meu sucessor e esperei que Deus decidisse pelo meu retorno.

Certa noite, senti uma sofreguidão estranha, sufoquei na cama, com um extremo mal-estar. Este, durante algum tempo, pareceu me consumir. Quando finalmente passou, vi que meu quarto estava lotado: Rosa, João Cristiano, meus irmãos Lucas, Alberto e Jonas, meu pai e minha mãe, um padre que identifiquei como o querido frei Antônio e dona Mercedes. Isso sem falar em outros que me sorriam. Muitos haviam desencarnado ali mesmo no sítio, enquanto outros eu desconhecia por completo, embora me parecessem algo familiares.

Fiquei bastante confuso alguns momentos, até que Rosa tomou minha mão e eu a senti. Não era o toque de um fantasma...

– Eu morri?

– Sim, querido, acabou. Você findou sua tarefa, com a graça de Deus.

Nisso, uma espécie de luz se acendeu em um local muito alto e distante, mas que era plenamente visível, como se se tratasse de mágica. Nela, a figura do homem magnífico da Galileia me sorria.

Tive um momento de vergonha, sentindo-me indigno, pois não fizera nada de relevante, apenas cuidara de algumas dezenas de sofredores.

Rosa me esclareceu:

– Querido, o Evangelho é exatamente isso que você pregou e viveu. O amor aos anônimos, aos necessitados, sem esperar nada em troca. É a compaixão, a bondade.

Ainda murmurei um pedido de desculpas sinceras, mas uma paz e uma felicidade imensa me invadiram: eu amava o Cristo e era por ele amado. Eu me redimira a meus próprios olhos e com isso ajudara a redenção de alguns irmãos de caminhada.

Agora, era só seguir fazendo o bem, livre de culpas e crises.

O amor a Deus, a Jesus e a meus semelhantes doravante presidiria meu destino.

No fundo, parecia tão simples. Eu apenas demorara bastante para entender...

FIM